寂寞出音

近世文章学论集

复旦大学古籍所成立四十周年纪念学术丛书

龚宗杰 著

复旦大学出版社

出 版 说 明

　　1983年,作为教育部首批批准设立的古籍整理研究机构之一,复旦大学古籍整理研究所在已故杰出教授章培恒先生的主持下正式成立。自此以后,古籍所一直秉持科研项目与学科建设相结合、整理与研究并重的发展理念,积极开展科研教学,培养人才队伍,至今已走过整整四十个春秋。古语云"四十不惑",对人生而言,四十年是一个关键的节点,而对一所科研机构来说,从起步到成熟、发展,四十载同样是一段具有重要意义的历程。

　　在这四十年的探索进程中,复旦古籍所始终重视学科建设和人才培养,由建所之初的一个博士点、两个硕士点,发展为五个博士点、五个硕士点,已培养硕博士研究生四百余名,其中包括数十名日、韩、美、越等国的硕博士生和高级进修生,在读研究生由当初的十余名,发展至稳定在百余名的规模。

　　在这四十年的建设历程中,复旦古籍所搭建起由多个学科和研究方向组成的科研架构,并成为高校研究机构中的科研重镇。古籍所成立之初,以承担教育部全国高校古籍整理研究工作委员会重点项目《全明诗》的编纂为工作重心,开展一系列古籍整理与研究的相关工作,先后设有明代古籍整理研究室,目录、版本、校勘学研究室和哲学古籍整理研究室。经过全所同仁几十年的努力,学科方向更加明确，研究特色更加鲜明，科研队伍不断优化，其中中国古代文学、中国古典文献学、汉语言文字学三个专业的建设发展，形成文学、语言、文献诸领域彼此交叉的格局；由章培恒先生首倡设立的中国文学古今演变研究专业，作为新兴交叉学科，于 2005 年被教育部正式批准为二级自设学科；另有逻辑学专业，专门从事汉传佛教因明学的研究。

经过四十年的发展，复旦古籍所明确了长远的建设规划，确立了以古今贯通研究这一新的学术理念为主导、以文献实证为基础，古典研究诸学科彼此交叉、相辅相成的科研与教学格局。这一规划宗旨，既是回首来路的经验总结，凝结了老一辈学者的大量心血，也是瞻望前路的奋进方向，承载着全所同仁的共同目标。

为纪念复旦古籍所成立四十周年，展示本所研究人员的学术成果，我们特推出这套学术丛书，向学界同仁汇报并企望指正。借此机会，我们要感谢教育部全国高校古委会长期以来对本所建设发展的关心和帮助，感谢复旦大学出版社对丛书出版的大力支持。

陈广宏、郑利华

2023 年 10 月 10 日

目　录

自序 …………………………………………………………… 1

近世视野下的明文话研究与文章学建构 ………………………… 1
晚明文法汇编的编刊与文章学演进 ……………………………… 26
符号与声音：明代的文章圈点法和阅读法 ……………………… 53
晚明举业用书中的"前七子"与士人的知识养成 ……………… 77

"文"之复兴：明人文集与明文研究之途径 …………………… 100
集部视野下明代经义的文体建设及文章学意义 ………………… 122
"下流之悼"：圹志与明清墓志文的日常性 …………………… 155
古代堪舆术与明清文学批评 …………………………………… 187

汉语虚字与古代文章学 ………………………………………… 224
语助、文典与文学史：汉语虚字论的东亚环流与学术意义 …… 265

目 次

自　　序

　　本集是我近几年围绕中国古代文章学研究所撰论文的选编。集名"寂里出音"取自钱锺书先生对陆机《文赋》"课虚无以责有，叩寂寞而求音"的解释："思之思之，无中生有，寂里出音。"(《管锥编》)由虚无之中以索其有形，于寂寞之区而求其成声，这是古人通过创作实践所得的为文心法，而这种从无到有的作文体验及与之相关涉的诸多方面，也是当前古代文章学研究的基本命题。对文章学研究的兴趣，始于我进入复旦大学古籍所求学，在业师陈广宏先生的指导下撰写博士学位论文《明代文话研究》，并自觉地建立起文话研究与文章学阐释之间的联系。论集所收第一篇，也是发表时间最早的《近世视野下的明文话研究与文章学建构》，便是围绕着这样一种联系所展开的初步思考。此文提出的作为方法的"近世性"，也成为我这些年来在元明清文学文献及文章学研究领域里相对集中的旨趣与目标，并引导着自己将考察的视角，从文话延伸至文章总集、举业用书等不同类型的文章学文献，进而探讨它们各自的特性和品格。与此同时，学界近年探索的文体学研究亦获较大发展而形成与文章学研究相呼应之态势，研究者日益重视二者之间的交涉与对话，也在一定程度上促使我思考近世文学文体，特别是文章类型、体制、语言形式及创作经验的丰富性问题。

我始终认为，不管是探讨传统文学的概念边界，还是反思文学史的汉语实践，借助文体学与文章学的研究，找寻这种在过去一个多世纪以来渐被遗落的丰富性，都会是一个很好的切入口。我想这也是当初广宏师引领我开展文话与文章学研究，并从省思文学史的立场赋予其学术关怀的一个出发点。

本集最初曾以"文献·文体·文学史"为名，便是循着上述三层联系而来的。目前虽已更换题名，但还是保留了原定的选文与编排思路：前四篇论文皆由文献入手，分别围绕文话、文法汇编、文章选本和举业用书等四类文章学文献，主要针对明代文章学而探究其内涵、特质与研究方法。第五至第八篇可算是文体方面的研究，其中第五篇《"文"之复兴：明人文集与明文研究之途径》提出的针对时文序与墓志文的研究思路，分别在第六篇《集部视野下明代经义的文体建设及文章学意义》与第七篇《"下流之悼"：圹志与明清墓志文的日常性》中得到了一定程度的贯彻，而恰好形成某种研究的关联性；第八篇《古代堪舆术与明清文学批评》则是基于文章学及其知识陈述来探讨近世文学诸体会通的话题。最后两篇围绕汉语虚字与文章学、文学史的讨论，算是我近年来投入较大精力的一个方向，其研究旨趣在于：基于注重汉语言文字特性的古典语文学资源，思考古代文章学的学理基础与中国文学史的本土传统。上述编选框架由文献实证入手，进入文学文体与文本，再尝试梳理基于文学史的古今联系，是本论集的总体思路，也算是我这些年接受古籍所学术训练而提交的一份仍显稚拙的作业。

论集所收十篇论文，皆已公开发表，其中多篇论文借此次结集的机会在原文基础上进行了不同程度的修订和增补。除较早发表的前两篇之外,其余八篇论文都曾在学术会议上宣读,并蒙诸多师友指示意见,文章在投稿发表时亦得到许多专家的批评指教,如今结集印行又有赖复旦大学出版社的大力支持和责编杜怡顺先生的辛勤付出,在此一并致以诚挚的谢意。

  这本论集的出版,是作为复旦大学古籍整理研究所成立四十周年的纪念。我于2013年来到古籍所攻读博士学位,至今亦恰好是十年时间。因此于我而言,这本论集也是回顾自己这十年来学习和工作经历的一次记录,当然更是继续前行并以此自警和自省的一种鞭策。"课虚无以责有,叩寂寞而求音",对于从事古籍整理与研究事业的科研工作者来说,或许更需要这份"寂里出音"的专注和坚执。

2023 年 10 月于复旦光华楼

近世视野下的明文话研究与文章学建构

文话是中国古代文学批评的重要样式之一，近年来，随着王水照先生主编《历代文话》的出版以及与诗学、词学并峙的文章学建设的兴起，它的价值也逐渐受到学界的重视。但在文学批评之诸体中，相对于诗话、词话，文话的研究仍处于起步阶段，基础较为薄弱。有关明文话著述，根据我们对明清以来公私藏书目、方志著录，以及集部别集、总集，子部杂家、类书等文献的初步调查，在《历代文话》已收录 31 种的基础上另增补 56 种，即所得现存明文话 87 种，另搜检得佚目 39 种。① 与宋元文话、清文话相比，明文话的数量居中，但与这数目相匹配的研究成果却寥寥无几，明文话之基本概貌、理论品格也未能得到揭示。想要改变当前明文话研究的被动局面，在已全面调查、搜辑总目的基础上，还须从这些著作的文本出发，以更为主动的姿态去寻求符合明文话自身特征的研究问题和方法，尝试去理解它们所寄寓的明人对文章写作与批评的不同要求。

文话这一体裁自它诞生之初，就展现出不同于诗话"资闲谈"

---

① 参见陈广宏、龚宗杰《明文话叙录》，《复旦学报（社会科学版）》2016 年第 5 期。

的休式特征,因其所论评的对象即文章,在宋代以后被赋予了较高的文体地位以及广泛的文学和政治功能。与之相对应的,涵盖了文评、文论及文式多种类型的文话,由宋至明也愈发体现出其作为文章学载体的重要作用。当前有关文章学定义、内涵和特征的讨论,可谓众说纷纭。就学术发展来说,此类针对基本性质的研讨自然有助于不断调试和深化我们对文章学的理解。但作为一个动态发展的概念,对文章学在一定断限内的衡量,观察视角又须实现由一般到特殊的转换。这种转换,强调的是在一个相对完整的理论体系中对其历史性的追问,落实到具体研究,则体现为对作者及作品之历史语境和批评指涉的尽量还原。因此,立足于文话的文本形态,结合明代文章学所面临的包括思想、文化、制度等近世社会的多重因素,或许是尝试建立一套明文话研究体系的有效思路。

一、价值重估:对文话三重形态的研究考量

文话长期受到冷遇,从古人"夫古今诗话多矣,文话则未之闻"的自我反省,到20世纪以来文学批评领域中的乏人问津,侧身于研究相对成熟的诗话、词话研究,文话自然是相当落寞。对于这一状况产生的原因,已有学者作了多方面的揭示,概括地说,一是"文"与"话"的内在矛盾,二是20世纪初古文传统的断裂。前者从体制形态的角度解释了文话著述为何不以"话"命名的原因[①],而

---

① 参见蔡德龙《文话的辨体与溯源》,《文学评论丛刊》第12卷第2期。

这也在一定程度上削弱了它类似诗话、词话那样统一且鲜明的标识度;后者则是借学术史的梳理,来探析近百年来文话研究以及文章学学科建设所承受的"负面作用"。① 以上两点,其实也契合我们重估文话价值并推进深层次研究的具体思路,即如何在深入文话文本,紧扣其本体特征的同时,又不脱离所处的历史语境。

反观"五四"以来中国文学批评的建设,虽然我们一直强调文话的普遍缺席,但也应了解,文话从建设之初就已经进入前辈学人的视野,只是在当时文学观念中,文话多是不足称道的文献材料。在出版于1927年,象征着批评史学科创立的《中国文学批评史》中,陈钟凡提到:

> 中国历代虽无此类专门学者,然古人对于文艺,欣赏之余,未尝不各标所见,加以量裁:如曹丕《典论·论文》、陆机《文赋》、挚虞《文章流别论》、李充《翰林论》,皆其嚆矢也。惜曹、陆之作,并属短篇,挚、李之书,均归散佚;惟刘勰《文心雕龙》、钟嵘《诗品》独存,二者皆论文之专著也。此外若《宋书·谢灵运传论》《北史·文苑传叙》等编,又属断代为书,未遑博综今古。此后论文之书,如历代诗话、词话,及诸家曲话,率零星破碎,概无统系可寻。②

---

① 王水照、朱刚《三个遮蔽:中国古代文章学遭遇"五四"》,《文学评论》2010年第4期。
② 陈钟凡《中国文学批评史》,上海:中华书局,1927年,第9页。

陈钟凡认为《文心雕龙》《诗品》之后的论文之书,多零散而无体系。因而此书虽提及陈骙《文则》、陈绎曾《文筌》、王构《修辞鉴衡》等宋元文话,但仅仅停留于简单的介绍,并未作出深入阐论。郑振铎在同一年发表的《研究中国文学的新途径》一文,也认为中国古代"诗文评"或"文史"类的著作,虽有《文心雕龙》《诗品》之开端畅流,但也只是"昙花一现"。他说:

> 所谓"文史"类的著作,发达得原不算不早。陆机的《文赋》,开研究之端,刘勰的《文心雕龙》与钟嵘的《诗品》继之而大畅其流。然而这不过是昙花一现。虽然后来诗话文话之作,代有其人。何文焕的《历代诗话》载梁至明之作凡二十七种,丁氏的《续历代诗话》,所载又二十八种,《清诗话》所载,又四十四种。然这些将近百种的诗话,大都不过是随笔漫谈的鉴赏话而已,说不上研究,更不必说是有一篇二篇坚实的大著作。①

此后,郑氏又罗列出《四库全书总目》所标举的五个"诗文评"的品类,即"究文体之源流而评其工拙"者、"第作者之甲乙而溯厥师承"者、"备承法律"者、"旁采故实"者、"体兼说部"者,并对这五类诗文评作了如下评价:

> 除了第一,第二两类著作以外,其余的都不过是琐碎的记

---

① 郑振铎《研究中国文学的新途径》,《中国文学论集》,上海:开明书店,1934年,第6页。

载与文法的讨论而已(像第一第二两类的著作却仅有草创的《文心雕龙》与《诗品》二种)。间有单篇论文,叙述古文或骈文之源流,叙述某某诗派,某某文社之沿革,或讨论二个文学问题的,或讨论什么文章之得失的。然却是太简单了,不成为著作。①

郑振铎于文末在对比中西图书分类法的基础之上,提出了一套中国文学整理的分类大纲。在"批评文学"一类中,把将以《文心雕龙》为范例的"一般批评"与以《四六丛谈》《论文集要》为代表的"文话"分立,可视为其上述观念的实践规划。郑氏所谓的"大著作"与陈钟凡强调的"统系",在对诗文评著作的理论价值评估上并无二致。此后方孝岳《中国文学批评史》同样以"规模"二字作了陈说:

> 研究文学批评学的人,往往只理会那些诗话、文话,而忽略了那些重要的总集了。其实有许多诗话、文话,都是前人随便当作闲谈而写的,至于严立个人批评的规模,往往都在选录诗文的时候,才锱铢称量出来。②

此类以理论的系统性、著作的完整性来评判文论作品的标准,大抵皆因五四以来的学者多在西学思潮之浸染中,以西方的文学

---

① 郑振铎《研究中国文学的新途径》,《中国文学论集》,上海:开明书店,1934年,第7页。
② 方孝岳《中国文学批评》导言,上海:世界书局,1934年,第7—8页。

理论为参照来衡量中国文学批评史之建构。在这一观念的影响下,《文心雕龙》研究迎来热潮并逐渐发展为显学。相反,大量所谓"零星破碎"的文话作品在中西话语体系的巨大落差之中湮没无闻。直到20世纪末,台湾学者王更生宣言"龙学"的"黄昏"[①],指出中国古代文论需以整理文话为契机来构建新的格局,以及21世纪初《历代文话》出版的开山导路,才使文话的系统整理与研究渐入正轨。

总的来说,从郑振铎"批评文学"整理的提倡,到当今学人对文话文献整理和汇纂的实践,虽然观念和侧重点不同,但他们的出发点是一致的,即以文学批评构建为目标来展开批评史料的采掘,进而带动学界同仁的共同参与。《历代文话》出版以来,文话与文章学研究即已吸引了许多学者的目光,相关领域也取得了一批值得关注的成果。文献整理方面,如《历代文话续编》(凤凰出版社,2013年)即在《历代文话》之后进一步汇编清代至民国之文话著作,《稀见明人文话二十种》(上海古籍出版社,2016年)则选取二十种稀见罕传之明人文话,进一步完备明文话的文话调查与整理。具体研究,则有慈波《文话发展史略》(复旦大学,2007年)、吴伯雄《〈古文辞通义〉研究》(复旦大学,2009年)等博士论文在宏观及个案方面予以关注,另外像侯体健《资料汇编式文话的文献价值与理论意义——以〈文章一贯〉与〈文通〉为中心》(《复旦学报》2009年第2期)、卞东波《日本汉籍视域下的文话研究》(载《中国古代文章学的衍化与异形——中国古代文

---

① 王更生《开拓中国古代文学理论的新局:从整理"文话"谈起》,《文艺理论研究》1994年第1期。

章学二集》,复旦大学出版社,2014年)等文章则以不同视角对文话研究作了积极的拓展。以上研究虽非尽属于明文话之列,但所取得成果昭示我们,做好文献调查、考订的基础工作,对于进一步认识明文话的基本概貌、特定品质及其作为批评文献如何在古代文章学研究领域中发挥作用,是具有奠基意义的。以文献形态进入文章学及文学批评的建设序列,是文话价值应被认识的第一个层面。

对文话价值重估的第二个、也是更为迫切的层面,是回归文本形态的考察,强调文话的本体研究。在文献足够丰富的近世,仍以过去的眼光看待这些材料,重复前人的判断,对于我们理解明文话的特征和价值是毫无意义的。因为在批评风尚渐盛、书籍流通便利的明代,作为文学批评之一种,文话的文本流动性和生长空间也相应地得以扩展,其体制同样呈现出多元化的特征,已非以往批评史写作所注重的系统著作所能涵盖。

单就明文话的文本生成及其特征而言,一方面,结构松散的随笔体,或曰狭义层面的文话仍较为习见。这类著作往往以随意的书写方式,保留了话体批评的结构特征。如宋禧《文章绪论》、冯时可《谈艺录》皆属此类。另外像王鏊《震泽长语·文章》、何良俊《四友斋丛说·论文》、张元谕《篷底浮谈·谈文》、张仲次《澜堂夕话》等则命名上即已采用了近于"说部"的"语""说""谈""话"。值得留意的是,狭义的诗话与文话虽然形式相仿,但在内容之"及事"与"及辞"的取舍中,文话则是以偏向后者的论评文章和讲说格法为主,带有鲜明的实践性和功用性。

另一方面,汇编体文话在明代取得显著的发展,其编刊亦显示出批评文献的近世性特征。事实上,以往对此类利用现有材料加以汇编的作品是不太重视的。这当然它们自身所具备的诸如内容重复蹈袭、形式琐碎烦冗有关。如四库馆臣对这类为数不多收入《四库全书总目》的明人文话,就予以了很低的评价:如指出徐骏《诗文轨范》"其书杂采古人论文之语,率皆习见。所载诏、诰、表、奏诸式,尤未免近俗"①、黄洪宪《玉堂日钞》"钞撮宋陈骙《文则》、李耆卿《文章精义》,明何良俊《论文》、王世贞《艺苑卮言》、吴讷《文章辨体》五家之言,共为一书","实则骙等之书具在,无庸此之复陈也"②、朱荃宰《文通》"取古今文章流别及诗文格律,一一为之条析","然大抵摭拾百家,矜示奥博,未能一一融贯也"③、唐之淳《文断》"皆采掇前人论文之语,抄录而成",此书虽足资考证,"然桀误冗杂,亦复不少","则其由贩鬻而来,不尽见本书可知矣"④。馆臣的说法,抓住了明代文话传抄蹈袭,以及因此导致的原创性低下等多为后人所诟病的文本特性。事实上,此类采用"辑而不述"形式的文话著作,在宋代即已出现,如张镃的《仕学规范·作文》、王正德的《余师录》,但其编纂体例及编排手法直到明代才渐趋完善。作为现存明代最早的汇编体文话,在洪武十三年(1380)即已成书的唐之淳《文断》,即已依经史子集四部和唐宋诸家之文评进行分类编次。到了明代中后期,又出现了如高琦《文章一贯》、刘元珍《从先文诀》等依据文章作法之基本程式进行汇编的著作,编排思

---

① 〔清〕永瑢等《四库全书总目》卷一百九十七,北京:中华书局,1983年,第1799页。
② 同上书,第1802页。
③ 同上书,第1803—1804页。
④ 同上书,第1804页。

路更为明晰。随着编纂体例的完善,体系完整也逐渐成为明代汇编式文话的特点。

对此类汇编体文话的价值评估,除了文献辑佚和校勘之外,至少还可以从以下两个文学层面进行考量。首先,从文本生成的角度来说,宋元以来大量文章学文献的积累,为明文话文本的编排和组合提供了多种可能,上文提到的唐之淳《文断》在凡例中提到该书的编纂仿照自《文话》《文章精义》《修辞鉴衡》《金石例》《文筌》《文则》等书。其中提到的《文则》《文章精义》皆为后世援引蹈袭最为频繁的著作,如万历间王弘诲《文字谈苑》四卷,卷一论古文部分即据《文则》裁割重编而成,徐栻于万历二十三年(1595)编成的《重校刻艺林古今义法碎玉集》二卷,"古文法"部分同样据《文则》辑成。综合考察这一文本重组的过程,解读文本之"重复"所体现的文章观念和诉求,是比一味指斥它们缺失原创性更富意义的。其次,明代后期随着明人论著的逐渐积累,并在科举制度及商业出版的推动下,明人选本朝文人论文语加以汇编的方式,便逐步取代了前期依赖宋元资料进行类编的模式,诸如袁黄《游艺塾续文规》、汪时跃《举业要语》、汤宾尹《读书谱》、刘元珍《从先文诀》等,均辑录了茅坤、唐顺之等明代文家之论说,亦体现了明代文章之学因适应社会文化之发展而不断调试的局面。促成上述两点的动因之一,则是"刻本时代"所带来的在近世社会、学术、教育等诸多领域的变革。

由此引发的第三个层面的思考,是明文话的文化形态考察。自宋元至明清,不同历史时期的文化投射,干预着批评文献的写作、传播与被阅读,作为一种反馈,后人又可以从中窥探到包括政治、经济和思想在内的时代印记。以此为出发点来探讨明文话的研究价值，实则超越了理论品格高下之分的标准，那么无论是理论精深的著作，还是识见浅显的文本，皆可以等量齐观。比如庄元臣《行文须知》、张溥《初学文式》、杜浚《杜氏文谱》等文法、文式、文格一类的作品，长期被视为蒙学读物而鲜人问津，但从现存明文话中此类著作所占较高的比重来看，正是这些为初学作文者而设的文法类书籍，通过不断适应多层次的文化需求，逐步完成古代文章学在近世社会面向中下层的、通俗化的普及和延伸。又如汪正宗《作论秘诀心法》、徐未《古今文法碎玉集》、汪应鼎《流翠山房集选八大家论文要诀》等出自低功名阶级文人之手的作品，看似随意抄掇、粗制滥造，却恰好反映了在文权逐渐分化的近世社会，通过中下阶层文人的共同参与，最基础的文章学法脉与知识系谱得以逐步形成与延续。

　　以上三重形态的价值评估，是一个循序渐进的过程。对仍处于起步阶段的文话研究来说，从文献与文本角度对明文话作更多的探讨，自然显得尤为重要。但以此为前提，将研究视野稍扩展至外部而与社会文化相结合进行考察，同样是接下来需要开展的工作。总的来说，当前的文话研究，在文献搜集、考订的条件足以胜过"五四"以来批评文学建设时期的同时，相对应的文学观念和评价标准，也应在不断地反思与重估旧有的格局中得以改善。一旦突破了原来的批评体系，我们讨论的基本立场，便不再局限于前人所划定的方寸之地，而可以返归到明人所处的近世社会与明文话的历史语境，这样一种态度，是我们尝试对诸多以往不受重视的著述予以较为公允及合理评估的前提。

二、视角切换:明代文章学
建构的多元思路

近年来,明清诗文领域已受到学界广泛的关注,其中所取得的显著成果之一,便是明清文学批评与文学理论的研究。[①]自20世纪末以来,有关明代文学批评、文学思想及文学思潮的探讨可谓盛况空前,成绩斐然。但其所铸成的理论"大厦",往往会使后来者带着先入为主的观念,将一些研究附着于当前已建立起来的批评框架之中,这自然不利于明代文学批评的持续发展。作为一只新晋的势力,明文话研究也不可避免地会面临类似的难题,如何为明代文章学、文学批评提供新的活力,而非简单的文献补益与知识叠加,是值得进一步思考的问题。以下三个方面的视角转换,或许可视为通过文话研究来推动近世文章学多层次建构的努力方向。

一是从士人文章学到通俗文章学。尽管学界对近世社会的文化与文学之转型已有了一个基本的认知,但不可否认的是,传统诗文批评的关注重点仍集中于士人尤其是精英阶层的理论主张层面。从明代前后七子、唐宋派、竟陵派的各派论争,到清代桐城一脉的发展演变,主流文派的思想脉络及士大夫精英的文学观念,大致构成了明清近世文章学之主线。伴随着近世社会政治和思想文化的革新与更迭,这一主线又从其自身体系中延

---

① 参见周明初《走出冷落的明清诗文研究:近十年来明清诗文研究述评》,《文学遗产》2011年第6期。

展出新的生长空间。其中最值得关注的，或即文章学的下行渗透。

我们以"士人文章学"来指称由士大夫精英所倡导的、理论层次较高的文章学主张，那么与其相对应的，则是平民化或是通俗化了的文章学。从一定意义上来说，以论文书为代表的单篇文论更多地体现了文人精深的理论书写，相比之下，形式自由、出版便利的文话著作则是通俗文章学的天然载体。尽管明文话中同样存在着如宋濂《文原》、王世贞《文评》、屠隆《鸿苞文论》之类理论品格相对较高的著作，但不容小觑的是大量以知识普及和写作指导为主要内容的通俗读本，正是它们反映了明代通俗文章学的基本面貌。一方面，一批进士出身的士大夫凭借着话语权的掌控，通过文话的刊行来规范和引领着以士子为主要阅读群体的文章习作。承宋元文法而来的曾鼎《文式》，为艺林所传诵的袁黄《谈文录》《举业彀率》《心鹄》三种，传授作文"九字诀"的董其昌《论文宗旨》、搜集诸家论文真诀的汤宾尹《读书谱》等可视为此类作品的代表。另一方面，作为对文坛风向自下而上的回应，以举人、诸生为主体的底层文人及书商、书坊主，共同参与到了授学读本的编撰、整理与出版，如辑《举业要语》的举人汪时跃，编《作论秘诀心法》的生员汪正宗及续补《举业卮言》的职业编辑陆翀之等。正是这些来自不同阶层力量的加入，使得近世文章学发展在明代呈现出由基础到高阶并存的立体格局。在教育制度和科举制度的规约下，伴随着阅读对象的调整，面向底层文人与市民阶层的通俗文章学，其内容更加具体和细致，更倾向于知识的普及和规范的建立。这一点可以拿近世诗学的通俗化进程作为互参，宇文所安在《通俗诗学：南宋和元》中说得明白:"通俗诗学作品把传统诗学的某些最基本的假定揭示出来,这弥补了它们微妙与细致不足的缺欠;它们直白地说出了大批评家只是精明地点到为止的内容。"①稍作引申,也可以理解所谓"大批评家"的理论主张与一般化的知识、法则的对应互补关系。这里也需要说明,提出研究视角在士人文章学与通俗文章学之间的切换,并非意在后者取代前者,是强调二者的动态平衡,尝试调整以往单一的研究局面。

二是从理论型文章学到实践型文章学。对通俗文章学的观照,又牵涉到另一个值得关注的话题,即文章学批评与写作的双核。前文提到"五四"以来批评史写作低估文话价值的问题,其中尚可以补充说明的是,自清人以下,从四库馆臣到近代以来的学人,对诗文评中的格法类作品都评价较低,对于明文话中的文法、文式类著作,也多视其为蒙学读物和制举用书而不屑研究。前者从理论品格的高度来加以否定,后者以古文与时文的优劣判别来进行批判,二者所持的价值评判标准则是一致的,即均视技法论为文章学之末流。不管这一观念是显性的还是隐性的,所带来的结果是文章学研究框架中理论阐释与法度解析的失衡。换句话说,以往我们所重视是以理论为主、批评型的文章学,而对以实践为目的、建设型的文章学缺乏相应的关注。

对于明人而言,文章法度之所以重要,在于唐宋时代逐渐建立起来的规范化的文章法则,成为他们创作实践中无法回避的实际问题。对此,清人已作了不少反思,如姚范指出:"字句章法,文之

---

① [美]宇文所安著,王柏华、陶庆梅译《中国文论:英译与评论》,上海:上海社会科学院出版社,2003年,第467页。

浅者也,然神气体势,皆阶之而见。古今文字高下,莫不由此。"①一方面,正如唐顺之在《董中峰侍郎文集序》中强调"唐与近代之文,不能无法,而能毫厘不失乎法,以有法为法,故其为法也,严而不可犯"②,士大夫精英阶层在尝试模拟甚至意欲比肩前代文章时,总结与反思前人作文法度是重要的取法途径。另一方面,我们更应该认识到,对初学作文者和应举士子来说,较之抽象的"精神命脉",具体化的"绳墨布置"是更具可操作性和易于接受的。由此也可以理解,为何南宋以降关注文章形式和技法的文话、评点作品不断涌现,为何明人尤重"辨体"并通过具体分类来厘清不同文体的形制特征和写作准则。可以说,宋元时期"以法为文"的文章学传统建立以来③,文法谱系的发展演变成为近世文章学的重要一脉。明人如何在这一谱系中实现传承与新变,那些聚焦于文章技巧的文法和文格类著作有待作深入、全面的考察。这方面,相对成熟的诗学研究已作出了诸多值得借鉴的尝试,以张健《元代诗法校考》(北京大学出版社,2001年)、张伯伟《全唐五代诗格汇考》(江苏古籍出版社,2002年)为代表的文献辑考工作,以及学界理论研究的相应展开,使得格法研究成为过去十年诗学领域中较为活跃的板块之一。与近世诗学面临宗尚与师法的问题相似,近世文章学同样面对着历经上古及中世社会逐步建立起来古文传统。所不

---

① 〔清〕姚范《援鹑堂笔记》卷四十四,《续修四库全书》第1149册,上海:上海古籍出版社,2002年,第111页。
② 〔明〕唐顺之《荆川先生文集》卷十《董中峰侍郎文集序》,《四部丛刊》影印明万历刊本,第35b页。
③ 有关宋元文章学"以法为文"的成就和特点,参见祝尚书《宋元文章学》,北京:中华书局,2013年,第418—422页。

同的是，作为近世社会与文化形态的一部分，明代文章学尚需对科举制度与时文写作作出积极的回应。正、嘉之后，诸如庄元臣《论学须知》、王弘诲《文字谈苑》等文话的相继问世，也显示出明人借助文话的刊行，意欲援古文之法干预时文创作的努力。正是上述文章学所面临的实际状况，决定了取资于古文及向时文输出的文法论，成为明代文章学实践的关注重点。基于这些考虑，提出将重视法度论、偏重实践型的文章学纳入考察视野，意在尽量消除以所谓印象式批评为代表的感性认知所带来的视野局限，因为结合文章批评、强调创作实践，是古代文章学区别于古代文论的重要特征。

三是从文章的经典化到批评的经典化。与明人阐说法度、论评文章相匹配的，是他们编选各类文章选本来作为示范。南宋以来文章评点、文话的不断涌现与广泛传播，在很大程度上了推动了近世散文经典化的进程，"唐宋八大家"即为其中典型[①]。如果将视角稍作位移，也可以发现，如果说文章选本、评点本的流行使得古文大家及其文章的身价日增的话，作为批评话语传播的介质，文话的传刻则更多地促成了批评经典在明代的形成。两者的异曲同工之处在于：就明人系统整理和利用前代文献的层面来说，选录前人论文之语的汇编体文话，以类似"文话选本"的姿态在明代大行其道，其功能恰恰是将一些经典论说筛选和

[①] 关于"唐宋八大家"自南宋至明的逐步形成，高津孝《论唐宋八大家的成立》一文已作阐发，指出从吕祖谦《皇朝文鉴》到茅坤《唐宋八大家文钞》，诸多文章选本以其制举用书的角色担当，使八大家成为"中国社会自身所析出的散文作家的典型"。载［日］高津孝著，潘世圣等译《科举与诗艺·宋代文学与士人社会》，上海：上海古籍出版社，2013年。

过滤了出来;从更深层次的文化意义上来看,无论是文章范本还是文法、文评,在科举教育的意识形态导向中均具有极为广泛的接受度,而所谓的经典与权威正是从这种普及化的过程中被逐步树立起来的。如下何良俊的观点直观地反映出明人作文取法于经典文论的状况:

> 古今之论文者,有魏文帝《典论》、陆机《文赋》、挚虞《文章流别论》、任昉《文章缘起》、刘勰《文心雕龙》、柳子厚《与崔立之论文书》,近代则有徐昌穀《谈艺录》诸篇,作文之法,盖无不备矣。苟有志于文章者,能于此求之,欲使体备质文,辞兼丽则,则去古人不远矣。①

此处有关"作文之法"的强调,显示出明人对这些经典文论的定性判断,即对"有志于文章者"来说,它们无疑是可以参考的文章指南。

从明文话来考察文章批评经典化的发生过程,仍可以唐宋八大家的例子来加以说明。唐宋以来,论文书的撰写逐渐成为文人表达文章学理论的主要方式之一,古文大家的论说更是成为后世学子的治学根柢和作文门径。前引柳宗元《与崔立之论文书》即为一例,又如明人孙鑛《与吕甥孙天成书牍》说:

> 举业无他秘术,但在多作。作之多,诸妙自出。又不可太

---

① 〔明〕何良俊《四友斋丛说》卷二十三,《续修四库全书》第1125册,第674页。

着意，又不可太率易，要持中乃可耳。柳子厚《答韦中立书》中数语尽之矣。①

从宋代张镃《仕学规范·作文》、王正德《余师录》，到元代王构《修辞鉴衡》，再到明代诸如《文断》《文章辨体·总论作文法》《文体明辨·文章纲领》《举业卮言》等，八大家论文书的片段不断地出现在文话作品中。重复和高频率实际上包含着一种历史选择的意味，正反映出明人对那些言说一再强调，甚至奉为圭臬的态度。清人对此也有相同的认识，梁章钜《制义丛话》引胡燮斋、程海沧语曰：

> 唐以前，无专以文为教者。至韩昌黎《答李翊书》、柳柳州《答韦中立书》、老泉《上田枢密书》《上欧阳内翰书》、苏颍滨《上韩太尉书》，乃定文章指南。……操觚之士，苟好学深思，心知其意，而行文者总不越规矩二字。②

除了八大家文论外，从明文话的编纂中，我们还可以看到宋元时期的文章学文献在明人阅读群体中的评价和地位。比如朱熹之论文语，作为理学家文论的代表，多为明人援引而获得了较为普遍的价值认同，余祐于嘉靖三年（1524）编成的《朱文公游艺至论》即

---

① 〔明〕孙鑛《月峰先生居业次编》卷三《与吕甥孙天成书牍》，《四库禁毁书丛刊》集部第 126 册，北京：北京出版社，2000 年，第 226 页。
② 〔清〕梁章钜著，陈居渊校点《制艺丛话》卷二，上海，上海书店出版社，2001 年，第 34 页。

为典型。又如宋元文话《文则》《文说》两种文法著作在明代的不断传刻和文本衍生,先后被改编入徐骏《诗文轨范·文范》、曾鼎《文式》、佚名《诗文要式》、杜浚《杜氏文谱》等明文话。总之,宋代以后文章学的一部分内容是围绕承接已有的批评文献而展开的,在大倡复古之风的明代,这一倾向显得尤为明显。通过文话的编纂,明人在这方面作了一系列遴选和汇辑工作,这是值得关注的一个话题。

以上三点,可视为文章学及其研究向纵深拓展的尝试。就学术生态而言,文章学所面临的,既包括明代文学发展的特定背景,也包括近世文学演进的总体脉络,这是上述第一和第三点将要处理的工作。而驱动文章学运转的关捩,则是第二点提到的创作实践。文学批评与文学创作相脱离,可以说是白话文取代文言文所带来的负面效应,也是古文传统遭"五四"斩断的直接后果。对古代文人来说,文章写作是他们日常生活乃至生命历程中必须直面的严肃问题。关于这一点,作为一种与创作实践尤为密切的批评样式,古代文话或许将带给我们更多的学术思考。

三、途径探索:作为方法的"近世性"

中国文学史的分期是学界长期关注的话题,其中以上古、中世、近世为框架的分期方法,最早借鉴自日本学者有关日本史、中国史的研究,并参照了欧洲的历史分期法。相比于以朝代为断限的断代分期法,以上古、中世、近世三期来划分中国文学史的方法,更贴近文学自身发展演变的阶段性特征。近年来如章培恒、骆玉明两位先生主编的《中国文学史新著》、袁行霈先生主编的《中国文学史》,均采用了这一分期法来划分"现代"以前的中国文学史。其中,作为中国文学史上的"近世",学界对其上限时间的断定,包括上述两本文学史专著在内,尚存有不同的见解,但落实到具体的划分标准及其对"近世文学"有关民间化、通俗化等特征则已能达成一定的共识。

此种有关元明清文学的"近世性",以文学权力的分化和下移为主线,主要体现为:一是在市民意识和文化需求不断增长的情况下,文学表现形式和内容的世俗化;二是随着社会、经济尤其是作为文化媒介的出版业的发展,文学生产、传播和消费机制的商业化和多元化。作为近世文学的一个分支,明代文章学在演进过程中,为适应世俗化社会的普遍需求,无论是其话语权向更广大识字阶层的延伸,抑或是其学术内涵向通俗和实践文章学的扩容,均表现出近世文学的特征。而作为文章学重要文本载体的文话,因其主要流行于明清两代,某种意义上可视为近世之"产物",同样展示出契合上述近世性的特质:无论是文话撰述和阅读主体阶层的下移,还是文话内容侧重文章写作技法的实践导向,甚或是文话之汇编所展现的商业化运作的特点。从这个层面来说,此种近世性对于我们开展明文话研究同样具有重要的方法论意义。文学史观念中的近世,同时也是历史学、社会学的分期,因而呈现出上述领域互相联动的复杂关系,这与我们强调明文话的历史语境与文化形态是相一致的;另外,就文学史书写而言,新兴的文学样式(小说、戏曲)已被视为近世研究的主要对象,而传统诗文领域则缺乏分量相当的观照,那么,在一定程度上与科举制度相伴,肇始于宋元、盛行于明清的文话,被放置于近世这一标尺下加以衡量,无论是对文话研究本身,还是对明清诗文研究的拓展,都或是一条行之有效且富有意义的考察途径。

唐宋古文运动的开展、儒学传统的恢复及科举制度的逐渐完备,构成了近世社会及其思想、学术的整体生态。北宋以后,文章用以载道的文学功用与政治职能得到普遍的认同,与之相匹配的,是在科举制度层面从宋元时期以诗赋和经义多次递变,到明代罢诗赋而用经义、策论的定型,文章的地位在由虚向实的学风转向中被逐渐巩固。正是在这种文章学的背景之下,借助日益发展的雕版印刷和书籍市场,以及在此基础之上不断深化的资源共享与商业交流,文话发展到明代,随着作者、读者群体的扩大及商业化运作的加入,愈发呈现出世俗化的特征。

基于以上思考,从文话研究的角度来说,作为方法的近世性至少可包括以下两个层面。一是以书籍为中心,围绕编撰者、阅读者与出版者(主要是书坊)共同形成的文化场,来考察文话生产与流通的过程。从目前已知的数据来看,嘉靖以后出版的作品数量占据了明文话总数的四分之三,这与明代中后期印刷出版业的日益发达密切相关。在这一文化资本的运作中,书坊作为文话生产与流通的枢纽,无疑起到了重要的作用。另一方面,出于射利的考虑,书坊的着眼点是为了满足图书阅读者之需以扩大市场占有率,由此则可以观测到明中叶以后逐渐崛起的中下阶层,对获取文章学写作法则与知识的巨大需求,显著的例子即编撰者和书坊为引导阅读,往往会在题名中注明作者、批评者及其身份地位等"副文本"以突显书籍的权威和质量,如《新锲诸名家前后场肄业精诀》《汤睡庵太史论定一见能文》《新刻张太史手授初学文式》。这些"名家""太史"的身份标注及"肄业精诀""一见能文"的命名策略,均显示出文话生产一端对广大受众消费需求的回应。另一方面,部分书坊主同时以编撰者的身份参与到文话的制作环节,借助已累积的文献资源,通过文本的复制、筛选、重组和拼合等加工手段来产出作品。如万历间衢州书坊主舒用中就曾辑录前贤文论汇为《雅林指玄》一书,民国《衢县志》卷十五"艺文志下·集部·诗文评选"著录曰:

> 前有万历甲申了凡袁表序,后有浙衢少轩舒用中跋,略谓余近购归茅太史所著论文诸篇,如董、贾与国朝名公未载已。自班、马以至唐、宋,其间根柢理道,有切于论文者,悉取而录之,名曰《指玄》。篇篇大雅,字字玄邈,似又为艺林之绳尺矣。集成乃鸠工梓之云云。按:用中前志未见,书为明刊本,刻工甚精,亦近时罕见物也。①

借此可直观地看到书籍市场的扩展为文话的衍生提供了更大空间。通过书坊的编辑运作,已有的旧材料又再生为新作品以满足不同时代读者的需求,这使得汇纂式文话在明代大量刊行。

除了书坊主外,编撰者和读者也是这一文化场的重要组成。从上引舒用中的文论购入和《指玄》产出也可以看到,后二者往往

---

① 民国《衢县志》卷十五,《中国地方志集成》浙江府县志辑第56册,上海:上海书店出版社,1993年,第73页。

形成身份的转换或统一,进而构建起一个互动的、对话式的交流圈。仅就明文话编撰者的身份区分来说,进士出身的士大夫文人仍占大半。作为推动明代文章学进程的主力,士大夫精英及他们高阶的理论主张自然是研究者首先关注的对象。但以近世社会文人的生存需要和功名追求而言,在科举制度的主导下,浸淫于最基础和广泛的文章学知识体系,至少是他们必须经历的人生阶段。由此产生的一部分与高阶相对的普及类文话,仍不失为我们考察这些文人生命情志的一块内容。比如明初唐之淳早年的拟古情结与《文断》的编纂,又如周瑛《文诀类编序》说:"予少习文艺,苦不得其门路。尝博采诸家论说而类编之,以自轨范。"①到了晚明,随着私人出版业的兴盛,原先较为封闭的"以自轨范"开始转变面向大众的、更为活跃的出版活动。像汤宾尹、董其昌等文人均是在入仕后,以刊布文话的方式来树立典范或标示文法,扩大他们在民众尤其是士子中的影响和号召力。譬如董其昌《九字诀》,自刊行以来,影响甚大,其相关文本为万历间诸如《游艺塾续文规》《举业要语》《新刻官板举业卮言》《从先文诀》等探析时文作法的专书所收录。相对应的,像汪正宗、徐耒、汪应鼎、张次仲、杜浚、左培等低功名文人,又纷纷完成由阅读者(因他们本身就是文章教习或科考参与者)向文话编撰者的转换,通过知识的传输和经验的表达,来占据文化场的一席之地。

　　作为方法的近世性的第二个层面,是以文章学的理论与实际为探析目标,结合教育制度、科举制度,以及由二者所联结的士大

---

① 〔明〕周瑛《翠渠摘稿》卷一《文诀类编序》,《景印文渊阁四库全书》第1254册,台北:台湾商务印书馆,1986年,第722页。

夫官僚、习文士子和书坊主等不同阶层，尝试打通上层与底层、古文与时文的界线，考察它们如何以文话而产生内在的联系，不仅是展现士大夫的文风引领和理论辐射，而且是揭示下层文化势力的崛起及其造成的反向影响。若以粗线条的形式对明代文章学之演进加以勾勒，可以看到它大致是沿着两大路径并行展开的：一是在古文领域，以接续自秦汉而历唐宋的文统为重任，其间各类追摹、师法均可视为这一体系建设下的不断调试；二是在时文领域，于制度规定的范围内尝试完成对文体内部空间的极致追求，正、嘉之后的"以古文为时文"的提出及各式新说的注入①，则可以看作是这一内部空间饱和之后的自我破解和对外接纳，此过程实与近世社会思想、文化之变革息息相关。从历时的视角来看，考察包括文话在内的批评文献，可以了解到明代前期的文章学建设主要是在古文方面，如从宋濂《文原》、宋禧《文章绪论》、苏伯衡《述文法》等馆阁文人撰写的授学读本中，均可看出明初文章教育的直接途径是承续元代延祐复科所塑造的雅正文风，推崇古作。但到了明中叶以后，随着一批时文巨擘的集体活跃及出版业的推波助澜，时文论评开始成为一种颇为流行的批评风尚，进而铸就了晚明别开生面的学术格局。落实到文话的研究，其中值得关注的大致包括以下几点：一是在宏观层面，探析明代的文章学如何借助科举制度的内在驱动，逐渐完成其体系内部的新陈代谢——大致以万历中为界，明人自主的批评话语开始取代宋元旧说占据主导地

---

① 清人方苞概拈明时义之演进指出正、嘉作者"融液经史"，隆、万间"兼讲机法，务为灵变"，启、祯诸家"穷思毕精，务为奇特"。见《钦定四书文》卷首《凡例》，《景印文渊阁四库全书》第1451册，第3页。

位；二是继续深入有关古文与时文关系的研讨，分析明人如何以更具开放性的文章学观念，来弥补时文封闭体系内"自我造血"功能的欠缺①，如董其昌《九字诀》对禅宗思想的吸收已显现出晚明思潮对文法体系的渗透；三是结合出版史，考察时文大家有关文章技法的言论如何成为公共资源和文化资本的过程，如《举业要语》选录历科进士三十五家之论文语，《新刻官板举业卮言》卷二专收隆庆、万历历科会元，题作"会元衣钵"，《流翠山房集选八大家论文要诀》则选录赵南星、袁黄、董其昌、吴默、赵之翰、汤宾尹、黄汝亨、王衡八家，这些汇辑时文方家论文语的汇编类文话也将纳入研究的范围。

最后需要说明的是，近世性是一个包容度很强的概念，因其本身即包含着史学、哲学、社会学等诸多因素，故而在方法论层面上也有其开放性。文话研究自然需要立足于文学本位，以文献考订与理论阐释为根基，但同时也应尝试从更丰富多元的视角如出版史、制度、权力、教育等来探讨。以近年来盛行的新文化史理论为代表，海外汉学界运用这些新途径对于明清文学已有了丰富的研究成果，也引起了国内学界的一定关注。在此，提出作为方法的近世性，一方面希望通过近世文学的整理观照，破除文话研究在传统批评史叙述中面临的困境，使其不至于遭到切割；另一方面，也自觉文话研究无法回避，甚至需要重视科举、

---

① 这一欠缺集中体现为"恪遵传注"的日趋烦琐与自我封闭，万历间传统四书评注的滞销为其突出表现，相关论述可参见［美］周启荣《为功名写作：晚明的科举考试、出版印刷与思想变迁》，《当代西方汉学研究集萃·思想文化史卷》，上海：上海古籍出版社，2012年，第217—244页。

教育、出版等近世社会的复杂元素,故希望在中西学术积极对话的背景下,通过文话研究的探索实践,尝试推动近世文章学向多层次、立体格局的方向。

(原载《文艺理论研究》2017年第6期)

晚明文法汇编的编刊与
文章学演进

文法是中国古代文学批评的重要范畴和术语。作为某一类批评著述的专名,文法是指以创作实践为导向,来阐说文章写作的理论、法度和规则,包括以"文法""文式""文格"为名称或内容的著作。讨论文章作法的专书最早当出现在唐代,如孙郃《文格》、冯鉴《修文要诀》等,但均已失传。[①] 现存最早的文法专著《文则》,已晚至南宋才由陈骙撰成。此后则有李淦《文章精义》、陈绎曾《文说》和《文筌》等书相继问世。明人在此基础上继续推进文章法脉的接续与发展,并主要通过传刻旧籍、撰述新作及汇纂文法三种途径拓展其文本空间。传刻宋元文法方面如《文筌》曾为明初朱权重刻并更名为《文章欧冶》[②];《文则》于成化、弘治间已有翻刻,至中晚明又经赵瀛、屠本畯、焦竑刻等人先后刻印。明人文法撰作则有王行撰《墓铭举例》专论碑版文法,补潘昂霄《金石例》之遗;项乔于嘉靖二十三年(1544)撰成《举业详说》,实

---

① 参见张伯伟《全唐五代诗格汇考》附录四《全唐五代诗文赋格存目汇考》,南京:凤凰出版社,2005年。
② 参见杜泽逊《明宁献王朱权刻本〈文章欧冶〉及其他》,《文献》2006年第3期。

开中晚明时文作法专论之先河。至于利用现有资源进行编纂的文法汇编，在明代有较大的发展，尤其是万历以后，随着宋元文献的传刻积累和明人文法新说的涌现，以及经历了正德、嘉靖时期八股文文学化变革后，有关时文法式探讨形成一定规模，晚明的文法汇编得以整合这几个方面所提供的知识与经验，又借助空前繁荣的出版业在各个阶层间运转，成为文章学在晚明演进的重要资源。

上述三种途径中，前两者又部分构成了明人文法汇编的文本来源，从这一层面来说，相比较于嘉靖之前如唐之淳《文断》、高琦《文章一贯》等主要以宋元文献为材源的作品，万历以后的文法汇编呈现出兼收前代遗产与明人新说两方面内容的优势，且更多地反映了明人在近世文章法脉演进中所作的理论贡献。自万历初王弘诲《文字谈苑》问世以来，徐耒《重校刻艺林古今文法碎玉集》、汤宾尹《读书谱》、刘元珍《从先文诀》、李叔元《新锲诸名家前后场肄业精诀》、汪应鼎《流翠山房集选八大家论文要诀》等汇编类文法于万历二十三年（1595）至四十三年（1615）这二十年间相继编成刊行。其时间节点正值方苞所谓明人有关以古文为时文之研讨进入"兼讲机法，务为灵变"（《钦定四书文》凡例）的时期，又恰逢雕版印刷迎来新一轮热潮，为适应普遍增长的习文需求，一批指导文章写作的汇编类指南用书应运而生。降至天启、崇祯间，又有汤宾尹《汤睡庵太史论定一见能文》、左培《书文式》等书出版。以文法汇编之编刊及其所关涉科举、教育和出版等多层次的问题为切入点，实可观测到晚明文章学发展脉络中重视实用性和平民化的近世文学趋向。

一、文法汇编的选材及其演变

宋元以来,"文法"在文人的批评话语中通常是一个较为宽泛的概念,如郝经《答友人论文法书》论涉汉唐以下至韩、柳诸论文书及欧、王、苏、黄之议论,"穷源极委,无所不至其极,无法复可说"①,何良俊亦有所谓陆机《文赋》、刘勰《文心雕龙》及至柳宗元《与崔立之论文书》、徐祯卿《谈艺录》诸篇"作文之法,盖无不备矣"②。似表明文人眼中的"文法",作为一种无严格边界的非文体形态,更多的是一种内容指向,而非体制和风格的限定。也正因为如此,明人文法汇编的取材也表现出较强的弹性和包容度,除了收录纯粹的文法著作,也辑录笔记、论文书、序跋等文献中谈论作文之语。鉴于文法形式的不确定,笔者尝试将以文章写作为内容导向的古代文法细分为论说与格式两大类型,后者作为一种独立样式的专名又被称为文格。文格是文法的机体之一,这种从属关系在诗法中亦然③。具体来说,论说型文法作为一种抽象的理论形态,具有传统文学批评的感悟式特征,如上引郝经所指唐宋诸家议论,以及吴讷《文体明辨》卷首《诸儒总论作文法》所收诸家论说,多以简洁、概括的方式来谈论文章的写作要求和审美标准;而格式类

---

① 〔元〕郝经《郝文忠公陵川文集》卷二十三《答友人论文法书》,《北京图书馆古籍珍本丛刊》第 91 册,北京:书目文献出版社,1988 年,第 679 页。
② 〔明〕何良俊《四友斋丛说》卷二十三,《续修四库全书》第 1125 册,上海:上海古籍出版社,2003 年,第 674 页。
③ 张健《元代诗法校考》前言指出"诗法的范围较诗格为宽",并揭示曰:"就具体的法则而言,诗格与诗法可以相通,而就有系统的理论而言,则可以称为诗法,而不能谓之诗格。"(北京:北京大学出版社,2001 年,第 2 页)。

文法，倾向于演示技术层面的法式和规范，更为具体且带有可操作性，如陈骙《文则》、陈绎曾《文筌》之类，以提供系统的写作指导与文章范本为主。之所以如此细分，是因为两种类型构成了唐宋以来文法谱系在经验、知识和技术层面的文本架构，对于我们考察特定时期文法谱系之构成和变动有一定参考意义。

明代的文法汇编，据其选材范围和特点，大致呈现出从摘录前代旧籍到采撷明人新著，以及以论说为主到趋重于格式的双重演变趋势，二者均以隆庆、万历之际为转折。考察嘉靖前的这类著作及分析其文章学主张，可以看到它们的主要材料是宋元时期之诗文评、文人别集及笔记杂著中的文章论评之语，这在成书于洪武年间的《文断》中得到了极致的展现。编者唐之淳在卷首"援引诸书"中罗列前人著述百余种，博采众说五百余则，高儒《百川书志》称："此集经书子史诸家作文法度，该括殆尽。惜乎编述者之不得。分十五类，援引一百六家。"①书中所引如《文章精义》《纬文琐语》《文章正宗》《习学记言序目》等书中论文语，同样见于稍晚出现的吴讷《文章辨体》卷首《诸儒总论作文法》以及刊于嘉靖六年(1527)的高琦《文章一贯》，如《诸儒总论作文法》四十二则，其中有二十五则亦为《文断》所收录，体现出此时期编者对明前文法以宋元诸家论说为主体的认知和选材的趋同。也正是基于这样一种认知，这些汇编的编刊宗旨大体上也遵循着宋人以下文章"关乎世教"的书写要求和价值标准。唐之淳编《文断》即指明此书"虽为作文而设，然文以理为主，今特于宋文人类中首陈周、程、张、朱明理之言，以示作

---

① 〔明〕高儒《百川书志》卷十八，《明代书目题跋丛刊》下册，北京：书目文献出版社，1993年，第1338页。

文者有所归宿云"①,《文章一贯》举起端、叙事、议论、引用、譬喻、含蓄、形容、过接、缴绪九法以为"文律",但也强调"主乎律者存乎道"②,皆从一个侧面反映出此时期的文法理论强调道、术合一的写作要求,也即吴讷在编选《文体明辨》时所执守的"凡文辞必择辞理兼备、切于世用者取之"③。从这个层面来看,在明中叶如祝允明力斥宋儒之学,指出:"近人选辑之缪者,如吕祖谦、真德秀、楼钥、谢枋得、李淦之属,悉是由其取舍主意,词必本枯钝,理须涉道学,不知大通之义,千情一律而已。论文如宋诸杂小说中皆然。迩日如唐之淳《文断》、宋景濂《文原》之类弥甚。"④在某种程度上,可视为自祝氏对自宋人《古文关键》《文章正宗》《文章精义》及至明初《文断》诸书阐扬作文以理为主这一要旨的批判式总结。而其中所谓"宋诸杂小说",实又点明了笔记、小说体是宋人文法重要载体的现象,事实上,《文断》《文章一贯》也都大量采录了《宋子京笔记》《墨客挥犀》《蒲氏漫斋语录》《步里客谈》等宋人笔记小说中的论文之语,这种采撷"语录体"作为条目加以汇编的方式,使得二书虽在编纂上已能做到分类编次,但其结构依然呈现零散的状态。

如果说明初文法汇编主要是对宋元文法谱系之接续,并显示以论说为其主要表现形式的话,那么万历以后此类汇编著作的编

---

① 〔明〕唐之淳《文断》卷首《凡例》,明成化十六年(1480)唐珣刻本,第 5b 页
② 〔明〕高琦《文章一贯》卷首程默序,王水照编《历代文话》第 2 册,上海:复旦大学出版社,2007 年,第 2150 页。
③ 〔明〕吴讷《文章辨体》卷首《文章辨体凡例》,《四库全书存目丛书》集部第 291 册,济南:齐鲁书社,1997 年,第 6 页。
④ 〔明〕祝允明《祝子罪知录》卷八,《四库全书存目丛书》子部第 83 册,第 732 页。

刊,则更多地表现出近世文法谱系向格式一类推演进而形成论与格二体合流的复杂趋向。从选材来看,此时期文法汇编的编纂大致亦顺应着明代自嘉、万以来从社会结构、思想文化到文学传播机制的一系列变革,尤其是在商业出版和科举制度的推波助澜下,编者对材料的择取呈现出更注重实用性和时效性的特征。

在注重实用性方面,同样以摘录宋元旧籍为例,晚明文法汇编较之此前《文断》等书的显著差异是舍"论"取"格",即表现为对陈骙《文则》、卢以纬《助语辞》、陈绎曾《文说》等文格、文式著作的重用,这也与前述《文则》在晚明被多次刊印的情况相符。万历初年,王弘诲编《文字谈苑》四卷,卷一为古文文法,卷二则为时文文法。论古文之一卷即据《文则》裁割、编选而成,今以《台州丛书》本《文则》相比勘,可知此卷依次选取自《文则》"甲"九条中的第一、三、四、五、七、八、九条,"乙"六条中的第一、二、三、四条,"丙"四条中的第一、三、四条,"丁"八条中的第二、五、七,"庚"二条中的第一条,"己"七条中的第一、二、七条,"戊"十中的第八条。再如徐𣚺于万历二十三年(1595)编成的《重校刻艺林古今文法碎玉集》二卷,"古文法"部分同样据《文则》辑成。徐𣚺的作法是将《文则》原本的条目打散重编,并把每一条的大意提炼成凡例以为全书纲目,如"文法有所自始者""文法有难于简当者""文法有雅健而不可增减一字者"等。此二十目依次取自《文则》"甲"第九、四条,"己"第四条,"甲"第五、六、七条,"乙"第一、二、五条,"丙"第一、二条,"丁"第八条、"己"第一、二、六条,"庚"第一条,以及"辛""壬""癸"诸条。同样的例子也见于杜浚《杜氏文谱》卷三"文则",另外此书卷二"文式"之培养、入境、抱题、立意、用事、造语、下字、取谕八目,则先后抄掇自陈绎曾《古文矜式》"培养"、《文说》"抱题法""用事法""造语法""下字法"及陈骙《文则》"丙"第一条。这里值得一提的是，明人在抄纂《文说》之养气、抱题、明体、分间、立意、用事、造语、下字这八法时，往往会与杜浚的作法一样将《文则》"丙"第一条取谕法加以补入。这一编法实源出自明初赵㧑谦编《学范》，并为此后曾鼎《文式》、佚名《诗文要式》递相沿袭。

以上通过文本比勘的方法，大致梳理了明人对《文则》《文说》等书进行切割和重编过程，实际情况应当会比如此平面化的展示更为复杂。从这些的情形来看，应该说，以《文则》《文说》为代表作的宋元文格、文式类著作在晚明是占有市场的。事实上如祁承㸁《澹生堂书目》细分"诗文评"类为文式、文评、诗式、诗评及诗话五个小类，也体现出在诗文格法类著作颇具规模的形势下，晚明文人已有将文式、诗式独立出来的分类意识。祁氏又于文式类下著录了专论虚词用法的《助语词》和《茅坤语助》，至崇祯年间，汤宾尹《汤睡庵太史论定一见能文》，即已将元人卢以纬的《助语辞》也收纳进来，题作"操觚字法"，另如题张溥纂辑、杨廷枢参校的《新刻张太史手授初学文式》，也对诸如"之""乎""也""者""耶"等助语之词的用法作了专门收录，足见在当时市场需求扩大的背景下，文法汇编的材源及其所对应的知识谱系也在不断扩容。

晚明文法汇编选材的另一个变化，则是前已提及的时代转向，即本朝文人有关文章写作的论说开始取代前代文献占据主流。这应该不难理解，文法汇编的编纂当然有赖于存世文献的流通状况，至晚明，明人对于文章法度的探讨已颇具规模，并且积累了大量可供编者取材的文献。其中值得关注的是在时文写作层面，随着科举制度在百余年来的运行,尤其是在正德、嘉靖时期由唐顺之、归有光等倡导"以古文为时文"之后,随之而来的则是万历中叶后一系列围绕时文创作与理论的汇编作品相继问世,如汤宾尹《读书谱》、刘元珍《从先文诀》、李叔元《新锲诸名家前后场肄业精诀》、汪应鼎《流翠山房集选八大家论文要诀》等均在万历二十三年(1595)至四十三年(1615)这二十年间编成刊行。这些著作的材料来源,以明人诗文评、制举类专书以及序文、论文书等单篇文论两类为大宗。以同样编于万历年间的《举业要语》的选录情况为例,前者如项乔《举业详说》、袁黄《举业心鹄》、王世贞《艺苑卮言》、董其昌《九字诀》,后者则有唐顺之《答茅鹿门知县》、陶望龄《王肖伯制义序》等。又以陶望龄所作序文为例,《举业要语》"文有意到有语到"一条,出自陶氏《汤君制义序》一文,见于万历三十九年(1611)刊《歇庵集》卷四。此文与同卷《门人稿序》一文又为《新刻官板举业卮言》卷二收录,题以陶望龄"论文二章",而同卷中另两文《金孟章制义序》《戴玄趾制义序》又为《从先文诀》内篇"贵识"选录。至于选录标准,值得说明的是,由于科考评价标准以及写作技法的历次更新,编者也需要适应市场需求来把握其中的细微变化以求推陈出新,由此显示出文法汇编追求时效性的编刊要求。如刘元珍编《从先文诀》,多收录袁黄所论时文作法之语,此书外篇小引指出"袁了凡《举业彀率》,今日已为板局,而犹多引用,盖必先识此等法度而后信心书写,随时变化"①,为此书仍摘引早在万历五年已成书的《举业彀率》作出解释。袁黄本人编纂《游艺塾续文规》,也指出他

---

① 〔明〕刘元珍《从先文诀》外篇,明万历四十二年(1614)序刻本,第1a页。

在近二十年前撰写的《举业彀率》及其中所论炼格之法至今日又成为作文之蔽障:"丁丑岁予著《举业彀率》,备论炼格之法,传之四方,颇于时艺有益。至尽日则又成文章一障矣。"①这表明,在晚明出版业空前繁荣的背景下,出于营销策略等因素,编刊者大多秉持着一种"尚新"的现实考虑。另外如王衡于万历二十九年(1601)辛丑科榜眼及第,其专论制艺的《学艺初言》(附载于万历四十四年刊《缑山先生集》卷二十一)得以迅速传播,在文集刊行之前已被上文提及的《举业要语》《新刻官板举业卮言》《从先文诀》《流翠山房集选八大家论文要诀》诸书所摘录,由此也可窥见在当时围绕举业为核心并由书籍出版所构筑起的文化场域中,探讨时文的论说进入公共领域,成为时人关注的重要话题。

除了选材的推陈出新外,晚明文法汇编同样会在编法上拓宽思路,在搜辑名家论说的同时,也注重对具体技法的吸收,甚至包括对具体篇章字句的摘引以作为范例,由此形成一套由论说和格式相配套的、从高阶到低阶较为完整的文法体系。古文文法方面,如《重校刻古今文法碎玉集》除了前文已提到的"文法有所自始者""文法有难于简当者"等二十目抄掇自《文则》外,其余"文法有章法杂抄""文法有学古杂抄"及"文法有句法杂抄"等则采用了摘句以示文法的方式。徐耒自序称:"余不肖髫垂时,辱先君子授《檀弓》《左》《国》诸篇,日神酣之,不忍释手。暨长,益覃精古作者坛,凡其创构体裁、章法、句法,诸所称奇崛艳郁、脍颊而熏心者,目注手批,茹英啜液,辄随所得而笔之,久则纚纚

---

① 〔明〕袁黄《游艺塾续文规》卷四,《续修四库全书》第 1718 册,第 212 页。

乎成帙矣。"①对于《碎玉集》抄录古人语句。如卷下"文有句法杂抄"所列"云""者""矣"三字法：

> 然皆身无兢兢于当世之禁云。（"云"字法）
> 以彼易此，孰得孰失，必有能辨之者。○计无过于此者。（"者"字法）
> 夫子奔逸绝尘，而回瞠若乎后矣。○是犹使蚊负山，商蚷驰河也，必不胜任矣。○为亢而已矣。○周与蝴蝶则必有分矣。○知尧、桀之自然而相非，则趣操睹矣。○然而无为而贵智矣。○恢恢乎其于游刃有余地矣。○至矣，尽矣，不可复加矣。……二三子恤不相睦，无患莫矣。○非知之难也，处知则难矣。（"矣"字法）②

"句法杂抄"共分"之"字法、"乎"字法、"也"字法、"云"字法、"者"字法、"矣"字法、"哉"字法、"夫"字法、"耶"字法、对联法及齐脚法十三项，每一项均采用摘句的方法，仅摘录古文语句作为写作楷式，对于具体的作法则不加阐发。时文文法方面，如刘元珍编《从先文诀》，自称遍搜诸名家著论数十种，其编法又做到"檃括其章，纂举其要，为《从先文诀》十有二则，而篇以内、外分焉，内剖微旨而启灵心，外指通衢而便发轫"③。全书即依据这一高低相衔的思路而分

---

① 〔明〕徐𬭚《重校刻艺林古今文法碎玉集》卷首自序，明万历二十三年（1595）刻本，第1b—2a页。
② 〔明〕徐𬭚《重校刻艺林古今文法碎玉集》卷下，第97a—100b页。
③ 〔明〕刘元珍《从先文诀》卷首序，第2a—b页。

内、外二篇。内篇分养心、贵识、认脉、活机、养气、布势六目,多选录王鏊、唐顺之、瞿景淳、吴默、陶望龄诸家论说,涉及文士之学养、识见以及文章之文脉、文势等内容,属于较高阶的创作要求,也即刘元珍所说的"抉窍寻源,彻上彻下,法略具矣,此为升堂之士,商入室之途;若初入门者,须自外篇始"①。至于为"初入门者"而设置的外篇,则分为总式、立格、锻炼、摹古、知新、利钝六目,总式一目又细分为破题、破承、起讲、提法、虚股、大股、过文、缴、小结、大结,主要援据袁黄、徐常吉、赵南星诸家有关时文作法的论说,依八股文体制分而述之,为初学者示以门径。明末左培《书文式·文式》同样采用这一编撰思路,《文式》卷上"历科诸先生文语",选录王鏊、唐顺之、茅坤等六十家论说,卷下则为八股爻言、长短爻言、大题总论、小题总论、章法、篇法、股法、调法、句法、字法等,阐述时文的具体作法。左氏于卷首《凡例》中所谓"首列名公之论于前,而附诸法于后,欲学者一见,先知大意,然后入法不难耳"②,与《从先文诀》篇分内、外的思路异曲同工,皆反映出晚明受众面逐渐扩大的趋势下,文法汇编类著作将论说、格式二类合编,为初学作文者提供一套相对完备的文法要诀,此亦为文章法脉在晚明呈现的新动向,至清初,如唐彪《读书作文谱》之类,则堪称此类作品之集大成者。

二、时文技法汇编与理论体系的开放

晚明文法汇编选材由前代旧籍向明人新说偏移的"新陈代

---

① 〔明〕刘元珍《从先文诀》内篇,第 1a 页。
② 〔明〕左培《书文式》卷首《凡例》,王水照编《历代文话》第 3 册,第 3139 页。

谢",实则与作为文章学分支之一的时文理论自明中叶以来的发展进程密切相关。从历史上看,明中叶以来时文写作与评价体系的演进,一定意义上可以说是文章学逐步渗入到以经学为根基的科举框架中的过程。从成化年间起,时文写作在强调义理阐发的同时,也开始注重谋篇布局及修辞炼句,而官方对此种八股文追求写作技法和审美品格的认可态度①,进一步推动了义理与辞章的统合。至嘉靖、万历间,明人对时文在文章学层面的探讨,终于摆脱了明初的沉寂状态,开始建构起针对时文写作的一整套理论体系。这一体系的建构,以历科进士尤其是会元为核心的士大夫阶层起到了重要的主导作用。

从现存文献来看,阐说时文的写作技法是晚明文法汇编的重要内容,而这部分材料主要取自时文名家或是历科进士。最典型的例子便是袁黄所编《游艺塾续文规》,其卷一至卷九汇选明代中后期诸名家有关时文写作的论说,即卷首所揭示的:"旧日《文规》首列论文诸款,皆系唐宋诸名家论古作之说,今辑我朝前辈论举业者,汇而列之。"②所选三十六家论举业者,为历科进士者三十四人,依次为:王守仁、王鏊、唐顺之、瞿景淳、薛应旂、茅坤、沈位、徐常吉、郭子章、袁黄、顾宪成、吴默、董其昌、王衡、张位、邓以赞、孙鑛、冯梦祯、萧良有、李廷机、袁宗道、陶望龄、汤宾尹、顾起元、郭正域、周应宾、陈懿典、邵景尧、季道统、王肯堂、黄汝亨、刘尧卿、武之望。其科次分布为成化一人,弘治一人,嘉靖五人,隆庆四人,万历

---

① 参见王炜《明代乡会试录选评经义程义及其中的辞章观念》,《文学遗产》2015年第5期。
② 〔明〕袁黄《游艺塾续文规》卷一,《续修四库全书》第1718册,第159页。

二十三人为最夥,且贯穿万历二年(1574)甲戌科至二十九年(1601)辛丑科十科。

科举考试作为构成中国士人社会的核心制度,运行至明中叶后在凝聚精英,以及生产文化方面的作用日显,通过科举选拔机制而晋身仕途的士人也被这种制度赋予了文章话语权,这在时文写作领域尤显突出。就这一层面而言,《游艺塾续文规》选录诸家之文论及其科次分布的情形,大致符合明代时文批评自嘉靖以后所呈现的诸家并起与众法兼备的局面,也即清人在反思明人制义时所指出隆、万两朝"能文之士相继而出,各自名家,其体无不具而其法无不备"①。对此,武之望《重订举业卮言》卷二"师范"同样有所交代:

> 人见名公文字,足以楷模一世,而不知其一生得力处,各有秘密诀,非浪作也。先辈如茅鹿门、沈虹台诸先生俱有论文要诀。后来袁了凡《举业彀率》、正续《文规》,更著其详。近日董玄宰《华严九字诀》、焦漪园《文家十九种》、王缑山《学艺初言》、葛屺瞻《文体八议》、顾仲恭《时义三十戒》,凿凿名言,各极要渺之致,而其余诸名家亦时有一二精微之论。总之缕之虽繁,要约则一,皆举业家标准也。学者能虚心抽绎,极力钻研,未有不恍然悟、油然得者矣。②

---

① 〔清〕戴名世著,王树民编校《戴名世集》卷四,北京:中华书局,1986年,第106页。
② 〔明〕武之望《重订举业卮言》卷下,明万历二十七年(1599)刻本,第20a—b页。

其中提到的诸家之论文要诀,如王衡《学艺初言》被用于晚明文法汇编的编选材料已略述如前。另外像顾大韶《时义三十戒》,见收于《游艺塾续文规》卷九;董其昌《九字诀》自刊行以来,传布更广,为《游艺塾续文规》《举业要语》《新刻官板举业卮言》《从先文诀》诸书所收录。这一所谓时文作法"秘密诀"的创作和编纂,固然只是科举与文学互动的一个层面,有其理论造诣不足且内容重复甚多的欠缺。但作为客观存在的文学现象,相较于以往批评史书写中注重的理论性,这些时文要诀身上则更多地显示了晚明文章学在科举制度框架下所呈现的实践性特征,同样值得关注。除了《游艺塾续文规》之外,其余几种编刊于万历间的时文文法汇编亦可为证,试列举如下:

《新刻官板举业卮言》卷二"会元衣钵"依次收录吴默、邓以赞、孙鑛、冯梦祯、萧良有、李廷机、袁宗道、陶望龄、汤宾尹、顾起元,为隆庆五年(1571)辛未科至万历二十六年(1598)戊戌科十科会元;卷三"太史真谛"收录董其昌、沈位、张位、郭正域、周应宾、陈懿典、邵景尧、季道统、王肯堂,其中隆庆二人,万历七人;卷三"名公谭艺"收录黄汝亨、王衡、袁黄、董复亨、何景明,其中弘治一人,万历四人。

《新锲诸名家前后场肄业精诀》卷二"亨部"亦有收录所谓"前辈诸先生,其谈论表著,有大关切举业者"①,依次为:茅坤、沈位、杨起元、高萃、孙鑛、袁黄、郭子章、顾宪成,其中嘉靖、隆庆各二人,万历四人。

---

① 〔明〕李叔元《新锲诸名家前后场肄业精诀》卷二,明万历三十二年(1604)建邑书林陈氏存德堂刊本,第12b—13a页。

《从先文诀》收录王鏊、唐顺之、瞿景淳、袁黄、顾宪成、吴默、薛应旂、王衡、赵南星、茅坤、葛寅亮、张鼐、陶望龄、孙鑛、董其昌、王纳谏、张位、黄汝亨、汤宾尹、徐常吉、沈位、郭子章等二十二人，皆为进士，其科次分布为成化一人，嘉靖四人，隆庆三人，万历十四人。

　　《流翠山房集选八大家论文要诀》，则选录赵南星、袁黄、董其昌、吴默、赵之翰、汤宾尹、黄汝亨、王衡八人，皆为万历进士。

　　据此可知，盖自成化间时文大家王鏊以来，尤其是嘉靖以后，一部分科举出身且颇有文名的士人，开始言说甚至刊布个人的制举经验及见解，如万历间袁黄、武之望、董其昌、王衡、顾大韶等均有举业相关的著述刊行，在赢得他们的社会声望和号召力的同时，也分割了以往时文评价由考官所掌控的官方文权，进一步拓宽了晚明围绕时文写作和批评的话语场。从上列诸选集也可看出，此种由诸家谈艺所构成的有关时文写作技法的汇编、刊行，至万历间，亦可谓一时极盛。延续至明末，又有左培《书文式·文式》辑选"历科诸先生文语"六十家，自成化十一年（1475）乙未科至崇祯四年（1631）辛未科。是书凡例指出："名家诸论，它刻多寡不伦，或一人累帙，或数人一意，浩瀚无归，例难摹画。今刻意参详，细加删正，固鲜类同，亦无烦碎。"[①]恰可证实其时由"名家"所主导的时文批评之繁盛。而这种诸家并起、众声喧哗的现象或可表明，随着时文评价体系自成化以来的逐渐松动，以及差不多同时强调法度的文章学之渗入并经由嘉靖间与古文的接轨，时文写作理论作为一

---

① 〔明〕左培《书文式》卷首《凡例》，王水照编《历代文话》第三册，第3139页。

个开放的体系,成为晚明文章学演进的重要资源。这一开放体系,通过上列晚明文法汇编所展现的,至少有以下数端:

其一是原本以经学为核心的封闭体系逐渐瓦解,开始汲取文章学的养分,突出表现为对技法的重视。从选录的诸家论说来看,如果说嘉靖中以前如王鏊指出"举业须先打扫心地"、唐顺之论作文"只要真精神通透"、瞿景淳所谓举业文字"只患心粗气扬"(三说均见收于《从先文诀》内篇"养心",亦见于《游艺塾续文规》卷一),依然可视为围绕"义"而强调读书及学养层面的话,那么嘉靖、隆庆以来诸家关注的视角则更多进入"场中",转而追求具体的"法"。此种技法要素被纳入时文写作与批评的体系,首先是在观念层面提升对修辞的重视程度,以实现"义"与"法"关系之统合。如时文名家杜伟即指出"文以理为主,达其理者存乎词",并拈出修词之"九贵""九忌","就其所以贵者,去其所以忌者,斯为修词之法"[①];顾宪成亦有"琢辞"之说,指出"意与辞相为联属者也,意铸矣而辞不琢,将并其意而失之矣"[②];武之望也提出"文字虽以意为主,然词亦不可不修,盖词以达意,词不修则意或不达"[③],同样从"词以达意"角度出发来审视义理与词章的关系。从这些将词章技法之运用与义理阐说相提并论的论调中,可以看出法度已成为考量时文写作的重要标尺。其次则是在写作层面总结出诸多可供士子研习的具体作法。比如前文已提到《从先文诀》外篇引徐常吉、赵南星、袁黄、沈位诸家所论,依八股文体制详加解说。此外,如董其昌

---

① 〔明〕袁黄《游艺塾续文规》卷二,《续修四库全书》第 1718 册,第 186—187 页。
② 〔明〕袁黄《游艺塾续文规》卷六,《续修四库全书》第 1718 册,第 231 页。
③ 〔明〕武之望《重订举业卮言》卷上,第 25a 页。

《九字诀》总结出宾、转、反、斡、代、翻、脱、擒、离等作文九法,在晚明颇具影响,崇祯间刊《汤睡庵太史论定一见能文》则继之加以发挥,扩展出盼、绾、结、拖、贴、振、流等行文口诀,足见时人对于机法总结的不断推进。

其二是在明中叶古文家的助推下,时文写作开始与古文相互渗透,即后人所谓的"以古文为时文"。如果说上述词章地位的提升显示的时文批评体系由经部向集部伸展的话,那么时文写作取径古文,无论是价值标准的趋同还是绳墨法度的借鉴,均展现出这一体系向着涵盖经、史、子、集的更为开放的面向进行拓展。从所选诸家论说来看,由嘉靖间唐顺之、茅坤等古文家所倡导的以古文为时文的理念,至隆庆、万历间,至少在理论上已得到了较为充分的贯彻。如《新刻官板举业卮言》卷二所收万历诸会元所论,孙鑛以为举子业"记诵宜精",除选读经书及乡会程墨外,又须"选先秦两汉百余首,韩、柳、欧、苏参之"[1];李廷机也指出近来作时文,须"缘饰以古文词","第时时拈弄,使文机圆熟,而尝观子、史诸书以佐之,盖古人极善发挥,善模写,善张皇,有章法,有句法,诚得其风味法度,启口容声,自然不同矣"[2];顾起元与陆翀之谈艺,"具道古今文无二种,法不同而用法同,如诗家能以古诗法作律诗,书家能以大字法作细字"[3]。会元之作及其法式,对于士子习文起着重要的范型和指导作用,而其所论作为考察时文发展的重要线索,从中

---

[1] 〔明〕武之望、陆翀之《新刻官板举业卮言》卷二,明万历二十七年(1599)绣谷周氏万卷楼刻本,第10b—11a页。
[2] 同上书卷二,第14b—15a页。
[3] 同上书卷二,第21b页。

已可看出至万历间，构成时文写作的知识谱系已向经以外的史、子、集部开放。这也正如顾宪成所论之"博古"和"集成"二法："文中词意必须根据，方见有本之学，所以行文贵读古书。如上自五经、《左》《国》《吕览》、诸史列传、六子九流之言，下自历代纲目性理、诸名家文集、策论，俱要拣阅精粹者一一读记，不惟后场赅博，而时义中自无杜撰疏脱之病。""博古之后，当集成而用之，如《吕览》《国策》则法其高古，如六子则法其玄博，如四大家则法其华裕，如程、朱则法其性学。罗百家精髓而时出不穷，令人莫可端倪。"①确实表现出对后人所谓正、嘉作者"融液经史"(《钦定四书文》凡例)的接续，且史有过之者，如有学者指出晚明制义出现"新学横行"和技法追求的新变②，正是在这种知识谱系开放的背景下得以不断滋长。

其三是有关时文写作的言说成为公共话题，并借助晚明出版业的勃兴不断扩大其论述空间，形成了一种文学公共领域的框架。这一框架的塑形由多种因素促成，首先是八股文文体地位的提升，为士人公开探讨其写作技法提供了某种合法性。从文体学的角度来说，万历末朱荃宰编《文通》，罗列一百五十八类文体，始立"经义"一体，首次将八股文纳入文体谱系，并以文学代变的观念认可八股文的文体价值曰："《三百篇》不能不汉、魏也，汉、魏不能不近体也，宋之不能不词，元之不能不曲也，国家不能不经义也。"③另一个直观的历史对比是，在嘉靖以前的明人文集中，我们很难见到

---

① 〔明〕袁黄《游艺塾续文规》卷六，《续修四库全书》第1718册，第231—232页。
② 参见吴承学、李光摩《八股四题》，《文学评论》2004年第2期。
③ 〔明〕朱荃宰《文通》卷首自序，《四库全书存目丛书》集部第418册，第334页。

有关时文写作的论断，而在明人诗文评类著作中，最早探讨八股作法的专书《举业详说》，也晚至嘉靖二十三年（1544）才刊布于世。但至晚明，至少从文法汇编所展示的诸家谈艺之情形，已显现出文人论时文写作的局面至此发生了显著的变化。其次则是在商业出版的运作下，晚明诸家论说成为一种公共资源，为文法汇编的编纂者反复利用，如《新刻官板举业卮言》卷二"会元衣钵"所收十科会元之文论，同样见于《游艺塾续文规》。在科举制度的推广下，诸家所论也成为一种文化资本，联结起士大夫官僚、习文士子，以及书坊主、编辑等这些由科举制度所规制的不同阶层，而由士子和书商为主体的中下阶层的共同参与，又使得时文之学从官方走向民间，进而构成近世文章学的通俗化面向之一。

三、文章教育、商业出版与通俗文章学

上文从选材的角度大致梳理了晚明文法汇编的内部构造，其中明人新说部分的增加，已表明八股文写作及其相关理论成为明代文章学演进的一支新生力量，而针对具体文章写作指导的文格、文式模块的大幅增多，所显示的文章学底层化、通俗化的趋向，同样值得关注。这种注重文章学实践的内容特征，意味着文章教习是文法汇编赖以实现其社会功能的外部环境。由于明代教育制度和科举制度的一体化实施，为各阶段科考做准备的举业教育成为这一教学链的核心，大量科考的应试者则是包括文法汇编在内的一系列举业用书的阅读主体。另一方面，伴随着出版业在明中叶以后的高度繁荣，由坊间操作并刊行用以适应不同阶层所需的授

学读本,开始局部代替传统学校教育中由师生关系所搭建的教学功能,在这个过程中,低功名文人、书商和编辑等不同社会阶层也参与到文法汇编的编刊行列,受众面也进一步扩大。以下即以教育和出版业为视角,通过考察文法汇编的编纂、刊行和阅读等环节来讨论文章学的通俗化进程。

首先从教育层面来说,晚明文法汇编作为教习用书被应用于文章教育的各个阶段,与此相应,其编刊者和阅读者的身份也显示多元化的特征。从现有的文献资料来看,万历以前,如明初宋禧撰《文章绪论》授门人古文之学,嘉靖间项乔撰《举业详说》示诸生时义之法,这些用于文章教学的文法著作多出于义人自撰。白万历始,文法汇编作为授读文本便开始运用到教育领域。万历初,王弘海编《文字谈苑》以授诸生"文字之法":

> 是编为予往岁贰北雍时所辑,萃古今诸家所论文字之法,凡四卷,题曰"文字谈苑"。谋锓诸梓,俾诸生人持一编,时加览玩,以待面质,未之就。乃者叨长南雍,既数月间,简俊髦,定文会,程其讲诵,试拟积分,一时章缝,亦既骎骎然知所向方矣。惟是蚤夜图维,罔俾愤悱,抗颜之际,怒焉如饥,偶于箧中检出兹编,爰付梓人,用毕前志。①

王弘海为嘉靖四十四年(1565)进士,选庶吉士,授编修。万历七年(1579)由编修任北京国子监司业,十年升右谕德,掌南京翰林

---

① 〔明〕王弘海《文字谈苑》卷首《文字谈苑题》,明万历刻《格致丛书》本,第1a—b页。

院,十一年又任南京国子监祭酒。① 据上引卷首题辞可知《文字谈苑》辑成于王氏任北监司业期间,本欲刊印以作为诸生习文读本,此后才由南京国子监刻印,《南雍志·经籍考》下篇"梓刻本末"即著录此书曰:"计六十五面,祭酒王弘诲校刻。"②《文字谈苑》所讲授的"文字之法"实则分为文法与书法两类。文法部分又细分为古文与时文,所谈古文之卷一摘录自《文则》,前已述及。谈时文之卷二又分"总言""析言"和"征言"三目,内容依次为时文作法总论、八股程式分论及前贤文章论评。王氏这一编纂思路,自然是与国子监教育在重视公文写作的同时,也要求生员加强举业与书法训练的学规相符。《文字谈苑》后来又为胡文焕重刊并收入《格致丛书》,此本卷端题名下署曰"诚心生钱塘胡文焕校",盖因胡文焕曾作为南京国子监诚心堂监生而获阅此书。由于在明代的学校教育体制中,国子监属于中央一级的教育机构,因此相较于被应用在地方儒学、私学等场所的读本,主要面向监生的《文字谈苑》在印行之初受众面较为有限,而胡文焕带有商业性质的重刊,在保存《文字谈苑》的同时也将这部官学读本投放到了更广阔的流通渠道。

明中叶以后随着科举应试人数的日增,地方上除了府州县儒学之外,书院、私学及士子会课结社也日渐兴盛,承担起文章教育的部分职能。与此同时,服务于文章写作的各类资料应运而生,包括程墨、房稿、社稿等文章选集和文章作法指南等在内,这些习文用书为求简洁有效、便于流通,多根据现有的资源加以汇纂,一定

---

① 参见〔明〕雷礼《国朝列卿记》卷一百六十一《国子监司业年表》,《续修四库全书》第524册,第414页;卷一百六十《南京国子监祭酒年表》,第395页。
② 〔明〕黄佐《南雍志》卷十八,《续修四库全书》第749册,第440页。

程度上放宽了对编者学识素养和身份阶层的要求。如成书于万历二十三年(1595)的《重校刻艺林古今文法碎玉集》,其编者徐末,字凤仪,号钟陵子,豫章(今江西南昌)人。除字号、籍贯可确知外,并无科第、仕官的记载。据此书卷首作者题于宝坻育英堂之序文,以及张兆元跋所谓"袁先生嘉惠后学在制义,而徐先生且令渠阳士悉掉臂而晋之古作者林"①,徐末或司地方教官之职,而此书之编刊则是面向当地的习文士子。另如成书于万历四十三年(1615)的《流翠山房集选八大家论文要诀》,编者汪应鼎,字汝新,号紫云居士,新安(今属河南)人。据书末附《流翠山房课程小引》,汪氏职司当为塾师,授业于流翠山房,辑选赵南星、袁黄、董其昌等八家之时文作法要诀以为习文课本。汪氏辑选"八大家"这些传统士大夫精英之话语传递给初学作文者的典型意义,不仅在于它体现了中下层文人通过掌握部分编选权来共同参与文章学实践的一种方式,更为重要的是,通过对这种参与的探讨可以让我们认识到,位于民间最基层的士子如何通过接触这些书籍来了解精英阶层的世界,由中下层文人共同参与所提供的力量实则起到了重要的联结作用。

  在这个上下层串联的过程中,日益发达的出版业至关重要。一方面,文法汇编的编者同样作为读者而处于由书籍所构筑的文化场域中,雕版印刷的普遍运用和文化交流的不断深入,为中下层文人接触更多资源并加以利用提供了空间;另一方面,着眼于商业利益的书坊主及其编刊团队,更广泛地接触士子并掌握他们的知

---

① 〔明〕张兆元《镌古今碎玉集后跋》,〔明〕徐末《重校刻艺林古今文法碎玉集》卷首,万历二十三年(1595)刻本,第1b页。

识需求，客观上有利于文章学在民间的渗透和发展。

从现存的文献来看，晚明出版业发达的几个地区均有书坊参与到文法汇编的刊刻中来。杭州如前文提到的胡文焕文会堂刊印《文字谈苑》，将国子监读本推而广之。南京则有周曰校万卷楼刊武之望《重订举业卮言》二卷，并由陆翀之进行续补而成《新刻官板举业卮言》五卷。翀之，字希有，南京（今属江苏）人，其身份当为职业编辑，供职于周氏万卷楼。除《新刻官板举业卮言》外，陆翀之又辑有署王锡续补的《皇明馆课经世宏辞续集》十五卷，另删订署顾起元汇纂的《新刻顾会元注释古今捷学举业天衢》十卷，校阅署黄升光编辑的《昭代典则》二十八卷，分别于万历二十一年（1593）、二十七年、二十八年由周曰校万卷楼刊刻。陆翀之对《新刻官板举业卮言》所作的续补工作，是在武之望所撰之卷一基础上又合辑诸家所论文法篇章。卷二至卷四分别题作"会元衣钵""太史真谛""名公谭艺"，选录情况已略述如前；卷五辑选韩愈、柳宗元、欧阳修等前人论文语，题作"先贤文旨"，后附"集古文旨"十三条、"古今名言"三十余条，概论作文法则。

随着晚明求学应试人数的激增，科举体制所承载的负担日益加重，这导致了未能通过科考跻身官僚阶层的士人群体的扩大。对于这些本身具备一定文学素养的低级功名文人来说，从事出版编辑事业是他们重要的谋生途径，前述作为书坊主的胡文焕及进行职业编辑工作的陆翀之即属此例。另外如举人出身而从事图书编纂的汪时跃[①]，在他所编的《举业要语》中也表达了在晚明科举

---

① 有关汪时跃的家世生平，可参见张剑《汪时跃及其所编文选、文话》，《铜仁学院学报》2018年第5期。

竞争压力下无奈的境遇:"不佞之事举业也,其犹鸡肋欤?时而晓窗,时而短檠,时而风檐,时而雪案,恒矻矻以穷念,盖遑遑无宁日也,肱已三折,技且五穷。"①《举业要语》选录诸家论作文之语,在部分条目又附汪氏所撰按语以略叙其志,这得益于汪氏本身受过系统的举业训练,积累了一定的时文知识和经验。在晚明,此类知识与经验作为文化资本,一旦与出版业结合则成为商业资本得以运作,这对于未能继续通过更高一级科举考试的士人来说,是一条更具世俗化特征的生存路径。

就编刊质量而言,拥有职业编辑操刀的《新刻官板举业卮言》在内容选取和体例编排上均属上乘。相较之下,出自建阳书肆的《新锲诸名家前后场肄业精诀》四卷则略显粗糙。此书现藏于台湾"国家图书馆",分元、亨、利、贞四部,元部卷首署"晋邑赞宇李叔元缉　同邑钟斗许獬校　建邑书林耀吾陈德宗绣梓行"②,亨部、利部及贞部改"建邑书林耀吾陈德宗绣梓行"为"建闽书林耀吾陈德宗梓"。前后无序跋,书末牌记题"万历甲辰岁桂月存德堂陈耀吾梓",则此书为建阳著名书坊存德堂刻印于万历三十二年(1604)。

所署辑者李叔元,字端和,一字赞宇,号鹿巢,晋江(今属福建)人,万历二十年(1592)进士,著有《四书说》《春秋传稿》等。校者许獬,同安(今属福建)人,万历二十九年(1601)会元。此书编校不精,舛误颇多,虽署李叔元辑,或最终经由书贾操刀制作而成。其卷三利部之"王凤洲纂《古今文章精义》",实出于李塗《文章精义》,

---

① 〔明〕汪时跃《举业要语》,明刻本,第1a页。
② 〔明〕李叔元《新锲诸名家前后场肄业精诀》卷一,第1a页。

卷四贞部之"王凤洲先生诗教",则出自前已提到得赵㧑谦编《学范·作范》,并为曾鼎《文式》、胡文焕刊佚名《诗文要式》相承袭,两处均托名王世贞,当属借其声价用以牟利的手段。在版式设计上,刊者对卷二亨部之"茅鹿门《举业要语》""沈虹台《论文要语》""孙月峰《文训》""袁了凡《心鹄》"等所谓"前辈诸先生,其谈论表著,有大关切举业者",均以长方墨框的版面形式来突显这些题名,切合书名所用"诸名家"的招牌以吸引更多读者。从《肆业精诀》之"诸名家"和上揭《举业卮言》各卷"会元""太史""名公"的命名方式,均可看出晚明书坊在编刊文法汇编中的商业运作模式。又如《汤睡庵太史论定一见能文》《新刻张太史手授初学文式》等在题名中注出所谓编者、批评者姓字及其职官等信息,来显示书稿的权威性以引导阅读。此类"名家""太史"的身份标注以及"肆业精诀""一见能文"的题名策略,在晚明举业用书的编刊中颇为流行,反映出在当时习文需求底层化和扩张化的情形下,由书坊主导的文法生产一端对此需求的回应。

在这一知识供求的背景下,基于商业出版在教育和科举考试中的普遍应用,晚明文法汇编大幅吸收作文指南、程式法则等内容以便初学,愈发体现出通俗化的特征。如《肆业精诀》卷一元部列举自破题、承题至小束、大结的八股程式,卷二亨部详列长题式、搭截题式、首尾相应题式等十八种各题样式,卷三利部则有"分类摘题偶联",摘录天文、地理、花木、鸟兽、人伦等各题可用的对属之语以资临文,卷四贞部则列举论、诏、诰、表、判、策等诸体作法要诀。其中"分类摘题偶联"本属于初学发蒙类的读物,类似的内容也见于署许獬著《新刻许会元课儿四书贯珠达观》首卷,题作"新锲类集课儿贯珠文章活套句法"①。《一见能文》卷二也专收此类对属摘语，所谓"近日冯惕庵、苏紫溪辈，专炼句炼字，故精采烁烁射人，今分类摘其粹字粹句，为都人士式"②，并总题为"初学字句文式"。明末题张溥纂辑、杨廷枢参校的《新刻张太史手授初学文式》亦在卷首言明："经生家父教子承，不啻家尸户祝矣。然求蒙之初，入门宜正，爰采先正论文要诀，汇成一篇为学文者式。"③可见通俗浅近的文章启蒙读物同样作为文法汇编的重要内容在晚明颇为流行，反映出在教育、科举和出版业互动关系下，文章学为适应世俗化社会的普遍要求，在不断调试其自身的品格中所展现出来的近世文学趋向。

四、结　　语

以上通过对现存约十种晚明文法汇编及其选材、编纂、刊行的考察，分析了这些主要利用现有资源加以整合制作的书籍，如何反映整个时代的学术动向。按照以往被用作古代文章学研究的文献标准来说，文法之书由于内容多为陈说文章的具体作法，形式又琐碎烦冗，多被后人视作俗陋之书而受到鄙弃。尤其是资料汇编一类的作品，因其采用杂纂汇抄的形式而存在着内容辗转蹈袭、原创

---

① 〔明〕许獬《新刻许会元课儿四书贯珠达观》首卷，明末书林叶天熹刻本，第1a页。
② 〔明〕汤宾尹《汤睡庵太史论定一见能文》卷二，明崇祯刊本，第1a页。
③ 〔明〕张溥《新刻张太史手授初学文式》，日本享保十六年（1731）书林梅村玉池堂刻本，第1a页。是书初附刊于《镌张太史家传四书印》，有明刻本，均藏日本内阁文库。

性缺失,甚至文字舛错等突出问题,向来被视为较为低级的研究类型。然而从书籍史的角度来说,编者的选材、编排等属于技术层面的内容,同样可被视为一个批评化的过程,因为尽管文法汇编的选录标准和编纂原则一定程度上取决于编者个人的阅读经验和文学素养,但总体上又离不开某个特定时期内以书籍为中心,由编纂、传播、阅读等诸环节构成的公共知识体系和社会文化需求。晚明诸多文法汇编所反映的,正是在整个社会习文需求不断扩大的背景下,基于日益发达的书籍出版业,属于文学表现功能的文法理论向中下阶层渗透,由此构成了文章学在近世发展演进的走向之一。

  有关明代尤其是明中叶以来随着社会、经济及文化等多方面的变革,文学的民间化、世俗化已成为学界关注的话题。作为近世文学与学术领域的重要环节,文章之学——因其所关注的主要对象无论是古文还是时文,自唐宋以来均不同程度地参与到政治体制的运作中来,故而承担着较高的社会、学术等方面的重要职能。相比于戏曲、小说等本身已具备近世文学特质的新兴样式,考量文章与文章学的演进,对于我们把握元明清文学的近世性转型更具历时参照的意义。从这个层面来说,上述晚明文法汇编通过编纂和刊行所体现的,无论是士大夫精英的文章学理论与经验向底层渗透,抑或是一般的文章学知识与技法在庞大阅读群体中的传播普及,均为我们提供了一个更为立体的考察维度。

(原载《文学遗产》2018 年第 2 期)

符号与声音：明代的文章圈点法和阅读法

　　自南宋以来，随着科举制度的运行、文学教育的推广及书籍印刷的普及，评点之学渐成为近世文学批评的特殊样式，并对士人的文学阅读产生重要的形塑作用。作为中国古代文学批评的特殊样式，评点通常由文字形式的评语和符号形态的圈点两部分构成。与诗文评不同，评点的特殊性来自它对作品文本的高度依附性，特别是圈点，须嵌入字里行间才能使符号产生批评意义，因而对古代的文本阅读和理解有着直接的影响。特别是作为非文字形态的圈点，因融入于作品的字里行间，既便于引导阅读行为，也具有指示写作法门的意义。直至近代的国文教育依然看重这种借助符号、标记的读书之法。近人唐文治在国文教科书《国文经纬贯通大义》中，就曾对古代的"圈点之学"作有详论：

> 圈点之学，始于谢叠山，盛于归震川、钟伯敬、孙月峰，而大昌于方望溪、曾文正。圈点者，精神之所寄。学者阅之，如亲聆教者之告语也。惟昔人圈点所注意者，多在说理、炼气、叙事三端。方、曾两家，乃渐重章法句法。近时讲家，多循文教授，或炫博矜奇，难获实益。是编精意，专在线索，而线索专

在于圈点。如"局度整齐法",则专圈整齐处;"鹰隼盘空法",专圈腾空处;"段落变化法",专圈变化处。学者得此指点,并详玩评语,举一反三,毕业后可得无数法门矣。①

唐氏所论,既点明圈点之学始于南宋而盛于明清,又强调了圈点法在读书习文中的引导作用。对明清士人而言,圈点法提供了借助书籍阅读的习文途径,并在一定程度上影响了师生授受的传统教育方式,这构成明中叶以来勃兴的书籍出版和阅读文化的一个背景。当前学界对古代圈点之学的研究,更多关注在吕祖谦《古文关键》、楼昉《崇古文诀》、真德秀《文章正宗》、谢枋得《文章轨范》等南宋的文章总集,②而对明代文章总集中的圈点现象及其牵涉的文章阅读则关注较少。本文即尝试从文学阅读的角度切入,讨论明代的文章圈点法以及文章阅读中的符号和声音要素。

一、文章圈点法在宋明间的承与变

在中国古代文学批评的诸多样式中,评点是批评者与读者关系相当紧密的一种类型。关于评点之学,章学诚曾指出,"自学者

---

① 唐文治《国文经纬贯通大义·例言》,王水照编《历代文话》第9册,上海:复旦大学出版社,2007年,第8243—8244页。
② 参见张秋娥《谢枋得评点中的圈点——从谢枋得三种评点著作看其圈点及其体现的修辞思想》,《殷都学刊》2003年第3期;姜云鹏《试论评点符号早期的发展历程》,黄霖主编《文学评点论稿》,南京:凤凰出版社,2017年,第24—29页;黄志立《评点符号的历史演进与批评功能》,《齐齐哈尔大学学报》2020年第10期。

因陋就简，即古人之诗文而漫为点识批评，庶几便于揣摩诵习"①，强调其功能在于指示法门以便效仿学习。由此也可见出，文章圈点法不仅关系到古代文法之授习，更涉及文章诵读的问题。从历史上看，文章圈点法是在南宋伴随着《古文关键》《文章轨范》等文章总集的编刻而发展成熟的。叶德辉《书林清话》"刻书有圈点之始"条云："刻本书之有圈点，始于宋中叶以后。岳珂《九经三传沿革例》有'圈点必校'之语，此其明证也。《孙记》宋版《西山先生真文忠公文章正宗》二十四卷，旁有句读圈点……坊估刻以射利，士林靡然向风。有元以来，遂及经史。"②叶德辉所记宋版《文章正宗》已有句读圈点，高津孝《宋元评点考》一文曾对此进行考察，指出"台湾'中央图书馆'所藏的宋末元初建安刊《西山先生真文忠公文章正宗》……宋末元初刊部分有句读点、声点，也有圈点、抹"③。此本卷首《用丹铅法》，记载了书中圈点运用的凡例：

> 点：句读小点●，语绝为句，句心为读。
> 菁华旁点丶，谓其言之藻丽者、字之新奇者。
> 字眼圆点〇，谓以一二字为纲领，如刘更生《封事》中之"和"字是也。
> 抹：主意、要语，▬▬▬▬▬▬▬。

---

① 〔清〕章学诚著，王重民通解《校雠通义通解》，上海：上海古籍出版社，1987年，第13页。
② 叶德辉《书林清话》，上海：上海古籍出版社，2012年，第28页。
③ ［日］高津孝著，潘世圣等译《科举与诗艺：宋代文学与士人社会》，上海：上海古籍出版社，2013年，第78页。

> 撇：转换，▬▬▬▬。
> 截：节段，|，如贾生"可流涕者|"之类。
> 以上四者皆用丹，正误则用铅。①

除标示句读的"小点"外，其余"旁点""圆点""抹""撇""截"等符号，分别标示佳句、字眼、立意及行文结构，皆可视为指示文法之标记。如果结合南宋时期编刻的诸多文章总集，便可看出《文章正宗》所标示的圈点法具有一定的代表性：在形式上基本以圈、点、抹（撇为短抹）、截四种符号为主，在符号的含义上多指向字句章法、行文立意的作文法。

在南宋文章评点中，圈点之所以通常以文法为指向，其实与宋人的读书法密切相关。宋人阅读文章颇看重文章关节、紧要之处，往往多在这些地方以笔抹、圈点标出。四库馆臣在《苏评孟子》的提要中即指出："宋人读书，于切要处率以笔抹。故《朱子语类》论读书法云：'先以某色笔抹出，再以某色笔抹出。'吕祖谦《古文关键》、楼昉《迂斋评注古文》亦皆用抹，其明例也。"②

这其中，吕祖谦《古文关键》卷首列有《总论看文字法》，既可视为最早的评点理论③，也可看作宋人的读书看文之法：

> 学文须熟看韩、柳、欧、苏，先看文字体式，然后遍考古人

---

① 〔宋〕真德秀《西山先生真文忠公文章正宗》卷首，南宋末年刊配补元刊本，第1a—1b页。
② 〔清〕永瑢等《四库全书总目》卷三十七，北京：中华书局，1965年，第307页。
③ 参见吴承学《现存评点第一书——论〈古文关键〉的编选、评点及其影响》，《文学遗产》2003年第4期。

用意下句处。苏文当看用其意,若用其文,恐易厌人,盖近世多读故也。

第一看大概、主张。

第二看文势、规模。

第三看纲目、关键:如何是主意首尾相应,如何是一篇铺叙次第,如何是抑扬开合处。

第四看警策、句法:如何是一篇警策,如何是下句下字有力处,如何是起头换头佳处,如何是缴结有力处,如何是融化屈折、剪截有力处,如何是实体贴题目处。①

从这段文字可以看出,宋人的读书法既讲究对文章立意、主张的总体把握,也强调对行文章法、结构及句法、字法的仔细玩味。结合上引《文章正宗》的圈点凡例来看,宋人的圈点之法与其说是一种文学批评的表达方式,不如说是阅读理论的具体化,更多关注在文法、技巧等层面,旨在为读者提供相对简明易懂的习文指引,这是南宋以来文章学实用性的一个体现。

明代的文章圈点之法总体上既有对南宋吕东莱、谢叠山圈点法的承袭,也有着因文章学之发展而产生的新变。首先就承袭所谓"古法"而言,从明代前中期的文评、文章总集等文献来看,南宋文章圈点及阅读理论在明代仍有着相当程度的影响。明初曾鼎编纂的《文式》,卷下即列有"吕祖谦东莱《古文关键》"②,收录上引

---

① 〔宋〕吕祖谦《古文关键》,《丛书集成初编》第1821册,北京:中华书局,1985年,第1—2页。

② 〔明〕曾鼎《文式》卷下,王水照编《历代文话》第2册,第1575页。

《古文关键》卷首《总论看文字法》，以作为读文规矩、作文绳墨的一部分。再如归有光《文章指南》，卷首所列《归震川先生总论看文法》[1]，实则也照搬自吕氏《总论看文字法》。至于圈点法的沿用，最明显的例子是徐师曾所编《文体明辨》，此书前有《文章纲领》一卷，在收录诸家论文语之后，附有《宋真德秀批点法》，亦即上引《文章正宗》卷首《用丹铅法》，此后又附《大明唐顺之批点法》[2]，收录的是本朝唐顺之的圈点法。茅坤《唐宋八大家文钞》卷首《凡例》同样提到了南宋诸家的圈点法，特别指出此书不辑录吕祖谦、楼昉、谢枋得以来的"古法"，"以其行于世已久，而学士大夫无不知之者。独近年唐荆川、王遵岩二公所传，世未必知之。故唐以○、王以△，各标于上，以见两公之用心读书处"[3]。从这段表述中既可看出南宋诸家圈点法在当时的流行程度，也可见出《唐宋八大家文钞》欲将王、唐圈点法推而广之的编纂意图。

　　明代的文章圈点法也有随明代文章学之发展而呈现的新变。《文体明辨》收录唐顺之批点法，《唐宋八大家文钞》推行王、唐二家读书法，皆表明在明代的诸多圈点用例中，唐宋派诸家的评点本影响很大。唐顺之的文章评点主要见于《文编》《唐会元精选批点唐宋名贤策论文粹》《唐荆川批点文章正宗》等评点本，其中最能体现其评点之功的当属《文编》。该书所用圈点基本符合《大明唐顺之批点法》所录之长圈、短圈、长点、短点、长抹、短抹、截等几种形

---

[1]　〔明〕归有光《文章指南》卷首，《四库全书存目丛书》集部第315册，济南：齐鲁书社，1997年，第624页。
[2]　〔明〕徐师曾《文体明辨序说》，《历代文话》第2册，第2066—2068页。
[3]　〔明〕茅坤《唐宋八大家文钞》卷首《八大家文钞凡例》，明万历间刻本，第1b页。

式（见图 1），其作用正如书前自序所说"学者观之，可以知所谓法矣"①，是以指示文法为标的的。唐顺之圈点法的符号及其含义的说明，见于嘉靖二十八年（1549）由书坊所刊的《唐会元精选批点唐宋名贤策论文粹》，是书卷首《凡例》标明了唐顺之圈点之法：

○○○○○○○○：精华。

〵〵〵〵〵〵〵：精华。

○○●●：止一二字者是字眼。

▭：敝。

▬：处置。

▭：故事。

▬：短抹，转调。

｜：截，分段。②

图 1：唐顺之选批《文编》书影
明嘉靖间刻本

此段圈点凡例与《文体明辨》所载《大明唐顺之批点法》大体一致，可见唐顺之的圈点法基本沿用南宋"古法"，即如《文章正宗》所示的圈、点、抹、截四种符号。不同的是，其中另有以虚长抹标

---

① 〔明〕唐顺之《文编》卷首《文编序》，明嘉靖间刻本，第 2b 页。
② 〔明〕唐顺之《唐会元精选批点唐宋名贤策论文粹》卷首《凡例》，明嘉靖二十八年（1549）书林胡氏刻本，第 1a 页。

示的文之敝处、虚短抹标示的用典处。特别是前者,尽管在唐顺之所编的文章评点诸书中用例并不多见,但至少可看出明人读书,对古人文字佳、恶两方面皆有关注。《唐宋八大家文钞》在吸收唐顺之圈点法时,对此亦有说明:"凡文之佳处,首圆圈○,次则尖圈△,又次则旁点丶。间有敝处,则亦旁抹,或镌数字,譬之合抱之木而寸朽,明月之珠而累綦,不害其为宝也。"①通过圈点标示文字敝处,以警示读者,这是评点之学在明代出现的新变。

从明人有关文章阅读的论述来看,对文字敝处的留意,同样是出于作文的实用性考虑。例如曾鼎《文式》即辑有"论文字病"②,罗列"深""晦""怪""冗""弱""涩""尘俗""熟烂"等作文应避免的弊病。清人袁守定《占毕丛谈·谈文》记有明人时文作法论著:"茅鹿门有《论文四则》,董华亭有《九字诀》,郭青螺有《九等题式》,沈虹台有《十一要》,焦淡园有《文家十九种》,张洪阳有《二十六忌》,顾仲恭有《时艺三十戒》,汤霍林有《读书谱》,近时唐翼修有《读书作文谱》。"③其中张位《二十六忌》、顾大韶《时艺三十戒》便是专论"文病""文忌"之作。顾大韶的《时艺三十戒》,未见著录,也无传本,但见收于袁黄《游艺塾续文规》卷九《顾仲恭论文》,前有小引曰:

> 余潜心斯业约有数载,遍阅今昔诸名公之作,非不妙析奇

---

① 〔明〕茅坤《唐宋八大家文钞》卷首《八大家文钞凡例》,第1b页。
② 〔明〕曾鼎《文式》卷下,王水照编《历代文话》第2册,第1578页。
③ 〔清〕袁守定《占毕丛谈》卷五,清光绪十二年(1886)刻本,第23b页。

致,异锦同工,其能一臻正度、粹然无瑕者,盖亦鲜矣。揆厥所蔽,源流实繁,或滥觞于先哲,或创见于流辈,乃至充塞,惜莫之惩。遂令承学之士,濡染成风,沉沦恶道,不能自脱。予是用悯焉,观览之暇,辄复论辨,先其易者,后其难者,即目为时艺三十戒,置之座隅,用以自儆。①

顾大韶在这里明确指出古今文章少有无瑕者,因此看书读文亦须留心文字之弊病,不可草率放过。虽说"用以自儆",实则意在警示读书习文者以此为戒,避免后文所举"悖""死""误""野""排""复"等三十类文病。这类论著的出现,表明明人的阅读观念包含着仿习佳文和规避劣作的正反两方面取向。

总的来看,明代的文章圈点法很大程度上沿袭着南宋"古法",尽管不同的评点本在用例上各有特点,但圈点符号和标记意义在总体上仍相对稳定,以圈、点、抹、截四种符号为主体,以指示文章作法为宗旨。这样一套符号系统,对明人的读书习文风气起着重要的指引作用。例如王锡爵、沈一贯辑《增定国朝馆课经世宏辞》,其卷首《凡例》所标圈点法,同样以圈、点、抹、截四种符号为主,表示精华、文采、眼目照应、关键主意、字法、截段等,并强调"各有深意,观者毋忽"②,可看作是在《文章正宗》圈点法基础上略作补充,既指明这些符号所对应的文章字句及立意、结构等为文之法,也提示读者应

---

① 〔明〕袁黄《游艺塾续文规》卷九,《续修四库全书》第1718册,上海:上海古籍出版社,2002年,第228页。
② 〔明〕王锡爵、沈一贯《增定国朝馆课经世宏辞》卷首《凡例九则》,《四库全书存目丛书》补编第18册,济南:齐鲁书社,2001年,第153页。

在圈点符号的提示下进行阅读,不可等闲视之。此外,像唐顺之用虚长抹来标示文之敝处,这在基本以正面评价为导向的古代评点之学中确属少见,说明明人文章圈点法在前人的基础上也有所创新,指向的是一种包含高下品评、优劣判断的更为兼容的阅读理论。

二、商业出版与圈点的阅读指引功能

考察明代的文章圈点之法,除了像唐顺之等评点家的个人因素外,还应考虑明代发达的商业出版文化对文章评点、士人阅读带来的影响。特别是明中叶以后,随着书籍出版的进一步商业化,书坊为吸引读者、制造卖点,往往会在书籍的编刊、设计、印刷等各个方面不断翻新花样。例如在书前加入凡例、插图来辅助阅读,在题名上注明"新刻""新镌""增订"等制造新鲜度,或加入"会元评选""太史批点"等批评者的头衔来提高权威性。圈点符号及其凡例作为一种"副文本",同样对中晚明的书籍出版和阅读文化有着一定的导向作用,因此下文将从书籍之售卖、印刷术的发展、科举用书的阅读三方面,来考察中晚明商业出版的文化背景下,明代的文章圈点指引书籍阅读的意义。

为引导购阅行为,中晚明的书商往往会将圈点作为一种书籍质量的标志,在题名或卷首凡例等显著位置强调。特别是名家批点,更能起到吸引读书士子购阅的作用。如前引《唐会元精选批点唐宋名贤策论文粹》一书,扉页牌记特别指出该书批点出自唐荆川之手:

> 告白士夫君子:此书乃唐公亲自批点校正,字样无差。

今被本行无籍棍徒省价翻刻,批点字画,差错甚多,亦无校正,哄骗人财。况价一般,买书君子,恐费唐公精选、批点之功,务要辨认端的。此牌为记,见住三山街浙江叶式锦泉印行。①

与中晚明众多坊刻书籍一样,此处的牌记主要是作为广告来吸引读者购买。但值得留意的是它还提示读者要认准品牌,切勿购买盗刻翻版之本。这也从侧面表明在当时的书籍市场上,名家批点本拥有较好的市场,而其中的圈点之法也因此成为一种与名家批点相关联的资源,进入到书籍出版的运作之中。

到了万历年间,随着印刷技术的发展,圈点作为书籍营销及出版运作的价值得到进一步挖掘,最具代表性的便是圈点法和套印技术的结合。学界一般认为,晚明套印技术应用于图书的出版得益于吴兴闵氏的推行②。闵齐伋于万历四十四年(1616)出版了朱墨双色套印的《春秋左传》十五卷,卷首《闵氏家刻分次春秋左传凡例》对该书采用套印作了说明:"旧刻凡有批评、圈点者,俱就原板墨印,艺林厌之。今另刻一板,经传用墨,批评以朱,校雠不啻三五,而钱刀之靡,非所计矣。置之帐中,当不无心赏。其初学课业,无取批评,则有墨本在。"③闵齐伋指出旧刻用原版墨印,已不太受到读者欢迎,因而采取"经传用墨,批评以朱"的双色套印(见图2),在原版之外另刻一版,其实也是一种出版策略上的推陈出新。

---

① 〔明〕唐顺之《唐会元精选批点唐宋名贤策论文粹》卷首。
② 参见周兴陆《吴兴闵、凌套印与诗歌评点的传播》,《古代文学理论研究》第27辑,上海:华东师范大学出版社,2009年,第429—442页。
③ 〔明〕孙鑛批点《春秋左传》卷首《闵氏家刻分次春秋左传凡例》,明万历四十四年(1616)闵氏朱墨套印本,第2a页。

图 2：孙鑛批点《春秋左传》书影
明万历四十四年闵氏朱墨套印本

在闵氏套印刊刻的带动下，晚明出现了一批校刻精善的评点本，并由此推动圈点法与套印技术的结合。套印的流行与明代评点之学也有关联，这种技术之所以成为出版界的潮流，其中一个重要原因正是晚明"评林""汇评"本的流行。所谓"评林"，即荟萃众名家之评语，以供读者参酌。与评语可注明某家以示区别不同，作为符号的圈点则较难区分，因此评点本一般只用一套圈点法。当然，前引茅坤《唐宋八大家文钞凡例》指出，该书原刻曾尝试合唐、王二人之圈点于一本，用不同的符号进行区分。但这种操作方法的问题仍是岁久漫漶，易于混淆，辨识度较低。《凡例》说："原刻标批，唐以〇，王以△。今恐易混，直出唐荆川、王遵岩二先生字号，使读者一览可知，不烦再审。"①后出的版本还是用文字加以区分。晚明套印技术的应用，为汇合不同评点家的圈点提供了技术上的可能。现举闵尔容所刊朱、墨、蓝三色套印本《苏文》为例。此书的套印法是以原文用墨，茅、钱二家圈点分

---

① 〔明〕茅坤《唐宋八大家文钞》卷首《八大家文钞凡例》，第 1b 页。

别用朱、蓝双色。卷首《苏东坡文选凡例》对书中两种圈点法作了说明,指出"丰寰钱先生圈点用朱","鹿门茅先生圈点用黛"。其中,茅坤圈点凡例录自《唐宋八大家文钞》,钱穀圈点法包括长抹、短抹、圈、点、字旁小圈、字旁小点、截等类。长抹表示"紧要处或一篇主意",短抹表示"转或提或连",字旁小圈、小点分别表示"妙境""佳境",一二字外大圈、字旁小圈、字旁小点表示"字眼或主意",大截表示"大段落或譬喻",小截表示"大段落,或小段落,或段落中枝节,或承上启下,或一篇歧路处"①,也以指示文法为主。

茅坤、钱穀二人圈点是以双色区分的,这样虽然一目了然,但有时也会出现二家圈点重合或错落的情况。先看圈点的重合。如《苏文》卷一所选《刑赏忠厚之至》一文,篇首"尧、舜、禹、汤、文、武、成、康之际,何其爱民之深,忧民之切,而待天下以君子长者之道也"数句字旁,既有茅坤标示"文之佳处"的黛色小点,也有钱穀标示"佳处"的朱色小点(见图3),

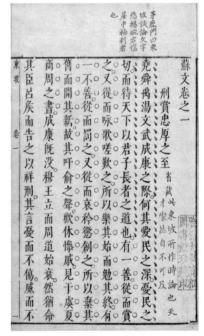

图 3:闵尔容辑评《苏文》书影
明崇祯间乌程闵氏刊朱墨蓝
三色套印本

---

① 〔明〕闵尔容辑评《苏文》卷首《苏东坡文选凡例》,明崇祯间乌程闵氏刊朱墨蓝三色套印本,第1a页。

二家意见一致,这对读者而言是一种视觉上的提醒,强调阅读时应格外留心。由于二家圈点法并不完全相同,有时在文中也能起到互补的作用。从符号类型上来说,茅坤圈点法仅抹、圆圈、尖圈、旁点四类,而无标示段落的截,因此文中的分段符号皆出自钱丰寰之朱色圈点。如《刑赏忠厚之至》一文中,有"见于虞、夏、商、周之书"下、"呜呼,尽之矣"下、"故曰忠厚之至也"下三处标示段落的朱色"|",补充了茅坤圈点法在分段上的不足。另外如《孔子从先进》《既醉备五福》《大臣论上》《大臣论下》诸论,并无茅坤的黛色圈点,仅有唐顺之、茅坤评语,因此钱丰寰的朱色圈点在阅读效果上也构成对二人评语的呼应或补充。总的来说,如前引叶德辉《书林清话》"刻书有圈点之始"一条所言:"至于《史汉评林》,竟成史书善本;归评《史记》,遂为古文正宗。习俗移人,贤者不免。因是愈推愈密,愈刻愈精。有朱墨套印焉,有三色套印焉,有四色套印焉,有五色套印焉,至是而椠刻之能事毕矣。"① 像闵尔容所刊《苏文》这类运用套印技术来汇合不同圈点,与"评林""汇评"本的流行,都反映出晚明书籍印刷和出版业的发展,对文章圈点之风的盛行起到了推波助澜的作用。

  从外部因素来看,"评林""汇评"本和圈点法的流行,另一个重要原因是科考制度推动了整个社会读书习文需求的不断增长,书籍阅读成为士子获取知识和习得文法的重要手段。在此种文学教育因出版业的繁荣而越发商品化的潮流中,习文士子在备考时对书本知识的依赖度日益提升,相应地,文章圈点"如亲聆教者之告

---

① 叶德辉《书林清话》,第28页。

语"的阅读指引作用也得到进一步重视。这可以从两个方面来分析。

一是以圈点符号来标示选文的评价等级。例如晚明的举业用书《新镌选释历科程墨二三场艺府群玉》,由衢州书坊翁日新刻印。此书署焦竑、王衡同选,唐汝澜注,邵名世、王时学同校,翁日新绣梓。焦竑、王衡之名当系伪托,实际的编选、注释工作应由唐汝澜承担。唐汝澜对所选科考二三场中论、表、判、策程墨的等级评选,皆以圈点作为标示。对此,书前《新镌选释历科程墨二三场群玉圈点凡例》有清晰的说明:

> 程:
> ○○,绝品,精神充足。
> 、○,佳品,精神不乏。
> ○,具品,辞意到家。
> 、、,亚品,辞意堪采;
> 、,余品,足备采览。
>
> 墨:
> 、○,具品,才华不足,意趣自佳。
> ○,亚品,亦颇成趣。
> 、、,余品,就中备览。
> 、,杂品,寸绮难遗。①

---

① 〔明〕唐汝澜《新镌选释历科程墨二三场艺府群玉》卷首《圈点凡例》,明万历三十六年(1608)序刻本,第1a—b页。

随后的选文目录中,唐汝澜于各篇程墨题名之上各标如上几类圈点,以示文章等级。稍有出入的是,凡例于墨卷一项中并未设置双圈可能表示的"绝品"或"佳品",但在选目第七、第八卷属墨卷的题名上,则有多篇选文标以双圈。例如万历二年甲戌科,会魁王应选《人君守成业而致盛治》即属双圈之文,此亦或为晚明诸多举业用书编校不精之例证。但不管如何,此书展示的特殊用例,事实上也反映出明清文士运用圈点符号的一种阅读习惯,即在目录、题名之上以圈点标记文章篇目,来作为一种阅读记录。

二是以圈点符号来承担批语指示文法的功能。与《新镌选释历科程墨二三场艺府群玉》选文多评语、少圈点的情形不同,晚明举业用书往往圈点、批语兼备,甚至某些选文多圈点而少批语。例如薛应旂批点的《新刊举业明儒论宗》,有明隆庆元年(1567)金陵三山书坊刻本,书前《明儒论宗凡例》对书中所用圈点之法作了如下说明:

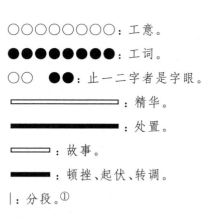

○○○○○○○○:工意。
●●●●●●●:工词。
○○　●●:止一二字者是字眼。
▭▭▭▭▭:精华。
▬▬▬▬▬:处置。
▭▭:故事。
▬▬:顿挫、起伏、转调。
|:分段。①

---

① 〔明〕薛应旂《新刊举业明儒论宗》卷首《明儒论宗凡例》,明隆庆元年(1567)金陵三山书坊刻本,第1a—b页。

从圈点凡例来看,此书所用圈点之法与前引唐顺之圈点法大同小异,将唐顺之同表示"精华"的长圈、长点细化为工意、工词两方面,取而代之的是原本表示文之敝处的虚长抹,另外给表示"转调"的短抹增加了"顿挫""起伏"二项。为便于读者领会,圈点凡例之后附有一段文字说明:

> 作文之法,有工意、工词,有字眼、故事,有精华、处置,有顿挫、起伏、转调、分段不同。评文者不能悉批,书凡例于首。善学者,观圈而知意之工也,观点而知词之工也,观二圈二点而知字眼之妙也,观阳抹而知故事之有证也,观阴抹而知处置之有方也,观阳短抹而知故事之有证也,观阴短抹而知顿挫、起伏、转调之有法也,观一画而知分段之理也。知者观其凡例,则思过半矣。①

从这段凡例说明可以看出,作文之法与圈点之法协同对应,更进一步讲,也与读书之法相通,这是其以圈点取代批语的逻辑所在。

综上所述,圈点之学发展到明代,在商业出版影响下被进一步塑造为阅读的门径。众多书坊的运作、新式技术的运用、各式举业用书的大量刊行,也影响了读书人借助圈点、批语来阅读文章和掌握文法的学习方式。举业习文书籍的传播流通,使士子可以通过阅读参考书来习得撰文之法,如明末左培编撰《书文式》,于《文式》首列"历科诸先生文语",指出名家文论、文评也具备"代师友提命"

---

① 〔明〕薛应旂《新刊举业明儒论宗》卷首《明儒论宗凡例》,第1b页。

的作用:"及见名人硕论,剔髓抽精,未尝不梦之回而醉之醒,故可以代师友提命,开学士聋聩,莫此道神也。"①这些,都在一定程度上分割了原本由师生关系所主导的传统文学教育功能,使得士人的文章学知识和技巧习得,一定程度上转向依赖阅读文章读本及附于其中的批语和圈点,这将是我们考察近世士人书籍阅读的一个方向。

三、从目鉴到口诵:读书法对声音的关注

从上文对南宋以来圈点法的梳理可以看出,除了字法、句法,评点家关注的文法要素还有所谓"转换""转调"。《文章正宗》用"撇"表示转换,到了明代,《唐宋八大家文钞》以"短抹"表示转调,《明儒论宗》同样以"短抹"表示顿挫、起伏、转调。从转换到转调,实则反映出明代文章学相比前代在追求"调法"上获得的进展。②特别是八股文这种讲求音乐性的文体,尤其重视声音顿挫、节奏起伏的语言质感。在这种文章学风气下,晚明士人的读书作文及评家的批点议论也看重诵读之法,将口诵、耳听及其中的声音视为文章批评的考量要素。

就体制而言,八股文有着相对固定的结构形式,各体段由不同的句式构成,或散或对。在由字法、句法、章法、篇法等系列要素构

---

① 〔明〕左培《书文式·文式》,王水照编《历代文话》第 3 册,第 3143 页。
② 胡琦曾指出明代的"调法"论是由晚明时文评家通过吸收转化宋元字句、章法理论建构的,参见胡琦《明清文章学中的"调法"论》,《文学评论》2021 年第 1 期。

成的文法体系中,句法处于核心,不仅关系到句子结构内部的字法、词法,也牵涉到文章结构脉络的转换、衔接。缘此,晚明以来众多的时文论著多有围绕句法而展开讨论者,并由此形成了一种基于诵读和语感的衡文准则。例如时文论家袁黄就颇重视文句是否可诵,在他编纂的举业用书《游艺塾文规》中,论"小讲"云:

> 戊子顺天《季文子三思 一节》,黄葵阳改程云:"古今得失之故,皆起于人心之思。顾其得也,以沉几亦以果断;其失也,以轻发亦以迟疑。"句句切题。王蒙亨云:"人心之有思也,理所通也。顾以有主之心,善用其思,则思常彻于理之中;以无主之心,过用其思,则思常眩于理之外。"亦朗然可诵。①

将内容上的句意"切题"和形式上的"朗然可诵"均视为句法的评价标准。又如评《居敬 一节》文,指出汪文溪、丁天毓、田大成、何南金诸家小讲"皆警策可诵"②;评浙江《丘也闻有国 二节》一题,取录张应完、杨守勤二家小讲曰"元魁二首皆可诵"③。在《游艺塾续文规》中,袁黄阐述了八股文句法、章法与听、诵之间的关系:

> 昔人论诗云:"观之如明霞散锦,听之如玉振金声,诵之如行云流水,讲之如独茧抽丝。"今时义亦须如此。然欲文如明

---

① 〔明〕袁黄《游艺塾文规》卷二,《续修四库全书》第1718册,第40页。
② 同上书,第47页。
③ 同上书,第48页。

霞散锦,当知炼字之法,凡同用一句法,有灿然可观,有暗然无色者,其窍在用字不同耳。故一字粗,即一句不雅;一字腐,则一句不新。慎勿草草。欲文如玉振金声,当知炼句之法,词调之铿锵,音节之响亮,全在句中。行云流水,取其运而无迹也,文字过而无过,行而无行,伏而忽起,断而若续,其变多端,大要章法贵熟。①

袁黄以"观""听""诵""讲"四种手段来归纳八股文的写作理论,分别对应字法、句法、章法、篇法,于炼句之法即强调应做到听觉上的词调铿锵、音节响亮,于章法布置则追求转换自如、过接无痕,来实现行云流水的诵读感。从文学批评的触发机制来说,以是否可诵来评判文句优劣,依靠的并不仅仅是视觉性的阅览,而主要是源于发音、吐字、听声等与声音相关的感官体验。

与评文看重"可诵"相互对应的是,袁黄对读书法的论述也讲究吟诵、朗读的方式。如他指出,阅读科考范文,要通过吟诵的方法来领会文字妙处:"看会元文字,须先看其体段,次看用意,次看修词。其体段中,一要看其机关活动,二要看其脉络贯通,三要看其接换无痕,四要看其始终系应。如文锦千尺,丝理秩然,微吟一过,肃然敛容,掩卷之余,彷徨追赏。"②认为阅读会元佳作,应轻声朗读并掩卷回味。晚明武之望撰、陆翀之续补的《新刻官板举业卮言》,卷四录有袁黄《读书作文法十七条》,也说:"读书之法,将本文朗诵精思,先会通章大意,识其指归。次将一句一字,求其下落,皆

---

① 〔明〕袁黄《游艺塾续文规》卷四,《续修四库全书》第1718册,第208页。
② 〔明〕袁黄《游艺塾文规》卷五,《续修四库全书》第1718册,第72页。

须体之于心声,验之于日用,灼见其句句可行,字字不妄。"①由此可见,袁黄的读书法与作文法互相呼应,强调通过语感来体悟文章的结构脉络、行文转接之处。文章之脉络贯通、接换无痕,一定程度上要通过诵读时的声畅气顺来加以体会。古代的文学教育之所以强调读书、作文二者之融通,很重要的原因在于中国古典文学具备基于语言文字特性上的形式美感。就阅读行为的感官性而言,这种形式美感既可通过视觉来鉴赏,也能通过听觉来感受。因此对习文士子而言,读书的意义并不仅仅是知识获取、文法习得,更在于语言感知力的培养。就此,晚明时文评家武之望有一段关于"目鉴"和"口诵"的代表性论述:

> 文字佳恶,不惟目鉴能识之,即口诵亦能辨之。少时曾侍业师杨先生看文字,每听口中一过,其佳者稳顺谐和,中律中度,恶者牵涩乖戾,寡韵寡声,不待讥评指摘,而高下工拙,已犁然辨矣。余自是读文字,最不敢卤莽,时或深嗜细咀,谈骨理于意象之中,时或朗诵长吟,索风调于词章之外。至于抑扬高下、轻重疾徐,如按习歌吹,必调叶而后已。久之音节既谐,形神未有不合者也,谁谓诵读可苟哉?昔人谓有具眼具耳,试取佳文章,令他人诵读,而吾从旁听之,其音节之乖合,即才识之高下,不必待其操觚也。②

---

① 〔明〕武之望撰,陆翀之续补《新刻官板举业卮言》,陈广宏、龚宗杰编校《稀见明人文话二十种》上册,上海:上海古籍出版社,2016年,第522页。
② 〔明〕武之望《重订举业卮言》卷下,明万历二十七年(1599)刻本,第27a—27b页。

武之望自述其读书习文以及从"看文字"转到"读文字"的经历,特别强调诵读是评判文章好坏最直接的途径,因而在"读文字"的过程中,采用"深嗜细咀"或"朗诵长吟"等读书法,来判断文章声调、音节是否谐和。武之望《重订举业卮言》卷下列有"读书""看书"二目,可见在他看来,书籍阅读中的"读"与"看"当有区别。其差别在于前者以"口诵",后者以"目鉴"。借助口诵评判文字佳恶,主要是在声音、口吻的层面感知"抑扬高下""轻重疾徐"的声调和节奏感。在某些场合,这种通过听觉来判断文章优劣、音节乖合乃至才识高下的手段,或许会比阅览更为直接和有效。这反映了晚明读书人借助诵读法领会文章作法的大致情形。

作为一种因科考而受众广泛的阅读文化,提倡吟诵、朗读的读书法在清代得到进一步发展,并经由桐城文派的推演而使其中的"声音"要素成为读书、作文法之关键。桐城古文家向来注重诵读的习文实践,如姚鼐《与陈硕士》强调"学古文者,必要放声疾读,又缓读,只久之自悟。若但能默看,即终身作外行也"①,指出口诵是更有效果的读书法;曾国藩则认为读四书五经、《文选》及唐宋诗文,"非高声朗诵,则不能得其雄伟之概;非密咏恬吟,则不能探其深远之韵"②,认为文章不同的审美风格,需要通过朗诵、微吟等不同的诵读法来体悟,实与前引武之望的"朗诵长吟""深嗜细咀"有相通之处。桐城文家之所以提倡口诵的读书法,在于他们格外注重对文学中声音要素的把握,如姚鼐所说"诗、古文,各要从声音证

---

① 〔清〕姚鼐《惜抱轩尺牍》,《丛书集成续编》第130册,上海:上海书店出版社,1994年,第945页。
② 〔清〕曾国藩《曾国藩全集·家书》,长沙:岳麓书社,1985年,第406页。

入,不知声音,总为门外汉耳"①,将声音视为认识文学的门径,这正是姚鼐在《古文辞类纂》中提出"格""律""声""色"为"文之粗处"的重要基础②。

除了对声音的关注,清人的阅读理论对圈点运用也作了更深入的分析,出现了如清初唐彪《读书作文谱》一类细致论述读书法的专书。该书列有《书文标记圈点评注法》,指出"凡书文有圈点,则读者易于领会,而句读无讹"③,将圈点之法融入阅读理论之中,既便于读者断句识文,也有助于其领会文章精华和写作技法。分析晚明至清初义论家有关书籍阅读的相关论述,有助于我们从文字以外的符号、声音等视角去考察古代的读书及作文法。

四、结　　语

从南宋到明清,在古代文章学渐趋精细化和实用化的进程中,恰恰是看似意义不明的符号和难以把捉的声音,将众多抽象的文章与阅读写作理论落实为具体的知识和技法。这既反映了古代文学批评在内容和形式上的多样性,也提醒我们,不应忽视古人借助符号、声音来认识文学的多种手段。从本质上来说,这种强调视觉感受和听觉经验的批评方法,是基于汉文字一字一音的特点以及汉文学以字句排列的特质。刘大櫆《论文偶记》即指出:"积字成

---

① 〔清〕姚鼐《惜抱轩尺牍》,《丛书集成续编》第130册,第964页。
② 〔清〕姚鼐纂集,胡士明、李祚唐标校《古文辞类纂·序目》,上海:上海古籍出版社,2016年,第22页。
③ 〔清〕唐彪《读书作文谱》,王水照编《历代文话》第4册,第3419页。

句,积句成章,积章成篇,合而读之,音节见矣。"①在这种将文学理解为文字组织与声音系统的观念中,如果说圈点法多揭示字句排列的细小规则,那么阅读法则强调对文辞声调审美的总体感知。南宋以来文章家在这两方面的理论阐述和批评实践,为当今学界针对文学批评之视觉性、听觉性的研究提供了诸多经验。

进一步来说,通过上述有关明代文章圈点法及阅读法的讨论,我们可以对读书人以"目鉴""口诵"为主的阅读行为有一个基本认识。就中国古代的书籍阅读史而言,特别是在近世,科举制度作为一种人才选拔机制,在进行各类资源整合和知识生产的过程中,也对古代读书人长期以来的阅读行为产生了深远影响,举业作为一种制度因素参与到了书籍的制作、出版与阅读等环节中。明人对一系列文章圈点法的运作及对文章诵读法的阐说,正是科举制度、商业出版、文学教育等多重因素共同作用的结果。通过对书籍及阅读中的符号、声音的讨论,可以更好地揭示明代中下层士人群体普遍的阅读行为,这或许有助于我们从书籍批点、文章诵读等角度深化对古代书籍阅读史的理解。

(原载《文艺研究》2021 年第 12 期)

---

① 〔清〕刘大櫆《论文偶记》,北京:人民文学出版社,1998 年,第 3 页。

晚明举业用书中的"前七子"与士人的知识养成

在晚明书籍出版中,面向科考士子的举业用书拥有极其庞大的阅读市场。与出版业的结合,使科举这种人才选拔机制成为整合各类资源及进行知识再生产的巨大场域,并对士人群体的书籍阅读、学识养成起着重要的引导和形塑作用。除了"四书五经"的本经、注疏外,流行于当时书籍市场的科举参考书,还包括古文评点、时文选本、文法专书等读本。其中,作为科考士子仿习对象的文章选本,在编选上尤其注重以权威和典范为标准,例如古文多选韩、柳、欧、苏等唐宋大家,时文则选王、唐、瞿、薛等本朝的八股名家。这种以大家名篇为导向的出版印刷文化,固然有书坊射利的因素在内,但重要的是,它恰好在总体上反映出晚明广大士子的习文和阅读需求。换言之,这些被热衷购阅和悉心揣摩的举业读本,很大程度上凝结了天下读书人共同的阅读经验,也为我们去探知士人知识世界的构成提供了一个窗口。

就选文对象而言,伴随着明人编选昭代文章风气的兴起,晚明举业用书的编刊也开始将目光更多投向本朝古文家。在这种被明人称为从"古古文"向"今古文"阅读的转向中,曾在明中叶倡导诗文复古而并未被贴上诸如"举业名家""时文巨擘"等科举文化标签的李、何诸子，也被拉进科艺场中而成为士人读书习文和知识积养的重要资源。以往研究对前七子文学复古的问题已作了相当充分的讨论，但对他们作为一种精英化的资源而与科举文化之间发生的关联，似乎未予以关注。与数量众多的程墨评点和选刊不同，晚明举业用书对前七子所撰文章及所编选本的收编，更注重习文指引和知识规划，而不仅限于字法、句法等写作技巧的示范。由此出发的讨论，不仅有助于理解前七子文章复古的更多指向，也能让我们认识晚明士人群体书籍阅读与知识构成的某些层面。

一、"今古文"的阅读转向

综观明代出版业的发展，我们留意到，书籍出版的数量到嘉靖、万历年间呈井喷式的增长，其中科举考试用书占据着相当大的一部分。由于历科应考士子的人数持续增长，明中叶以后科举取士的管道相应地越发壅塞，书坊为应对由此带来的不断增长的书籍购阅需求，不仅在书籍的装帧、广告等形式上做足功夫，也对书籍的内容进行着各式各样的翻新。

其中的一项翻新工作就落实到文章选本的材料选取上，在读书人相对熟知的前代文章之外，书坊开始注重吸收本朝文家的作品，以便打出一种"新式"的出版口号。比如嘉靖四十四年（1565），金陵书坊主郭良材刊刻了署赵睿精选、赵世卿批点的《金陵新刊古今名儒论学选粹前集》二卷《后集》三卷。在书名上，坊主标示出"新刊""古今"的字样，以暗示书稿选文的创新度。在内容上,前、后二集的文章收录也以"古今"二字为思路。前集之卷一选录汉论三题、唐论五题、宋论三十一题,卷二选录宋论四十六题、皇明论二题,其中所选皇明论《严治》《任将》二篇,均为何景明之作。后集之卷一选录程式论九题、墨卷十九题,卷二选录窗稿三十一题,卷三选录窗稿三十二题。其中墨卷选湛若水、邹守益、瞿景淳等十九家,窗稿选李梦阳、归有光、唐顺之等数十家。卷首郑一元序指出论体文"今之体与古之体,迥乎堂奥之悬绝也"①,其意也在强调士子在秦汉以来的古论之外,更应阅读本朝名家之论。

这种汇选古今名家的情况到了万历年间尤为突出,细究其缘由,一方面自然可以说此时期对前代文章资源的挖掘已相对饱和,对书商而言,他们需要新式内容来吸引读者和提升竞争力。例如在晚明各类具备举业读本性质的古文选本中,唐宋八大家的文章无疑拥有着巨大的市场。对此,明末出版家毛晋跋《苏长公外纪》时,曾描述当时书籍市场大量刊刻唐宋八家尤其是苏轼作品的盛况:

> 唐宋名集之最著者,无如八大家。八大家之尤著者,无如苏长公。凡文集、诗集、全集、选集,不啻千百亿本。而《寓黄》、《寓惠》、《寓儋》、《志林》、《小品》、《艾子》、《禅喜》之类,又不啻千百亿本,似可以无刻。②

---

① 〔明〕郑一元《刻论学选粹序》,〔明〕赵霦《金陵新刊古今名儒论学选粹》卷首,嘉靖四十四年(1565)金陵南冈郭良材刊本,第 1b 页。
② 〔明〕毛晋撰,潘景郑校订《汲古阁书跋》,上海:上海古籍出版社,2005 年,第 10 页。

钟惺《东坡文选序》也指出"今之选东坡文者多矣"①,而按王世贞《苏长公外纪序》的说法,"今天下以四姓目文章大家,独苏公之作最为便爽,而其所撰论、策之类,于时为最近,故操觚之士鲜不习苏公文者"②,可见有资于场屋作文是东坡文章在晚明被广泛刊行和阅读的重要因素。至于毛晋"似可以无刻"之言,则又道出了当时书籍市场上,苏文刊刻实际上已渐趋饱和的事实。

另一方面,更重要的是随着以李、何诸子为代表的明前中期重要文家和作品在经过了一定时期的积淀之后,明文的创作成就及其可资于举业习文的示范意义,也在此际得到进一步的认识和总结,这构成晚明举业用书选录本朝文章的一大背景。

关于明人编选昭代文章,稍作梳理便可发现编纂宗旨的陈述往往以一种历史观念下的"古今"为语境。正德、嘉靖年间,程敏政编选《皇明文衡》,并撰序说:

> 汉、唐、宋之文皆有编纂,精粗相杂。我朝汛扫积弊,文轨大同,作者继继有人,而散出不纪,无以成一代之言。走因取诸大家之梓行者,仍加博采,得若干卷。其间妄有所择,悉以前说为准,以类相次,郁乎粲然,可以备史氏之收录、清庙之咏歌、著述者之考证。③

---

① 〔明〕钟惺著,李先耕、崔重庆标校《隐秀轩集》卷十六《东坡文选序》,上海:上海古籍出版社,2017 年,第 294 页。
② 〔明〕王世贞《弇州山人续稿》卷四十二《苏长公外纪序》,明刻本,第 13a 页。
③ 〔明〕程敏政《皇明文衡》卷首《皇明文衡序》,《四部丛刊》景明嘉靖间卢焕刊本,第 1b—2a 页。

虽说是拿历代文章总集皆有编纂来为本集的编选提供一种说辞，但其实更包含着选录本朝大家文章"以成一代之言"的意图在内。嘉靖间汪宗元对程氏《皇明文衡》加以增补而成《皇明文选》二十卷，所作《皇明文选引》也称"以彰我明文治之盛，而立言之精华，亦因以传也"①，延续了这种选昭代文章以彰显文治的意旨。

这种编选观念在晚明普遍流行，由此引发的便是在文章"古今"语境的对话中，"今"的意义得到抬升。如劳堪在为万历初王乾章编选的《皇明百家文范》所作序中，便提出"存乎其人，安论时代"的说法来消弭古今高下之别：

> 世谓风气代分，人文递降，宋不唐，唐不汉，汉不春秋、三代。辟诸奔曜，渐入蒙汜，不可挽而之扶桑也。论时代，尔后人遂推毂上世文辞，一意章句，几片言以当于古，而不屑于唐宋人语，矧今体耶？劳生曰：否否。夫天地予精，亡殊古今。②

明末吴太冲序刘士鏻所编《明文霱》，则从一种融通的文学史观上提出"后起者尤难"的说法，进而肯定明代文章的意义："文章发于人之精神，成于时之风气。风气结于此而开于彼，精神会于既往而引于将来。故今之所为后，即后之所先，不该不偏。或师远而忽

---

① 〔明〕汪宗元《皇明文选》卷首《皇明文选引》，明嘉靖三十三年（1554）序刻本，第3b页。
② 〔明〕劳堪《皇明百家文范序》，〔明〕王乾章《皇明百家文范》卷首，明万历三年（1575）王氏自刊本，第1a—1b页。

近,或是古以非今,舍方舟而遥瞻河汉,屏笙簧而佻谈土缶,文之蠹蚀,莫甚于兹。"①言辞之中透露出对厚古薄今、舍近求远的文章宗尚观的不满。

受这些选文观念的影响,举业读本的编选对象也发生着变化,在当时颇受欢迎的韩、柳、欧、苏等前代古文和王、唐、瞿、薛等明人时文之外,包括前七子在内的明代文家之古文逐渐获得重视。明末,金陵书坊奎璧堂刊行了署袁宏道精选,张鼐校阅,丘兆麟参补,吴从先解释,陈继儒标指,陈万言汇评的《鼎镌诸方家汇编皇明名公文隽》。《皇明文隽》最大的特色是突出"今文",扉页即刻"镌袁中郎先生评选今文化玉",卷首署周宗建撰于万历四十八年(1620)的《皇明诸名公文隽叙》,也反复陈说所谓"今古文":

> 昔攻公车业者,可无读古文;今攻公车业者,不可无读古文。非读古古文,读今古文也。然则,今文古文觭乎哉?曰:否否。读今文与读古文觭乎哉?曰:否否。今之文俱融铸古文,而时吐以英华,体裁音调,彪炳一新。虽谓今文即古文,可也;读今文即读古文,可也。②

序文的陈述思路可以说是建立在"以古文为时文"的论调之上,只是更进一步强调了就习举子业而言,明人古文也有着和秦汉、唐宋

---

① 〔明〕吴太冲《明文觿序》,〔明〕刘士鏻《明文觿》卷首,《四库禁毁书丛刊》集部第93册,北京:北京出版社,2000年,第426页。
② 〔明〕周宗建《皇明诸名公文隽叙》,〔明〕袁宏道辑、〔明〕丘兆麟补《鼎镌诸方家汇编皇明名公文隽》卷首,明金陵郑思鸣奎璧堂刻本,第1a—1b页。

古文同等的阅读和参考价值。为此,序文历数明初以来的本朝文家,以证其"读今文即读古文"之说:

> 举其尤卓绝今古者,如刘青田之奇宏、宋潜溪之浩荡、方希古之尔雅、解大绅之雄放。理致粹密若杨文贞,典实该核若刘安文。李文贤铺张于天顺之日,李文清著作于弘治之朝。程篁敦之才奇而正,丘琼峰之学博而精。其洪、弘间太和葆涵、元气充拓者乎?嗣而王守仁、郑善夫、杨用修、黄省曾诸公,固皆理学正宗而文章家之传世不朽者,无问矣。嘉、隆前后,若李空同、王凤洲、李沧溟、汪南溟者,又若王忄䍐溪、唐荆川、瞿文懿、薛方山者,各赤帜词坛。……故曰:今文即古文,读今文即读古文也。但古文家传户诵,今文辄少概见。①

从这里不难出,就晚明士人的文章阅读而言,所谓前代的"古古文"在当时仍占主体,但从书坊的反应来说,士人对本朝"今古文"的阅读需求也在悄然增长。结合《皇明文隽》书中所选作品,可以进一步看出,明人对"今古文"的选录,不仅限于序文中提及的王、唐、瞿、薛时文四大家之古文,更大一部分的文章来源,落到了诸如明初宋濂、方孝孺,以及后来前后七子的李梦阳、王世贞等文家身上。

具体到前七子文章的选录,不妨以题署薛应旂所编《新刊举业

---

① 〔明〕周宗建《皇明诸名公文隽叙》,〔明〕袁宏道辑、〔明〕丘兆麟补《鼎镌诸方家汇编皇明名公文隽》卷首,第3a—5b页。

明儒论宗》这本颇具代表性的明文总集类举业用书为例。此书对前七子成员的选文情况如下：

  论类：何景明《上作论》《严治论》《任将论》三篇，徐祯卿《崇化论》一篇；
  叙（序）类：李梦阳《赠佘思睿序》《刻诸葛孔明文集序》《刻战国策序》《遵道录序》四篇；
  记类：李梦阳《观风亭记》一篇；
  说类：李梦阳《直臣字义说》《说农赠薇山子》二篇；
  碑类：李梦阳《禹碑庙略》《钓台亭碑》二篇。

《明儒论宗》的选文大致反映了晚明就业用书选录前后七子总体特征：一是选文基本以李、何二人为主，这大概与二人的文章名声相符；二是徐祯卿偶有以《崇化论》入选者，例如署沈一贯辑选的《新镌国朝名儒文选百家评林》，"论类"选何景明《上作论》等七篇外，也选有徐祯卿《崇化论》一篇；三是选文以论、记、序、碑为主，这些是文家写作中最常用的文类，也便于举子仿习。关于最后一点，《新镌国朝名儒文选百家评林》卷首《国朝文选评林凡例》恰有说明：

  我朝先辈，记、序文最多，第其间亦有无当于举业者，若不稍稍菽麦而概录之，是即他刻漫滥者等已。是集亡论章法、笔法俱高，即句字亦成珠玉。业举子者，取此于时艺中，谁别其秦汉、今人之调云。

> 碑、铭原无关于举业,兹亦录数首,何以故?为其系一代人心风俗尔。如潜溪《题子陵铭》、空同《题禹王碑》,与夫《岳王庙碑》《杨忠愍铭》,此一圣三贤,不但古今豪杰之士所艳慕,即乳口之童,亦所愿闻者。①

从这两条带有广告意味的凡例说明并结合选文的情况,可了解到,晚明读书人通过明文总集类举业用书接触到的文章,大多为论、记、序、碑、铭等文类,并且特别以论、记、序三类可资于举业习文者为主。

结合前文,晚明总集类举业用书对明代前中期文家作品的编选,固然有商业出版的因素在内,在此意义上,可以说只是一种出版商利用新资源提升书籍吸引力的行为。但我们更应看到,这种求新的背后其实隐含着一种观念的变化,明人对本朝文章的总体评价和认识,自程敏政编选《皇明文衡》时就已在逐步形成之中。反映在举业习文上,便是所谓"今古文"的本朝名家作品,通过科举和教育的管道大量进入读书人的阅读世界,占据了晚明士人阅读经验中的重要部分。

二、"法古之助":举业用书中的李、何文章及其意义

从上引《国朝文选评林凡例》所言"谁别其秦汉、今人之调"的

---

① 〔明〕沈一贯《新镌国朝名儒文选百家评林》卷首《国朝文选评林凡例》,明唐廷仁刻本,第1b—2a页。

说辞中,盖可想见,写文得秦汉之调对当时的读书人而言,仍是一种具备吸引力的习文追求。因此,在文章的古今关系上,除了前文所论"彰我明文治之盛"这种意图外,晚明举业用书编选明文的另一因素,便是主张以揣摩今人文章作为学习秦汉古文的重要途径。在此背景下,曾高举"文必先秦、两汉"大旗的前七子,其可供学习的样板意义自然得以显现。嘉靖以来明文选本的序文在陈说弘治以后文风丕变时,李、何二人是其实是难以绕开的叙述对象。例如《皇明文选》卷首的潘恩序就说:"弘治以来,摛辞之士,争自奋濯,穆乎有遐古之思,罔不效法《坟》《典》,追薄《风》《骚》,体局变矣。李、何发颖于河洛,康、吕高步于关右,咸一时之选也。海内向风,波流浸远,彬彬乎其盛哉!"①肯定了李、何所扬起的复古风浪对弘治以来文坛风尚的影响。

这种效法秦汉文的复古论调,延续到晚明的举业读本中,便引出一个话题:明中叶以来在文坛流衍的复古之风,借助科举、教育和书籍传播的管道,也对士子的读书习文和知识获取起着一定的指引作用。以前七子为例,此种自上而下的导向,可从以下三种不同形态的举业用书加以说明:

第一是紧接前文所讨论的明文总集类,这里将着重讨论前已提到的《新刊举业明儒论宗》。在晚明众多的明文总集类举业用书中,《明儒论宗》是影响较大的一种。此书题下署"毗陵方山薛应旂批点",书末牌记题"皇明隆庆元年仲夏金陵三山书坊刊行"。全书共八卷,选录论、叙(序)、原文、记、说、解、文、问、喻、

---

① 〔明〕潘恩《皇明文选序》,《皇明文选》卷首,第1b页。

释、疏、书、传、碑、题跋、杂著十六个文类。收文凡一百七十一篇，其中论类四十三篇，序类四十二篇，记类三十三篇，三者相加占据大半。此书出版后流传甚广，而为此后的藏书家所著录，如黄虞稷《千顷堂书目》卷三十一"总集类"录"薛应旂《明儒论宗》八卷"①，范邦甸《天一阁书目》卷三"子部"类亦著录"《明儒论宗》，刊本，毗陵薛方山批点"②。

关于该书对士子的阅读引导，卷首署薛应旂所撰序文称："应旂不揆昧瞀，遍阅群集，耽玩研究，凡有益于举业之文，平生所好，掇菁撷华，以类日抄，妄为品评，命之曰《举业明儒论宗》。"③已说明此书之编选本为举业而设。因此，书中对选义的评语也多以"有益于举业"为标的，如评谢铎《唐太宗论》一文，径直说："词简意足，证切理明，可遵此式，以应时制。"④评徐祯卿《崇化论》一文，则明确指示学文者应"熟读暗记"：

> 此篇论治乱之渐，有照应，有波澜，而词句苍老，与秦汉之文相后先者。熟读暗记，作论必佳。⑤

这里值得留意的，是评语用"秦汉之文"的标准来评价徐祯卿的《崇

---

① 〔清〕黄虞稷撰，瞿凤起、潘景郑整理《千顷堂书目》卷三十一，上海：上海古籍出版社，1990年，第762页。
② 〔清〕范邦甸等撰，江曦、李婧点校《天一阁书目》卷三，上海：上海古籍出版社，2010年，第234页。
③ 〔明〕薛应旂《新刊举业明儒论宗》卷首《新刊举业明儒论宗叙》，明隆庆元年(1567)金陵三山书坊刊本，第2b页。
④ 同上书卷二，第21a页。
⑤ 同上书卷二，第36a页。

化论》,检阅全书可发现,类似的批语多用于所收前七子中李、何二人的文章,如何景明《上作论》题下总评:"立意高古,发词苍老,逼秦驾宋、唐。章法于举子业最为有益,学者当熟读而深味之也。"①《任将论》题下总评:"《任将》一论,发明任之者成功,不任者取祸,而词句老成,逼秦驾汉之文。"②评李梦阳《赠佘思睿序》也说:"此文援今证古,说天验人,理极精妙,词逼秦汉。"③意味着此种"词逼秦汉"的说辞不仅被用于对李、何文章的品评,也间接向士子传递着通过阅读明人之文可体味秦汉文字的阅读意识。

第二是明人选本评点类的举业读本。上文引述评语指出,对于李、何的文章,"学者当熟读而深味",由此进一步可联系到流行于晚明科举书出版市场中的明人文选。与一般意义上的明人文集不同,这类文选的刊印往往会进行有针对性的筛选处理。首先自然是只选文而不录诗,其次在文章的收录上也有选择性,即一般多选上文提到的论、记、序、碑、志等切于举业的文类,以突出其实用性。

现举《新锲会元汤先生批评空同文选》为例。《空同文选》题名下署李梦阳著,汤宾尹批,詹圣泽梓,可知为南京书坊主詹圣泽刊印的李梦阳文选。此集共五卷,先后选录序四十七篇,记十篇,传谱七篇,碑十五篇,墓志十七篇,疏三篇,杂著二十二篇,书九篇。集中各篇选文大多配有眉批和夹评,评语既有对李梦阳文章总体风貌的概括,也注重从辞章学的角度解说选文的章法、句法、字法

---

① 〔明〕薛应旂《新刊举业明儒论宗》卷首《新刊举业明儒论宗叙》,第29a页。
② 同上书卷二,第34a页。
③ 同上书卷三,第35a页。

的精彩之处。如卷一《刻战国策序》，眉批指出"空同之文，苍古若翠壁凌霄"，"句法妙品，其传神《左》《国》乎"①，而对文中"袭智者谲，模辞者巧，证变者会，迹事者该"四句评曰"四句是一篇断案"②，由此形成一种从文风概括到文法阐述相结合的阅读引导，便于让士子掌握李梦阳文章特征的同时，也能从中习得作文的技巧。

在晚明图书出版业中，汤宾尹及其"会元"的身份标识常出现在各类举业参考书的题名上，作为一种书籍内容质量的展示来吸引读者。除《空同义选》外，书坊主詹圣泽还刊印了数种相同系列的明人文选，目前所知至少有汪道昆《新锲会元汤先生批评南溟文选》四卷、李攀龙《新锲会元汤先生批评沧溟文选》五卷、王世贞《新锲会元汤先生批评弇州文选》五卷③。这表明作为举业读本的明人文选特别是大家之作，在晚明拥有一定的市场，也是士子获取知识、习得文法的一类资源。此外，詹圣泽还刊印了诸如署吴默的《新锲名家纂定注解两汉评林》三卷及署李廷相的《新锲李太史注释左传三注旁训评林》七卷、《新锲李太史选释国策三注旁训评林》四卷等史部类参考书，这些用书涉及的内容自然属于面向士子的另一种知识类型。

第三，从文本形态相对更灵活的文评类举业用书出发，考察的视野亦可跳脱出集部框架而扩大至涵括其他类型知识的范围。这

---

① 〔明〕李梦阳著，〔明〕汤宾尹批《新锲会元汤先生批评空同文选》卷一，明书林詹圣泽刻本，第1a页。
② 同上。
③ 瞿冕良《中国古籍版刻辞典》，苏州：苏州大学出版社，2009年，第901页。

方面,如上文提到詹圣泽还刊印了《新锲李太史选释国策三注旁训评林》,是因为像《战国策》一类的史部文献,同样是士子应阅读的科举参考书。对此,晚明时文论家武之望在《举业卮言》中曾指出:"古文中可以为举业师范者,无过《战国策》《庄子》及《苏长公集》三书。……三书气、机、调、法,大约相同,而于举业家均为便利。后学能熟读之,有不拔帜词坛,脱颖场屋,吾不信也。"①并举宗臣的阅读经验说:"昔宗子相抽绎千古,于史迁、工部、李献吉三书,终身服膺不置,至谓怒读之则喜,愁读之则欢,困读之则苏,悲读之则平。余于前三书亦云然。"②关于宗臣读空同之文,他在《读太史公杜工部李献吉三书序》中曾交代自己在司马迁之文、杜甫之诗外,最常读的便是李梦阳的文集:

予读李献吉书,盖次二书焉。夫周则左丘明,楚则屈、宋,汉则董、贾、苏、李、长卿、枚叔、班固、杨雄,魏则曹、刘、应、徐,六朝则潘、陆、江、鲍,唐则太白、长吉、陈、杜、沈、宋、卢、骆、韩、柳,非不采厥英华而日诵之,顾不若三书者,时餐与餐,时栉与栉,时几与几,时榻与榻,寒暑风雨,南北飘零,未尝一时去吾之手也。字究句研,积岁累月,楮涧墨故,大类童子时所受书矣。予为吏部郎,盖与张君助甫同舍云,张君好予绝甚。予故置三书小笥,命侍吏日挟之行。张君见予笥,意其有奇也。迫而察之,果得杜、李二集,即携去读,连日夜不休。贻予

---

① 〔明〕武之望《重订举业卮言》卷下,明万历二十七年(1599)刻本,第21b—22b页。
② 同上书卷下,第22b页。

书曰:"足下所读两公书,无论数千万言,乃言为之笔,笔为之精,盖千载奇觏矣。即两公复生,宁不北面,为足下称谢者。"辄命其吏数十人录成二书,而以原书归予。时丙辰冬十一月既望也。①

宗臣在这里述说,在《史记》和杜甫集子之外,自己还对李梦阳文集进行了十分细致阅读、钻研。又记嘉靖三十五年(1556)张九一借杜甫、李梦阳二集并加以誊抄之事,说明李梦阳的集子在当时传刻还不算广。

到了武之望活跃的万历年间,这种传刻不广的情况有了很大变化。按照他的说法,习文举子不仅应读经、史、子、集各类古书,也要读李梦阳、王维桢、李攀龙、王世贞等明代文家的集子。《举业卮言》"读书"一目说:

> 读古书,学问方有原委,文字方有根据,然切不可泛及芜秽。五经其尚已,史则《左》《国》《史》《汉》,子则《老》《庄》《荀》《列》《韩非》《吕览》《楚辞》《淮南》等书,此义理之源、文字之祖,后来千流万派,皆从此出。志学之士,不可不究心也。魏晋而下,则《昭明文选》,李、杜诗集,以及韩、柳、欧、苏四大家,虽文以代变,亦各极一时之选,所当并为涉猎,以资见闻。至本朝,则北地、左辅、历下、琅琊、新都诸君子,皆出经入史、合

---

① 〔明〕宗臣《宗子相先生集》卷十《读太史公杜工部李献吉三书序》,《明别集丛刊·第三辑》第 28 册,合肥:黄山书社,2015 年,第 140 页。

符古之作者，亦当掇取精华，以为法古之助。①

武之望提出的这种读书要求，显然是以更大的图书流通量作为其语境。书籍出版业的发展，无疑对士子的阅读量提出了更高的要求，也增加了他们接触更多本朝文家作品的机会。在这种主要通过阅读所谓"古书"来打下学问基础的语境中，像李梦阳这样的复古派文家，其文章的样板意义便落在了如武之望所说的"法古之助"上，即以明文作为一种中间介质，通过如宗臣所说的"字究句研"而进一步达到"合符古之作"的效果。

更进一步，若结合前面讨论的薛应旂《明儒论宗》和汤批《空同文选》，武之望所说的"法古之助"其实有着更深远的背景。就文章评点批评而言，如果说以茅坤《唐宋八大家文钞》等为代表的古文评点，代表了明人评点之学精细化发展的话，那么像《明儒论宗》和《空同文选》这类书籍的出现，意味着这样一种精细的批评模式在晚明也被套用到了本朝文选中。最显著的例子，就是《明儒论宗》卷首《凡例》所示圈点读书法，分圈、点、二圈二点、阳抹、阴抹、阳短抹、阴短抹、一画八类，分别对应文章工词，工意，字眼，精华，处置，故事，顿挫、起伏、转调，分段，实际上与徐师曾《文体明辨》卷首《文章纲领》所录"大明唐顺之批点法"如出一辙。这可以说是在文法的技术性层面把如何借助明文"法古"落到了实处。尽管这类用书，特别是上举"汤批"系列，多为商业出版的产物，但从书籍市场的供求

---

① 〔明〕武之望撰，〔明〕陆翀之辑补《新刻官板举业卮言》卷一，陈广宏、龚宗杰编校《稀见明人文话二十种》上册，上海：上海古籍出版社，2016年，第473页。

关系上,又恰恰反映出晚明士子对明文的阅读也达到了某种"字究句研"的精细化程度,这构成了他们文章学知识习得的重要途径。

三、从《学约古文》看晚明士人的知识体系培养

从上引武之望提出的"读书"要求中,可以看出他所规划的书籍阅读层次,即以五经及子、史等古书为学问渊源以夯实基础,《文选》及唐、宋人家诗文为集部要素以增长识见,而本朝文家作为一种法古的途径。

事实上,类似这样强调古学的意义,以读古书立学问的理念,是古人格外讲求的读书门径和习文正途。由陆翀之在武氏基础上进行续补的《新刻官板举业卮言》,于卷四收录了有着类似阅读指引的何景明《书程三款》,目录则题《三年看书读书课程三款》。这部分材料或取自何景明编写的习文用书《学约》及岳伦在此基础上编成的《学约古文》。

《学约古文》一书,黄虞稷《千顷堂书目》卷三十一"总集类"、范邦甸《天一阁书目》卷四"集部·总集类"皆有著录,现存经岳伦增定的三卷本。何景明所撰《学约古文序》收入明刻本《何大复先生集》,交代了他编选《学约古文》的原委:

> 何景明曰:余初入关中,作《学约》示诸生。已成材者,经书子史,自宜周贯,不为程限。其未成材者,令学官量资作成,以相授习。兹越二岁矣。予日企望夫诸生之有得也,然而进

> 退罕知其序,造诣或违其方,若尔优游,终归汗漫,非予之咎哉?今复列为程,始自十六年春,按季考省,经书每岁一周,性理、史鉴而下,则接年续去,期三岁而卒其业。正诵之余,复读名家文字数篇,要其取虽非全编,而实览大义。于是究心,则古人作述之意,源流可窥,而斯文经纬之情,变化俱见矣。理无形而藏密,言有文而行远。由圣贤之训,以至诸家之撰,皆言也。①

末题"正德辛巳正月既望识",可知此序撰于正德十六年(1521)正月。又据序文,何景明于正德十三年(1518)出任陕西提学副使,到任后编写了《学约》以作为指导诸生读书习文的教材。何景明《学约》今不存,嘉靖年间岳伦以《学约》为蓝本而编成《学约古文》一书,成为中晚明颇为流行的习文读本。②

从序文中可以看出,何景明对士子的阅读学习进行了非常细致的规划:以三年为期,"四书"一年习毕,后两年重复温习,《性理》《通鉴》及名家文章分三年陆续修完。被陆翀之称为"三年看书读书课程三款"的正是何景明编定的三年阅读书目。现举第一年《书程》为例:

> 春三月:四书《大学》、上《论语》。《易》上经,《书·虞

---

① 〔明〕何景明《何大复先生集》卷三十四《学约古文序》,《明别集丛刊·第二辑》第17册,合肥:黄山书社,2013年,第270页。
② 有关何景明《学约》与《学约古文》之关系及相关版本考述,参见高虹飞《何景明〈学约〉原本与〈学约古文〉考》,《中国典籍与文化》2021年第2期。

书》,《诗·国风·王风》,《春秋》隐、桓、庄三公,《礼记·曲礼》至《礼器》,《性理太极图》,《通鉴纲目》战国、秦,贾谊《治安册》,董仲舒《天人三策》,诸葛武侯《出师》二表,李密《陈情表》,孔颖达《周易正义序》。

夏三月:四书《中庸》、下《论语》。《易》下经,《书》夏、商书,《诗·小雅》,《春秋》闵、僖、文三公,《礼记·郊特牲》至《祭统》。《性理通书》,《通鉴纲目》前汉。《庄子·杂篇·天下》,司马迁《自叙》,班固《自叙》,范晔《自叙书》,陆士衡《五等诸侯论》,孔安国《尚书序》。

秋三月:四书上《孟子》,《易》上、下系。《书·秦誓》至《多士》,《诗·大雅》,《春秋》宣、成、襄三公,《礼记·经解》至《三年问》。《性理·西铭》至《正蒙一》,《通鉴纲目》后汉。东方朔《客难》,杨雄《解嘲》,班固《宾戏》,蔡邕《释诲》,崔骃《达旨》,韩愈《进学解》。孔颖达《毛诗正义》。

冬三月:四书下《孟子》。《易·说卦》至《杂卦》。《书·无逸》至《秦誓》,《诗·颂》,《春秋》昭、定、哀三公,《礼记·深衣》至《丧服》。《性理·正蒙二》,《通鉴纲目》三国。李斯《上逐客书》,乐毅《报燕书》,鲁仲连《遗燕将书》,韩非《说难》。杜预《春秋左传注》。①

此后第二、第三年的《书程》,其中四书部分与第一年相同,《性理》《通鉴纲目》则依次接续,名家文章部分辑选秦汉以来的古文。岳

---

① 〔明〕岳伦《何大复先生学约古文》卷首《学约书程》,明崇祯五年(1632)刻本,第1a—3b页。

伦于嘉靖八年(1529)谪判齐东,对何氏的《学约古文》进行增定来训示当地士子,他在序中对何景明的编排也作了交代:"乃取何子督学关中时《学约》付诸生,其诸四书、五经、《性理》、《纲目》之余,复采秦、汉、唐人文之佳者若干篇。"①就内容构成来说,在卷首的《书程》之外,《学约古文》的正文部分秦、汉、唐人文章的辑选。因而该书也被上引藏书目的"总集类"收录。根据所收具体篇目可知,何景明选录的古文篇目以秦汉文为主,这又与他的文章复古旨趣相一致。

《学约古文》对中晚明的文章教育有着不小的影响,嘉靖以来多被用为地方学校教育的参考书。除岳伦外,胡瓒宗也曾进行翻刻,并撰《学约古文钞序》说:"取而刻之学宫,以惠吾秦之学者,而何先生之意薄矣。"②此外,如(嘉靖)《河间府志》卷二十八"艺文志目·府学收藏书目"、(嘉靖)《普安州至》卷三"学校志·书籍"、(嘉靖)《寻甸府志》卷上"学校·书籍"等皆有著录,可见该书对晚明士子的习文阅读起着一定的指导作用。

除了阅读指引,《学约古文》更大的意义在于它展示了晚明士人通过习举子业所要掌握的知识体系。因此,如果说前文讨论的明文编选及其批点之书,反映的主要是一种辞章术的知识类型,从以资作文的角度出发而偏重于"文"之立场的话,那么《学约古文》对经、史、子、集诸书的阅读规划,则将士人的知识习得扩大或者提升到了"学"的维度。

---

① 〔明〕岳伦《何大复先生学约古文》卷首《学约序说》,第 3a—3b 页。
② 〔明〕胡瓒宗《鸟鼠山人小集》卷十二《学约古文钞序》,《四库全书存目丛书》集部第 62 册,济南:齐鲁书社,1997 年,第 323 页。

从文体发展的角度来说，这种从学识的角度强调对史部、子部类知识要素的掌握，与经义文体内部空间的开发至明中叶渐趋饱和密切相关。正、嘉之后经义写作出现如清人总结的"以古文为时文，融液经史"①，其实是因为经义作为封闭性文体，在其体制的内在自足性无法支持全新创作的情况下，开始向外部寻求知识资源的过程。在此背景下，子史百家所能提供的知识要素在晚明逐渐得到重视，相关的表述在晚明举业用书中并不少见，例如李叔元辑《新锲诸名家前后场肄业精诀》，卷二收录孙鑛《文训》，其中一则云：

> 长袖善舞，多钱善贾。子史百家，虽若于举业不切，然浇灌心胸，充拓才力，非此莫由。经书业外，如《史记》《庄子》《列子》《战国策》《韩非子》《文选》《吕氏春秋》《淮南子》《荀子》《左传》《国语》，皆当熟看。其他若《汉书》《公羊》《穀梁》《说苑》《新序》《法言》《管子》等类，亦可兼看。各取性所喜、家所有者，取一二部熟味详玩，所得亦自不可少。②

这里指出士子在熟读经书外，也应翻阅子史类的书籍来培养才学。古人所谓的"才学"，某种意义上正是对系统化知识体的掌握作为基础。如晚明文家陈懿典也认为，写作经义亦须具备创作诗古文

---

① 〔清〕方苞《钦定四书文》卷首《凡例》，《景印文渊阁四库全书》第1451册，台北：台湾商务印书馆，1986年，第3页。
② 〔明〕李叔元《新锲诸名家前后场肄业精诀》卷二，陈广宏、龚宗杰编校《稀见明人文话二十种》下册，第654页。

词的才学,《李长卿制义序》说:"制义之为物,非若诗古文之可以逞才也,而为之又不可以无才;非若诗古文之可以炫学也,而为之又不可以无学。"①在《茅孝若焦山稿序》中,陈懿典再次强调说:

> 士苦才短耳。诚有其才,嬉笑怒骂皆成文章,讵有工于今而诎于古者?唐人以诗取士,则应制诸什,其和平柔雅,即三唐之制义也;朝家以文取士,则压卷诸篇,其整丽精工,即今日之雅律也。士诚有其才,称诗固可令何、李解颐,解经又可使王、唐生色。②

从陈懿典的古今关系讨论可以看到,他试图以"才"来消弭文章古今高下之别,在此陈述中,经义不再只是一种考试工具,而是能展现士人才学的文学性文体。从明前期注重经义文写作要体贴圣贤意,到晚明强调应展示个人才学,所反映的不仅仅只是对科考文体观念的认识变化,更体现出在知识大扩容及加速流通的晚明,身处科举取士这一巨大机器中的士人,他们的知识养成更趋"博"化,一定意义上也更加"杂"化。若稍作梳理,这种对知识杂化的习得兴趣,亦可追溯至明中叶以来在前七子身上已颇有显露的对杂学旨趣的追求。③

---

① 〔明〕陈懿典《陈学士先生初集》卷一《李长卿制义序》,《四库禁毁书丛刊》集部第 78 册,第 633 页。
② 〔明〕陈懿典《陈学士先生初集》卷三《茅孝若焦山稿序》,《四库禁毁书丛刊》集部第 78 册,第 697 页。
③ 有关前七子文章复古中杂学兴趣的讨论,参见黄卓越《前七子文复秦汉说的几个意义向度》,《中国文化研究》2005 年第 1 期。

综上所述,晚明各类举业用书的出版,为明人文章及其文章学思想的传播和流布提供了重要的通道。经此一途,曾标举文章复古的"前七子"也被带入晚明科举场域,而成为士人读书习文和知识培养的一类资源。由此可了解晚明士人习文风气移易和知识获取的大致情形。此外,以往我们对"前七子"的关注,如论述他们的群体构成、文学主张等,显然更侧重于精英文人这一侧,但若放置于科举和习文教育的视角下,从而建立起他们和晚明中下层士子之间的联系,或许能在开展对以李、何为代表的精英文人的研究时,获取更全面的观察视角。

(原载《中国文学研究》第三十六辑,
上海人民出版社,2023年6月)

"文"之复兴：明人文集与明文研究之途径

清人对明代文章的系统研究，黄宗羲首开风气。他不仅费心竭力编纂《明文案》《明文海》及《明文授读》三部明文总集，以成"一代文章之渊薮"，还对明代文章之发展演进、总体成就予以评价。其《明文案序上》尝提出著名的明文"三盛"说，且进一步指出与前代相比，明代文章在总体上呈现平庸化：

> 某尝标其中十人为甲案，然较之唐之韩、柳，宋之欧、苏，金之遗山，元之牧庵、姚燧、道园、虞集，尚有所未逮。盖以一章一体论之，则有明未尝无韩、柳、欧、苏、遗山、牧庵、道园之文；若成就以名一家，则如韩、柳、欧、苏、遗山、牧庵、道园之家，有明固未尝有其一人也。议者以震川为明文第一，似矣。试除去其叙事之合作，时文境界，间或阑入，较之宋景濂尚不能及。此无他，三百年人士之精神，专注于场屋之业，割其余以为古文，其不能尽如前代之盛者，无足怪也。①

---

① 〔清〕黄宗羲《南雷文定前集》卷一《明文案序上》，《丛书集成初编》本，上海：商务印书馆，1936年，第1页。

此处黄宗羲把明代文家与唐、宋以来的几位名家进行对比,认为单就一章一体而言,明文或有可匹敌者,但从个人成就来说,明代没有一人可以与韩、柳、欧、苏等前代名家相提并论。同时将此种一代文章的整体平庸化,归因于科举取士制度及八股文写作带来的负面影响。

黄宗羲的观点自清季以来影响很大,近人陈柱编写《中国散文史》,以文体特征为标准,把中国古代散文史划分为六个时代,明、清两代为"以八股为文化时代之散文"。其中对明代文章,陈氏也说"自来论明义者多贬词"①。钱基博的《明代文学》虽然极力维护明代诗文,申言"自我观之:中国文学之有明,其如欧洲中世纪之有文艺复兴乎",但也指出"自来论文章者,多侈谭汉、魏、唐、宋,而罕及明代"②。时至今日,尽管明代文学研究总体上获得了大幅推进,尤其是明代的诗文研究,近年来呈现出赶超传统戏曲小说研究的良好趋势③,但无论是作为特定体裁或类型研究的明文,还是文学史或散文史书写中的明文,在很大程度上,仍未完全摆脱百年前"多贬词"和"罕及"的尴尬局面。

当然,造成此种局面的因素是多方面的,除了上述历史积累的原因外,作为明代文章研究之基础,长期以来相关文献整理与研究的整体滞后,更是不可忽视的问题。不过,近些年,这种状况已多有改善,例如以明代文体学、文章观为研究旨趣而展开的对明代文

---

① 陈柱《中国散文史》,上海:商务印书馆,1937年,第242页。
② 钱基博《明代文学·自序》,上海:商务印书馆,1934年,第1页。
③ 参见左东岭《2016至2020年元明清文学研究趋势、存在问题及前景展望》,《复旦学报(社会科学版)》2020年第6期。

章总集的研究①,以建构明代文章学为目标而开掘的明代文话整理与研究②。作为明代文章研究的主要文献,明人文集的文献清理,主要以影印出版和点校整理两方面推进。如文集影印,在以往以"四库"系列为代表的各种大型影印丛书之外,近几年又有《明别集丛刊》《明代诗文集珍本丛刊》《日本所藏稀见明人别集汇刊》等多种明别影印丛书;明人文集整理方面,在已有的校点本、校注本的数量基础上,也有《明人别集丛编》此类大型文献丛书的系统整理开展③,以及对明别集整理书目的系统清理④。因此,在当前文献整理有力推进的同时,如何站在文学立场有效开展明文研究,反思前路,瞻望未来,显得尤为迫切和重要。

一、从《中国大文学史》说起

百余年前,身处新旧学术交锋的学人,曾对在"文学史"这一新模式下如何处理古典学术之旧传统,作过许多思考。由此种思考而来的20世纪早期中国文学史著述中,蜀中学人谢无量的《中国大文学史》,无疑是一种颇值得玩味的"文学史"样本。此书既受欧

---

① 相关研究如吴承学《明代文章总集与文体学:以〈文章辨体〉等三部总集为中心》,《文学遗产》2008年第6期;郑雄《明人编选明文总集研究》,复旦大学博士学位论文,2020年。
② 文献整理方面有陈广宏、龚宗杰编校《稀见明人文话二十种》,上海:上海古籍出版社,2016年;相关研究见拙著《明代文话研究》,北京:中华书局,2019年。
③ 参见郑利华《〈明人别集丛编〉编纂之缘起》,《薪火学刊(第六卷)》,上海:复旦大学出版社,2019年,第230—236页。
④ 汤志波、李嘉颖编《明别集整理总目》,上海:中西书局,2022年。该书著录1912年至2020年间含点校与影印整理出版的明人别集约1.6万种。

美"文学成为美艺之一种"观念的影响,也体现出对中国传统之"文"的坚守,昭示其以"文章者,原出五经"为根基的大文学史观。这种在过渡时期视古典文章为文学主体的学术关怀,或许对当下的中国古典文章研究仍有启发。

由于受到中西两股不同力量的牵制,我们可以明显感受到,谢无量对"文学"的理解始终是分裂的。首先,在对"文学"概念的认识上,谢无量首次作了广义和狭义的区分。《中国大文学史》第一章第一节"中国古来文学之定义",对此书之研究对象作了广义上的理解:"今以文学为施于文章著述之通称。自《论语》始有文学之科,或谓之'义',或曰'文章',其义一也。"①此后结合晋、宋以来的文笔之分及刘勰《文心雕龙》对"文"的论述,围绕中国古代文学发展之大势,对广义、狭义文学及其历史演变作了一番梳理:

> 综彦和之论,则文之广义,实苞天地万物之象。及庖牺始肇字形,仲尼独彰美制,而后人文大成。文言多用偶语,为齐、梁声律所宗。齐、梁文士,并主美形,切响浮声,著为定则,文之为义愈狭而入乎艺矣。唐世声病之弊益甚,学者渐陋狭境,更趣乎广义,论文必本乎道,而以词为末。至宋以下,其风弥盛。周元公曰:"文所以载道也。"又曰:"文辞,艺也;道德,实也。"不知务道德而第以文辞为能者,艺焉而已。且又以治化为文,王荆公曰:"礼乐刑政,先王之所谓文也。书之策,引而被天下之民也,一也。"于是文学复反于广义,超乎

---

① 谢无量《中国大文学史》,上海:中华书局,1940年,第1页。

艺之上矣。①

谢无量认定，在中国古代，重声律、主美形而以文辞为能者为狭义之文，只是"艺"；广义上的"文"，则以是文辞和道德为表里，超乎于"艺"之上。在历史上，狭义之文可指向六朝文辞，而广义之文，尤以历经唐宋古文运动而被赋予丰富的政治内涵及道德要素之文章为代表。之所以作如此区分，当有谢无量结合中西两方面经验的思考。在"外国学者论文学之定义"一节中，谢无量指出"艺"代表了欧美近世对文学之理解：

> 欧美皆以文学属于艺（art）。柏拉图曰："雕刻绘画，艺之精也；诗歌音乐，艺之动也。"亚里士多德所说亦同。至黑格尔，则分目艺、耳艺、心艺，以诗歌属诸心艺。至于文学之名，实出于拉丁语之 Litera 或 Literatura。当时罗马学者用此字，含文法、文字、学问三义。以罗马书证之：用作文字之义者，塔西兑（Tacitus）是也；用作文法者，昆体卢（Quintianus）是也；用作文学者，西塞罗（Cicero）也是。要至近世，而后文学成为美艺之一种耳。②

更进一步，谢无量援引庞科士（Pancoast）著《英国文学史》对文学的定义，指出属于"艺"的、狭义之文学，"惟宗主情感，以娱志为归

---

① 谢无量《中国大文学史》，上海：中华书局，1940年，第2—3页。
② 同上书，第3页。

者，乃足以当之"，功能上"描写情感，不专主事实之智识"，体裁上"如诗歌、历史、传记、小说、评论等是也"①。如果将上述两条线整合，可以看到，谢无量从"艺"之一端，将中国文学中重声律、主美形之文辞，与欧美文学中主情感、重娱志之诗歌、小说等，皆归纳入狭义文学的范畴内。但显然，这一范围远无法涵盖中国传统之"文"。

其次，在文学分类的处理上，谢无量也采取了兼综中西二说的分法，以"主于知与实用"与"主于情与美"两大类来区分传统文学，以此为中国古代大量的、以知与实用为特点的文章寻找归属。在第一章专论"文学之分类"的第四节，谢氏在综合了中国古代文体学与西方文学分类观之后，提出了如下的文学分类法：

> 文学分类，说者多异。吾国晋、宋以降，则立文笔之别，或以有韵为文，无韵为笔。然无韵者，有时亦谓之文。至于体制之殊，梁任彦升《文章缘起》仅有八十三题。历世踵增，其流日广。自欧学东来，言文学者，或分知之文、情之文二种，或用创作文学与评论文学对立，或以使用文学与美文学并举。顾文学之工亦有主知而情深、利用而致美者，其区别至微，难以强定。近人有以有句读文、无句读文分类者，辄采其意，就吾国古今文章体制，列表如左。②

以这种分类法制定的"文学各科表"，分"无句读文"与"有句读文"两大类，"无句读文"分图书、表谱、簿录、算草四类，"有句读文"

---

① 谢无量《中国大文学史》，第4页。
② 同上书，第6页。

下分"有韵文"与"无韵文"两类。"有韵文"下细分辞赋、哀诔、箴铭、占繇、古今体诗、词曲六类;无韵文下细分学说、历史、公牍、典章、杂文、小说六类,各类下又有细分,如杂文类下再分符命、论说、对策、杂记、述说序、书札六小类。若按知之文、情之文来衡量,则"无句读文及有句读文中之无韵文,多主于知与实用;而有句读文之中之有韵文及无韵文中之小说等,多主于情与美"。

尽管谢无量的这套文学分类法颇为繁复庞杂,在后来也未有多少影响,但也有值得留意之处。其一是谢氏的分类法以传统文章流别论为内里,肯定了中国古代以文集为单元所反映的古代文章体制之复杂性。如他指出,以此各科表处理古代各类文章的方法,是"经史以下,及后人文集,可各就其体制所近,以类相从"①。其二是谢无量对知之文、情之文的分类,成为此后中国文学史写作的一种先行经验,《中国文学史学史》评价为"预埋了两条线路":

> 在谢无量这样一种方式的思考中,对"文学"一词的理解由混沌一团开始分裂。这一分裂,实际上隐含了动摇旧的文学观念的某种力量,并且在未来的中国文学史写作与研究中预埋了两条线路;由于历史的机缘,其中的一条线路又将借助着旧的文学观念被颠覆的势头,由隐而显,拓宽其途,成为今后几十年写作《中国文学史》的惟一"正道"。②

---

① 谢无量《中国大文学史》,第9页。
② 董乃斌、陈伯海、刘扬忠主编《中国文学史学史》第2卷,石家庄:河北人民出版社,2003年,第25页。

其中所谓"历史的机缘",正是"五四"新文化运动及其带来的巨大影响。在那之后,"中国文学史"的撰写基本沿着谢无量预埋的"情之文"的道路越走越远。而从《中国大文学史》的分类观来看,谢无量所走的,显然是与后来的这条"正道"相反之途。也正因此,《中国大文学史》在后来遭到一些文学史家的批评,如谭正璧《中国文学进化史》论及"过去的文学观"说:"过去的中国文学史,因为根据了中国古代的文学定义,所以成了包罗万象的中国学术史。"①郑宾于《中国文学流变史·前论》也指出:"据我的眼光看来,似这般'杂货铺式'的东西,简直没有一部配得上称之为'中国文学史'的作品。"②又点出谢无量《中国大文学史》受章太炎之文学观的影响,所做的文学史乃"玩世欺俗""荒谬绝伦"。胡云翼《新著中国文学史·自序》更进一步,认为章太炎、谢无量的文学界说"宽泛无际":

> 乃是古人对学术文化分类不清时的说法,已不能适用于现代。至狭义的文学,乃是专指诉之于情绪而能引起美感的作品,这才是现代的、进化的、正确的文学观念。本此文学观念为准则,则我们不但说经学、史学、诸子哲学、理学等,压根儿不是文学;即《左传》《史记》《资治通鉴》中的文章,都不能说是文学;甚至韩、柳、欧、苏、方、姚一派的所谓"载道"的古文,也不是纯粹的文学。(在本书里之所以有讲到古文的地方,乃是借此说明各时代文学的思潮及主张。)我们认定只有诗歌、

---

① 谭正璧《中国文学进化史》,上海:光明书局,1929年,第2页。
② 郑宾于《中国文学流变史·前论》,上海:北新书局,1931年,第7页。

辞赋、词曲、小说及一部美的散文和游记等，才是纯粹的文学。①

必须承认，郑宾于、胡云翼对谢无量《中国大文学史》如杂货铺般宽泛无际的批评，颇中要害。而胡氏剔除经史子以及载道之古文，认定诗歌、戏曲、小说、散文的文学四分法为现代的、进化的、正确的文学观念，也出于其自身之文学立场。然而，正是在这种纯文学的观念下，如前述谢氏所言由中国古代文集体现的众多文类，被放置于文学史叙事的现代性装置之中，被压缩、归类及汰选，这在极大程度上消解了中国古典文章类型、体制、创作经验的多样性。从这一点来说，我们强调反思以往的文学史，试图揭开中国传统文学之原本面貌，特别是立足于谢氏所谓历经唐宋古文运动而"复反于广义"的文学之实际，那么《中国大文学史》所走的那条背"正道"而驰之途，似乎又有了全新的学术意义。

二、以类相从：文体研究之困境与文类研究之进路

谢无量"大文学史"的构设，之所以最终呈现出巨细无遗、包罗万象的文学分类格局，乃在于他所面对的传统文体之实存异常复杂。就古人别集所反映的情况而言，四库馆臣在"集部总叙"中就曾指出"自编则多所爱惜，刊版则易于流传。四部之书，

---

① 胡云翼《新著中国文学史·自序》，上海：北新书局，1947年，第5页。

别集最杂"①。自宋代以来，文人别集编刻渐趋流行，内容及编次亦趋于复杂。别集之书，多收子部杂著，又兼有经、子二部的内容。如以明人文集为例，据陈文新、郭皓政统计，以三十七位明代状元的别集为总体，它们所包含的文体将近七十种，若以诗、文两大类分，"文"这一大类下的细目也有五十余种。②

与明人别集收录文体繁杂的状况相应，以总集为归属的中国古代文体分类亦颇为庞杂。明代的几部文章总集如吴讷《文章辨体》分古今文辞为五十九类，此后徐师曾、贺复征踵武吴氏，分别编《文体明辨》《文章辨体汇选》，又各分文体一百余类。明人总集对中国古代文体齐备式的分类，足以反映古典文章的类型复杂性以及分类标准的不确定性。

在"文辞以体制为先"（《文章辨体·凡例》）观念的驱动下，明代文体学尤注重对文学类型的细致辨析，不免趋于琐碎繁芜。清人对此多有反思，往往采取归类的方法来收束众多文体。例如清初储欣编选《唐宋八大家类选》，以"两层分类法"将八家文分成六大类三十体，其六大类分别为奏疏、论著、书状、序记、传志、词章，以此兼顾"分体"与"归类"，纠正此前文体分类的繁琐之弊。③姚鼐《古文辞类纂》同样采取了归类的分法，设置十三"体类"：论辨、序跋、奏议、书说、赠序、诏令、传状、碑志、杂记、箴铭、颂赞、辞赋、哀祭。曾国藩编纂《经史百家杂钞》沿袭姚氏

---

① 〔清〕永瑢等《四库全书总目》卷一百四十八，北京：中华书局，1965年，第1267页。
② 参见陈文新、郭皓政《明代状元别集文体分布情形考论》，《文艺研究》2010年第5期。
③ 参见常恒畅《储欣及其〈唐宋八大家类选〉》，《学术研究》2013年第4期。

分法,稍有更改:

> 姚姬传氏之纂古文辞,分为十三类。余稍更易为十一类:
> 曰论著,曰词赋,曰序跋,曰诏令,曰奏议,曰书牍,曰哀祭,曰
> 传志,曰杂记,九者,余与姚氏同焉者也;曰赠序,姚氏所有而
> 余无焉者也;曰叙记,曰典志,余所有而姚氏无焉者也;曰颂
> 赞,曰箴铭,姚氏所有,余以附入词赋之下编;曰碑志,姚氏所
> 有,余以附入传志之下编。论次微有异同,大体不甚相远,后
> 之君子以参观焉。①

曾国藩在具体编目上同样用两层分类法,以著述、告语、记载三门来总摄十一文类,兼顾了传统文体称名及文类功能。从储欣到曾国藩,清人的这种以类相从式的分类法,也影响了近代的文学分类学,王葆心《古文辞通义》、来裕恂《汉文典·文章典》都采取了相对合理而统一的分类法来归类古典文体。如王葆心便提出了"以至简之门类骤栝文家之制体"的分类原则②,同时借鉴上述储欣、姚鼐、曾国藩三书,规划出一套三门十五类的文学分类法:

> 告语门:诏令类、奏议类、书牍类、赠言类、祭告类;
> 记载门:载言类、载笔类、传志类、典志类、杂记类;

---

① 〔清〕曾国藩纂,孙雍长标点《经史百家杂钞·序例》,长沙:岳麓书社,1987年,第1页。
② 〔清〕王葆心《古文辞通义》卷十三,王水照编《历代文话》第8册,上海:复旦大学出版社,2007年,第7705页。

著述门：论著类、诗歌类、辞赋类、传注类、序跋类。

作为依据晚清学制而设计的教学参考书，《古文辞通义》对古代文章类型的认识同样受西学之影响。最明显的便是以情、事、理三者来对应上引之三门，王氏云："文章之体制既不外告语、记载、著述三门，文章之本质亦不外述情、叙事、说理三种。"又说："以告语之文述情，记载之文叙事，著述之文说理，文之本质乃附体制以达群用。明乎此，足以贯综文家之体用矣。"①

诚如王葆心所言"文之本质乃附体制以达群用"，中国古代诸多文体之分类，往往是体制与功能相统一的，它们不仅受到文学体式的制约，更受到社会行为的指引。② 因此，文体功能同样是分类的重要标准③，姚鼐的十三体类，曾国藩的三门十一类，王葆心的三门十五类及分别对应的述情、叙事、说理，便是依据文体功能以类相从的结果。笔者认为，当不同文体依照社会行为之指引，而体现出功能上的趋近并以此类聚，我们可以称之为"文类"。文体作为一种实体范畴，指向文章具体的体式特征；文类则是关系范畴，

---

① 〔清〕王葆心《古文辞通义》卷十三，王水照编《历代文话》第8册，上海：复旦大学出版社，2007年，第7705页。
② 郭英德《由行为方式向文本方式的变迁——论中国古代文体分类生成方式》一文指出："中国古代文体的生成大都基于与特定场合相关的'说'这种行为方式，这一点从早期文体名称的确定多为动词性词语便不难看出。人们在特定的交际场合中，为了达到某种社会功能而采取了特定的言说行为，这种特定的言说行为（动词）指称相应的言辞样式（名词），久而久之，便约定俗成地生成了特定的文体。因此，中国古代的文体分类正是从对不同文体的行为方式及其社会功能的指认中衍生出来的。"（文载《陕西师范大学学报（哲学社会科学版）》2005年第1期）
③ 关于文体功能是古代文体分类基本参考的相关讨论，参见郗文倩《中国古代文体功能研究论纲》，《福建师范大学学报（哲学社会科学版）》2010年第6期。

强调的是文章的功能分类。例如王葆心归纳的"传志类",其功能为"所以记人生平者",在此功能标准下的不同文体,有玉牒、宗谱、外传、别传、家传、墓表、阡表、墓志铭、神道碑碣、行状、行述、年谱、事略、书事、题名等等。就当前的古典文章研究而言,借鉴前述如《古文辞类纂》《古文辞通义》等的类型归纳,从"文类"这一概念入手,化繁为简,当有助于具体研究对象的确定,避免古代文体分类繁复、混乱带来的诸多问题。

运用文类作为研究路径,除了便于明确研究对象的边界之外,其有效性还在于能让我们把握古代文章的实用性特质,深化对古典文学的认知。仍以明人文集为例,据上引陈文新、郭皓政对明代状元文集的考察,就数量而言,在"文"这一大类下,赠序类、碑传类、书牍类是书写频率最高的三种文类。尽管调查的样本因作家身份为状元,或许带有一定的特殊性,但其结果仍具有参考意义。如按《古文辞类纂》的分类法,来考察明万历三十年(1602)邓云霄刻本《空同子集》。此集卷一至卷三为"赋类",卷四至卷三十七为"诗类",卷三十八以下为"文类"。"文类"具体编排如下:

文类一　族谱六篇
文类二　上书一篇
文类三　状疏四首
文类四　碑文二十五首
文类五　志铭三十七首
文类六　记二十一首
文类七　序八十一首(书序三十首,赠序五十一首)

文类八　传六首、行实一首

文类九　之一杂文十八首（说四首、论三首、叙三首、跋八首）、之二杂文二十三首（文五首、铭八首、赞十首）、之三杂文二十五首（箴六首、戒六首、颂二首、辞二首、诔一首、对三首、解一首、字义四首）

文类十　书二十六首

文类十一　祭文十八首

文类十二　外篇八首

略作归类可知，作品数量较多的仍为赠序类、碑志类、序跋类及书读类。这些文类之所以颇受文人青睐，恐怕并非因个人创作倾向，很大程度上正是受社会行为的指引。对明代士大夫精英阶层而言，像赠序、碑志类的应用性文体写作，正是他们文人生活及社交活动的重要构成。

进一步以赠序为例，《空同子集》"文类七"之八卷虽皆以"序"命名，但其编排仍作了有意的切分。卷五十至五十二为书序，卷五十三至五十七则为赠序，二者自然有所区分。《古文辞类纂》分序跋类和赠序类，正考虑到这两类序文体功能的不同。姚鼐对赠序类的解说曰：

> 赠序类者，《老子》曰："君子赠人以言。"颜渊、子路之相违，则以言相赠处。梁王觞诸侯于范台，鲁君择言而进，所以致敬爱、陈忠告之谊也。唐初赠人，始以序名，作者亦众。至于昌黎，乃得古人之意，其文冠绝前后作者。苏明允之考名

序,故苏氏讳序,或曰引,或曰说。今悉依其体,编之于此。①

如姚鼐所言,文体学史上的赠序文于唐初正式确立,唐人的赠序撰作又以韩愈为典范,其功能主要是"赠人以言"。对此,宋代曾巩《馆阁送钱纯老知婺州诗序》一文,对古代文人的赠别文化以及赠序传统,作了很好的诠释:

> 盖朝廷常引天下文学之士,聚之馆阁,所以长养其材而待之上用。有出使于外者,则其僚必相告语,择都城之中广宇丰堂、游观之胜,约日皆会,饮酒赋诗,以叙去处之情,而致绸缪之意。历世浸久,以为故常。②

明人吴讷的《文章辨体》在解说"序"这一文体时也指出"近世应用,惟赠送为盛"③,表明作为文人社交活动中的一种文类,赠序文自宋代以来已发展成极为重要的应用之文。吴讷虽未区分这两类序,但在序题中引宋人吕祖谦"凡序文籍,当序作者之意;如赠送燕集等作,又当随事以序其实也"的说法,大致说明了所谓文籍序与赠序之间的差别。在吴讷看来,无论是"当序作者之意"的文籍序,还是"当随事以序其实"的赠序,在行文体式上都应"以次第其语、善叙事理为上"。但事实上,就文学功能而言,如姚鼐指出赠序是

---

① 〔清〕姚鼐《古文辞类纂·序目》,上海:上海古籍出版社,2016年,第9页。
② 〔宋〕曾巩撰,陈杏珍、晁继周点校《曾巩集》卷十三《馆阁送钱纯老知婺州诗序》,北京:中华书局,1984年,第214页。
③ 〔明〕吴讷撰,于北山校点《文章辨体序说》,北京:人民文学出版社,1962年,第42页。

"赠人以言",而文籍序之要义在于"推论本原,广大其义"①,二者是不同的。

综上所述,姚鼐、曾国藩、王葆心等运用多层分类法,来区分及归类古代众多的文章类型,对当下有待推进的明文研究有着可资借鉴的意义。一是用"文类"来统摄相近功能类型的文体群,可在一定程度上避免以明代文体学为代表的古代文章分类所带来的庞杂性难题,以此来考虑以文集为主要载体的明文类型及书写特征,确定具体的研究对象及其边界,当具有较强的可行性。二是以类相从的归类法,强调以文章的功能作为标准,既符合古代的文章书写总体上受社会行为指引的特点,也有助于我们分析不同文类的书写规范、审美标准②,从文学的程序化、应用性、适用语境等层面丰富考察古典文章的视野,扩展明文研究的可能性。

三、演变与新生：明文研究的新因素

上文对赠序文生成、发展的讨论,实际上涉及中国古代文体演变、新生的议题。这其中,由社会行文方式所引起的功能变化,对文章类型的流变仍具有关键作用。中国古代赠序文由诗序演变而成为独立之一体,正在于唐代以来"送别序在社交活动中的广泛应

---

① 〔清〕姚鼐《古文辞类纂·序目》,第3页。
② 柯庆明《古典中国实用文类美学》(台北：台湾大学出版中心,2016年)一书曾指出,如论说、序跋、书笺、碑铭、传状等古典文类,在实用性特质之外,同样具备古典文学的美感潜能及性情表现。

用,其为行人延誉的社交功能逐渐得到强化"①。这也表明,对古代文章的研究,仍应关注在文体功能及社会行为背后的时代性特征。例如,王润英《梓而有序:明代书序文研究》即关注明代蓬勃发展的书籍文化与明人序文撰写之间的关联,尝试以书籍史为视角来探索明代书序文在文体、文化等层面的新变。② 当然,古代文类在明代社会、文化背景下发生的演变、新生不仅限于此,下文试举两例:

其一是新生,例如序文类下的"试录序"与"时文序",是在明代科举文化下出现的新兴样式。其中,试录序依附于科举文献乡试录、会试录而来。关于试录,明末朱荃宰《文通》曾专列"录"这一文体,并就试录一体解说曰:

> 今制:事之最钜者为实录。每实录成,则焚其草于芭蕉园,异日之史也。辰、戌、丑、未,大比天下贡士,录其文曰《会试录》;子、午、卯、酉,乡举,录其文曰《某省乡试录》。皆冠以前序,主考官为之。次执事,次题问,次取士姓名,次程文。殿以后序,副考官为之。进呈御览,殿试,曰《登科录》。③

例如薛瑄为天顺元年(1457)会试所撰的《会试录序》云:"是以九十余年,薄海内外,文教隆治,士习萃然,一出于天理民彝之正,

---

① 钱蕾《从赠诗到赠序:韩愈与赠序文体的确立》,《古典文献研究》第 22 辑上卷,南京:凤凰出版社,2020 年,第 52 页。
② 参见王润英《梓而有序:明代书序文研究》,北京:商务印书馆,2020 年。
③ 〔明〕朱荃宰《文通》卷十五,王水照编《历代文话》第 3 册,第 2880 页。

而杂学、术数、记诵、词章之习,铲刮消磨,无复前季之陋。"①作为依附于前两级科举录的文本,试录序的作者身兼文人与考官的双重身份,其叙述多是站在官方的立场,更多体现引领士风、厘正文体的官方意志,而与一般文集序在功能及表达上都有所不同,但相同的是同样可以收入文集而传于后世。

嘉靖中以后,非官方的时文编集与刊刻日渐盛行。此类选集每有编刊,多邀名家为之撰序,久之渐成惯例。因此,作为这种科举与出版相结合的文化产业之一环,"时文序"也得到迅速发展。关于试录序与时文序之差别,翻检万历间屠隆、陶望龄、袁宏道等明人文集,皆收这有两类序文,可略作比较。如陶望龄所撰《癸卯应天乡试录序》,收于《歇庵集》卷三,其中谈到经义之法度说:

> 臣尝窃观我明制举之业,莫盛于吴。博士所诵说,若所谓王、唐、瞿、薛者,皆吴人也。其文若爱书之傅法律,而不可出入;若歌者节拍,不可舒促。四方师之,号为正始。盖尺幅之中,一题之义,求之而弥有,浚之而弥新。因叹圣贤之言,无穷若是,而其法之精微曲折,亦有卒世不能究者。②

从吴地举业名家王鏊、唐顺之、瞿景淳、薛应旂四人谈及举业之法难以穷尽,其表述颇为宏阔。再看陶望龄为董其昌时文集所撰《董

---

① 〔明〕薛瑄《敬轩薛先生文集》卷十七《会试录序》,《明别集丛刊·第一辑》第36册,合肥:黄山书社,2013年,第526页。
② 〔明〕陶望龄《歇庵集》卷三《癸卯应天乡试录序》,李会富编校《陶望龄全集》上册,上海:上海古籍出版社,2019年,第138页。

玄宰制义序》：

> 余髫时窃已读玄宰所为制义，然不能知其为何若人，而第见所裒集名氏错出于唐、薛诸名公间，遂谬计以为其俦矣。后薄游四方，遂益闻玄宰，而甚怪其犹偃蹇诸生间。迨戊子，余复偕计北来，则玄宰已领京兆荐，方籍籍负厚名，愈欲望见之，……世传玄宰制义多矣，是编最后出。其以求玄宰巧拙之效，谓其语然否。①

此处陶望龄所写基本上是一种文人式的、个人化的表述，而与一般意义上的文集序并未有多大的差别。当然，从文体功能上来说，时文序在晚明的出现，以及文人别集对此类序文的收编，有其特定的学术背景和历史意义。

时文序在晚明的大量创作，也为明清之际文体学的发展提供了新元素。例如贺复征《文章辨体汇选》，其中卷二百八十一至卷三百六十为"序"类，凡八十卷。大类下又细"经""史""文""籍""骚赋""诗集""文集"等三十一个子类。特别值得留意的是"试录"与"时艺"二类，是对明代才出现的试录序、时文序之收录，以符合此书在前人基础上新立文体以求全备的编纂宗旨。此外，黄宗羲《明文海》卷二百十至卷三百二十五"序"类下，也分"著述""文集""诗集""赠序""送序""杂序""序事""时文""图画""技术""寿序""哀挽""方外""列女"十四个小类。其中亦有"时文"一类，收录明人所

---

① 〔明〕陶望龄《歇庵集》卷三《董玄宰制义序》，《陶望龄全集》上册，第195—196页。

撰时文序共七卷。这反映出,在明清之际随着时文创作的迅速开展,时文序作为新兴的序体样式也趋于成熟。

其二是演变,以碑志文类下的"圹志"在明代的创作情况为例。一般而言,圹志、圹铭只是墓志铭的别称,徐师曾《文体明辨》解说墓志铭一体曰:"又有曰葬志,曰志文,曰坟记,曰圹志,曰圹铭,曰椒铭,曰埋铭。其在释氏,则有曰塔铭,曰塔记。凡二十题,或有志无志,或有铭无铭,皆志铭之别题也。"①明初王行《墓铭举例》以韩愈文作为正例来昭示墓志铭之义例,收录韩愈《女挐圹铭》一文,以示"题书圹铭"之例。韩文如下:

> 女挐,韩愈退之第四女也,慧而早死。愈之为少秋官,言佛夷鬼,其法乱治,梁武事之,卒有侯景之败,可一扫刮绝去,不宜使烂漫。天子谓其言不祥,斥之潮州,汉南海揭阳之地。愈既行,有司以罪人家不可留京师,迫遣之。女挐年十二,病在席,既惊痛与其父诀,又舆致走道,撼顿失食饮节,死于商南层峰驿,即瘗道南山下。五年,愈为京兆,始令子弟与其姆易棺衾,归女挐之骨于河南之河阳韩氏墓,葬之。女挐死当元和十四年二月二日;其发而归,在长庆三年十月之四日。其葬在十一月之十一日。铭曰:
>
> 汝宗葬于是。汝安归之。惟永宁!②

---

① 〔明〕徐师曾撰,罗根泽校点《文体明辨序说》,北京:人民文学出版社,1962年,第149页。
② 〔唐〕韩愈撰,马其昶校注,马茂元整理《韩昌黎文集校注》卷七《女挐圹铭》,上海:上海古籍出版社,1986年,第561—562页。

此文虽与为士大夫所撰的墓志铭有所不同,但仍包含讳字、姓氏、寿年、卒日、葬日、葬地及大致履历等墓铭的基本要素,符合墓志铭的格套正例。

在明代,从明人文集所收碑志文的情况来看,圹志呈现出值得留意的新貌,在书写上呈现出为更加个性化写作的新因素。例如归有光《震川先生集》,在编排上对墓志铭和圹志作了区分,卷十八至二十一为墓志铭,卷二十二为权厝志、生志、圹志。其中圹志乃为其子女、妾氏所撰。这些志文与一般意义上的墓志在风格、语言表达上多有不同。如《女二二圹志》:

> 女二二,生之年月,戊戌戊午;其日时,又戊戌戊午。予以为奇。今年,予在光福山中,二二不见予,辄常常呼予。一日,予自山中还,见长女能抱其妹,心甚喜。及予出门,二二尚跃入予怀中也。既到山数日,日将晡,余方读《尚书》,举首忽见家奴在前,惊问曰:"有事乎?"奴不即言,第言他事。徐却立曰:"二二今日四鼓时已死矣。"盖生三百日而死。时为嘉靖己亥三月丁酉。予既归,为棺敛,以某月日,瘗于城武公之墓阴。呜呼!予自乙未以来,多在外,吾女生既不知,而死又不及见,可哀也已!①

此志除交代生年、生日、卒年、卒日、葬日、葬地等墓志要素外,更主要的是对生活细节的描述及情感的抒发。与士大夫的墓志铭主要

---

① 〔明〕归有光著,彭国忠、查正贤、杨焄、赵厚均校点《震川先生集》卷二十二《女二二圹志》,上海:上海人民出版社,2020年,第599页。

记载墓主之职官、履历、政绩等内容不同,此类圹志因"事关天属",故多着墨于对日常生活的书写,更可见真情流露。翻检其他明人文集,如王樵《幼子圹铭》(《方麓集》卷十二)、叶向高《亡女圹志》(《苍霞草》卷十六)、万时华《女洽圹志》(《溉园集·二集》卷三)、陈孝逸《殇儿亚子圹铭》(《痴山集》卷三)等志文,同属此类。将这类墓志文放置于明代文学的近世性视野下,或许会有更为丰富的研究意义。

以上举明代试录序、时文序及圹志的写作为例,尽管相关讨论未予深入,但意在说明,明文研究仍有诸多未被发掘的新议题有待研究者进一步探索。当然,除了这类较易引起关注的新问题,明代文章研究仍存在着诸多长期被轻忽或遮蔽的研究领域需要重审及开拓。前引钱基博《明代文学》将中国文学史上的明代比作欧洲中世纪的文艺复兴,认为明文"盖承前代文学之极王而厌以别开风气者也"①,在强大的古典文章传统中又孕育着新变。在当前明别集文献调查及整理系统推进的同时,如何挖掘明代文章的新因素、新问题,推动学术研究意义上的文之"复兴",是摆在今后研究者面前的一项重要任务。

(原载《古典文学研究的视野》,三联书店香港有限公司,2021 年 11 月)

---

① 钱基博《明代文学》,第 1 页。

集部视野下明代经义的文体建设及文章学意义

明代科举以义、论、策三场试士,且尤重头场,这使经义这种科考文体在明代得到了长足发展。成化、弘治年间,经义"八股"的体制格式逐步定型,明前期的成化、弘治间,经义"八股"之体制格式已基本完成定型,即顾炎武《日知录》所说:"经义之文,流俗谓之'八股',盖始于成化以后。"①而当时的场屋写作,明人也自称"至于成化、弘治间,科举之文号称极盛"②。体制的成熟与创作之"极盛",某种程度上意味着明前期对经义文体内部空间的挖掘,至此也渐趋饱和。因此,正德、嘉靖以降先后出现的如清人所言"以古文为时文,融液经史"及"兼讲机法,务为灵变"③,从本质上来说,都是原本作为封闭性文体的经义,在其内在自足性不足以支撑全新创作的情况下,转而借助外部资源来寻求新变的过程。无论是通过与古文之间的对话来拓展其批评体系,还是在此基础上追求

---

① 〔清〕顾炎武著,〔清〕黄汝成集释《日知录集释》卷十六"试文格式"条,上海:上海古籍出版社,2006年,中册,第951页。
② 〔明〕夏言《夏桂洲先生文集》卷十二《请变文体以正士习等事疏》,《四库全书存目丛书》集部第74册,济南:齐鲁书社,1997年,第556—557页。
③ 〔清〕方苞《钦定四书文》卷首《凡例》,《景印文渊阁四库全书》第1451册,台北:台湾商务印书馆,1986年,第3页。

所谓"机法"来吸收辞章学的要素,都进一步推动了经义由考试工具向着文学性文本倾侧,并为晚明乃至清代尝试将其纳入与诗赋、古文等构成的文体序列提供了一定的合理性。

在上述进程中,相比于官方在制度层面的调控,晚明经义的文体发展实际上更多得益于文人士子在文章学层面的多层次建设。明中叶以后,文士对场屋作文的讨论日渐公开,经义论评逐步兴起,遂使有关制义的言说一改明前期"不见齿于词林"的隐伏状态①,庶几成为一个开放的公共话题。其结果之一,便是新兴的序体样式"时文序"开始涌现,并逐步分割原本由"试录序"所主导的官方话语权。与时文序同步,晚明时文选本的大量刊刻,则促进了明代经义文本的自我经典化。这些都为经义获得独立的文体地位创造了相应条件。通过考察明人文集、文评、选本等集部文献及上述诸多现象,我们既可以理清明人对经义文体建构的不同层次,也可考见其背后的文章学意义。

一、经义论评的公开化:文集、文评及二者的交涉

自北宋更科举之法而以经义、论、策取士,宋元时期科考文体的程式化其实已达到相当高的程度,形成了一套时文的写作理论与技法准则,且出现了像《答策秘诀》《作义要诀》一类针对性很强的文章学论著。尽管明代科举依仿宋、元旧制,但我们搜检明人文

---

① 〔明〕袁宏道著,钱伯城笺校《袁宏道集笺校》卷四《诸大家时文序》,上海:上海古籍出版社,1981年,第185页。

集与文评诸书,可以看到,明人对本朝经义的系统论述在明初的很长一段时期一直处于一种缄默不语的状态,要到明中叶以后才逐步展开。

如果以明人文集作为考察对象,值得留意的是"试录序"这种明代才出现的序体文,为明前期的经义论评提供了一定空间。关于乡试录与会试录,明末朱荃宰《文通》列有"录"这一文体:"辰、戌、丑、未,大比天下贡士,录其文曰《会试录》,子、午、卯、酉,乡举,录其文曰《某省乡试录》,皆冠以前序,主考官为之。次执事,次题问,次取士姓名,次程文。"①由此可想见,作为依附于前两级科举录的文本,试录序因其作者兼具文士与考官的双重身份,虽有序文之体格,但叙述多站在官方立场。如天顺元年(1457)会试,薛瑄所撰《会试录序》曰:

> 是以九十余年,薄海内外,文教隆洽,士习粹然,一出于天理民彝之正,而杂学、术数、记诵、词章之习,铲刮消磨,无复前季之陋。虽曰科目以文章取士,然必根于义理,能发明性之体用者,始预选列,类非词章无本者之可拟也。②

从薛瑄的表述中当可看出,明初经义专注于对经部义理的解释,而要求摈除所谓杂学、术数、记诵、词章等子部、集部要素。

---

① 〔明〕朱荃宰《文通》卷十五,王水照编《历代文话》第3册,上海:复旦大学出版社,2007年,第2880页。
② 〔明〕薛瑄《敬轩薛先生文集》卷十七《会试录序》,《明别集丛刊·第一辑》第36册,合肥:黄山书社,2013年,第526页。

成化以后，这种谨守经部、恪遵传注的局面稍有改变。十一年（1475）乙未科，王鏊为是科会元。清人曾评价明初经义至王鏊而臻于理实、气舒、神完、体备①，意味着以王鏊为标志，经义写作兼重义理与辞章之风渐开。李东阳为弘治十二年（1499）己未科会试所撰《会试录序》，对此曾有如下论述："洪武、永乐之制，简而不遗，质而成章。迄于今日，屡出屡变，愈趋于盛。然议经析理，细入秋毫，而大义或略；设意造语，争奇斗博，惟陈言之务去，而正气或不充。"②认为近年科考一变明初简质的文风而开始追求文章修辞，不免有以辞害意之病。

从上引材料可知，作为序体文之一种，试录序除了随乡会试录之刊刻而传布四方，也多收入考官的文集而流播后世，成为一个可用来考察不同时期文风趋向的窗口。但因其作者身份的特殊性，试录序的写作往往更体现了引领士风、厘正文体的官方意志。不过到了嘉靖中以后，情况又有变化，有关经义论评的非官方声音日渐增多。从集部文献来看，有两点值得一提：一是明人开始将讨论经义写作的内容编入个人文集，二是"时文序"的出现。

先看嘉靖、万历以来明人文集、诗文评中的经义论说及二者的文本交涉。上引李东阳指出经义追求"设意造语，争奇斗博"，在弘治以后已成难以遏制的风尚，主要体现为：随着体制之完备和格式之固定，明人开始细究制义技法，系统总结一套从破题至结题的

---

① 〔清〕梁章钜著，陈居渊校点《制艺丛话》卷四，上海：上海书店出版社，2001年，第56页。
② 〔明〕李东阳《怀麓堂文后稿》卷二《会试录序》，明正德十一年（1516）熊桂刻本，第13b页。

章法准则。嘉靖中,项乔撰《举业详说》,首开中晚明经义作法专论之先河。

项乔为嘉靖八年(1529)己丑科进士,著有《瓯东文录》《私录》等。晁瑮《宝文堂书目》"子杂"类所著录《举业详说》《举业赘论》皆项乔所撰。《举业详说》一书,《温州经籍志》卷三十三"诗文评类"著录,原有单行,后附刊于《瓯东私录》卷三。项乔所撰自序则收入《瓯东文录》卷二,交代了编撰此书的原委:

> 国家每取士,必三试之,而以初试经义为要。予曩守渤海,尝概论举业以示诸生,于经义犹略也。去岁转官适楚,公余课焕、蔚诸儿,乃复论经义之则,凡数十条,而选取程文以证之。自觉有裨于初学良切,不独吾儿所当知也,因捐俸附锓于旧论之后,总名为《举业详说》云。①

至于成书经过,邹守益《题举业详说》也有记载说:"吾友瓯东项子迁之,刻《举业论》于渤海,拳拳以求放心为根本,而举朱子忘己逐物、贪外虚内为眩瞑之药。甚矣,瓯东子之志似甘泉也!比执臬事于楚,复以体则加详说焉。茶陵守曾才汉氏欲广其传,走伻以示山中,因述所传,以质诸项子,且与举业有志于圣学者共趣避之。"②项乔于嘉靖二十一年(1542)守河间时曾撰成《举业赘论》,二十二年升湖广副

---

① 〔明〕项乔《瓯东文录》卷二《举业详说序》,明嘉靖三十一年(1552)刊本,第57b—58a页。
② 〔明〕邹守益撰,董平编校整理《邹守益集》卷十八《题举业详说》,南京:凤凰出版社,2007年,下册,第878页。

使后,又在《赘论》基础上论经义体则数十条,并配以程文而成《举业详说》,于嘉靖二十三年由茶陵州守曾才汉刻印。《瓯东私录》收录《举业详说》时,删去了所配的程文,《温州经籍志》对此也有说明:

> 凡论举业根本八条,论举业体则七十七条,自叙所谓选取程文以证之者,则《私录》已删去不存矣。其说于明时场屋所行经义、表判、赋论之类,皆为论其体制利病颇为详备。……盖瓯东笃于讲学,故此书虽论举业,然犹不失因文见道之旨,此志于举业经义例不收入,以是编论学精到,尚与流俗评文之书不同,故特著之。①

项乔对经义及作法的细致阐析,即见于"举业体则",共七十七条。此部分前十条主要阐发义理发挥、读书认题等制举要义,此后数十条详说经义"体则",强调"合格"。又据经义之体制依次论说破题则、承题则、起讲则、大讲则、缴题则、结题则之六段体则,且多援引程文例句加以阐发。这部分内容涉及八股文文本叙述结构的基本格式,也是此后明人阐说经义理论的基本模板。在六段体则后,项乔开始讲解各类"题则",即针对不同经义题型而采取不同的章法布局及写作方法,共计三十四类,颇为细致。类似这样的题则,因其规定了针对各题样式所应采用的写作模式,便于士子学习模仿来掌握规律,"认题""炼格"也成为此后讨论经义写作的话题。至明末,《汤睡庵太史论定一见能文》卷三"各题入门文式",强调

---

① 〔清〕孙诒让撰,潘猛补校补《温州经籍志》卷三十三,上海:上海社会科学院出版社,2005年,下册,第1573—1574页。

"文取其一肖而止,题极之万变乃全"①,罗列"题式"多达七十三类,可以说将明中叶以来逐渐形成的时文格式发挥到了极致。

从目前所见明代的诗文评及相关资料来看,《举业详说》是明代最早独立成书的时文论著,其内容虽首举注重义理的"举业根本",但重点仍偏向于讲求格法的辞章术一侧。这符合该书举业授学读本的性质,也表明嘉靖中以后,经义批评内部已形成一种重视"设意造语"、追求辞章技艺的声浪。以此为出发点,另有两方面与本论文的视角相关:

一是明人编刊文集开始收录有关经义论评的内容。嘉靖间唐顺之、茅坤等人的活跃推动了时文与古文之间的沟通,文人士子好谈时艺与此前也大有不同。如茅坤即撰有内容为认题、布势、调格、炼辞、凝神的《文诀五条训缙儿辈》,收入其文集《茅鹿门先生文集》卷三十二"杂著"。其中调格一诀说:

> 三曰调格。格者,譬则风骨也。吾为举业,往往以古调行今文。汝辈不能知,恐亦不能遽学。个中风味,须于六经及先秦、两汉书疏,与韩、苏诸大家之文涵濡磅礴于胸中,将吾所为文打得一片凑泊处,则格自高古典雅。即如不能高古,至于典雅二字,决不可少。如不能透入此关,却须手王守溪、唐荆川、伦白山、张龙湖、汪青湖辈诸大家文,一一咀嚼之,久久当有得。②

---

① 〔明〕汤宾尹《汤睡庵太史论定一见能文》卷三,陈广宏、龚宗杰编校《稀见明人文话二十种》,上海:上海古籍出版社,2016年,下册,第1051页。
② 〔明〕茅坤《茅鹿门先生文集》卷三十二《文诀五条训缙儿辈》,《续修四库全书》第1345册,上海:上海古籍出版社,2002年,第151页。

便是强调时文写作要得古文风味,追求格调的"高古典雅"。茅坤的"文诀"后来得到了王衡的肯定。王衡撰有专论制义的《学艺初言》,曾有单行,后收入万历四十四年(1616)所刊文集《缑山先生集》。王衡在《学艺初言》中首先肯定了经义取士的合理性:"世多谓经义取士之后,士为括帖束缚,得人不如前代之盛,此大不然。"①至于经义之格法,王衡所述多援引茅坤《文诀五条训缙儿辈》而作进一步阐说:"文章之法,总不离于人情。情生于题,情之用在势。要不出于鹿门所谓'认题''布势'数条。"又如:"鹿门所云'练格',格者,品也。"②王衡为万历二十九年(1601)辛丑科榜眼,《学艺初言》也因此广为传播,而被万历间如《举业要语》《新刻官板举业卮言》《从先文诀》等几种资料汇编类的时文论著所收录。武之望在谈到明中叶以来诸多文章家之"要诀",便曾提及茅坤与王衡之作:"先辈如茅鹿门、沈虹台诸先生俱有论文要诀。……近日董玄宰《华严九字诀》、焦漪园《文家十九种》、王缑山《学艺初言》、葛屺瞻《文体八议》、顾仲恭《时义三十戒》,凿凿名言,各极要渺之致。"③这多少反映出,至嘉靖、万历间,在科举制和出版业的双重推动下,评析经义写作已经成为一种颇受关注的公开话题。

二是明人文集中有关经义的言说,随着书籍的流通而成为一种公共的文章学资源,并被文评类著作所吸收。这点在上文所举王衡、武之望的引述中已有体现。另外像万历间汪时跃所编《举业

---

① 〔明〕王衡《缑山先生集》卷二十一《学艺初言》,《四库存目丛书》集部第 179 册,第 185 页。
② 同上书,第 187—188 页。
③ 〔明〕武之望《重订举业卮言》卷下,明万历二十七年(1599)刻本,第 20a—20b 页。

要语》,即收录了项乔《举业详说》、茅坤"文诀"及王樵山《学艺初言》等材料。值得注意的是《举业要语》还收录了诸如黄志清《林仕隆制义序》、刘孔当《李长卿制义序》、陶望龄《王晋伯制义序》、王肯堂《王樵山制义序》等序文。其中所收陶石篑《汤会元易义引》"文有意到有语到"一则,出自陶望龄《汤君制义引》一文,见于万历三十九年(1611)刊《歇庵集》卷四。此卷所收其他制义序,如《门人稿序》一文,为武之望、陆翀之《新刻官板举业卮言》卷二收录,题以陶望龄"论文二章"。同卷另两文《金孟章制义序》《戴玄趾制义序》,又为刘元珍《从先文诀》内篇选录。由此可看出,至万历间,制义论说已在文人中间迅速展开。这些论说又通过书籍传播而被汇编体的文评类著作所收录,进一步扩大其传播的影响力。除了文集、文评,在商业出版的刺激下,选本形态的房稿、社稿,亦由书坊大量编集刊行,作为一种联动效应,冠于时文选集之首的"制义序"或称"时文序"应运而生,成为晚明经义批评的新型载体。

二、经义批评的非官方化:从试录序到时文序

上文已述及乡、会试录序是明前期经义批评的主要文献,不过作为一种官方文件,试录序在批评的表述上颇受限制。嘉靖中以后,非官方的时文编集与刊刻逐渐盛行,科举和出版业结合而成为晚明的一大产业。此类选集每有编刊,往往邀大方之家为之撰序,渐成惯例。因此,时文序作为这条产业链的其中一环也在晚明得到迅速发展。

从性质上来说，不同于考官所撰的试录序，时文序的写作更多的是一种文人化、非官方的行为。关于二者的差别，检万历间屠隆、陶望龄、袁宏道等人文集，皆收有两类序文，可作比较。如陶望龄所撰《癸卯应天乡试录序》，其中谈到经义的法度说：

> 臣尝窃观我明制举之业，莫盛于吴。博士所诵说若所谓王、唐、瞿、薛者，皆吴人也。其文若爰书之傅法律而不可出入，若歌者节拍不可舒促，四方师之，号为"正始"。盖尺幅之中，一题之义，求之而弥有，浚之而弥新。因叹圣贤之言无穷若是，而其法之精微曲折，亦有卒世不能究者。①

从制举之业盛于吴地，到圣贤之言与制义之法难以穷尽，叙述视角相对宏阔。而他为友人时文选集《秦淮草》所作的序文，开篇说"法书家之妙在运腕，状之如漏痕沙画，歌之妙在转喉，状之如串珠，皆言其圆也"，继而衔接至对时义写作的讨论说："余尝引以论诗、古文，若时义其佳处类然。"②可见表达更加随意自如。

除了这种表述上的差别，更重要的是，从试录序到时文序，反映的正是晚明由文人所主导的经义批评，分割了原本由官方所掌控的话语权。与之相对应的，便是嘉靖末以来时文选本的非官方化与成规模化的刊行。对此，李诩《戒庵老人漫笔》卷八"时艺坊

---

① 〔明〕陶望龄《歇庵集》卷三《癸卯应天乡试录序》，李会富编校《陶望龄全集》上册，上海：上海古籍出版社，2019年，第138页。
② 〔明〕陶望龄《歇庵集》卷四《序马远之秦淮草》，《陶望龄全集》上册，第257—258页。

刻"条曾记载：

> 余少时学举子业，并无刊本窗稿。有书贾在利考，朋友家往来，抄得灯窗下课数十篇，每篇誊写二三十纸，到余家塾，拣其几篇，每篇酬钱或二文或三文。忆荆川中会元，其稿亦是无锡门人蔡瀛与一姻家同刻。方山中会魁，其三试卷，余为怂恿其常熟门人钱梦玉以东湖书院活字印行，未闻有坊间板。今满目皆坊刻矣，亦世风华实之一验也。①

据李诩回忆，在他年少习举子业时，也就是在嘉靖初年前后，一直到唐顺之嘉靖八年（1529）中会元，薛应旂嘉靖十四年（1535）中会魁，这期间八股文选本的传刻是较少的，而至万历间坊刻时文已十分常见。在出版业的推波助澜下，时文序的大量创作，以及与之相配套的坊刻时文选本的规模化刊行，显著地降低了作为官方文件的乡、会试录在士子中的影响。对此，可从以下两个层次展开论述：

其一是时文序对选文的评价，在官方选定的范文之外，另设了一种佳文的样本。翻检明人文集，可发现时文序的出现约在嘉靖末年，这与坊刻时文开始流行大致同步。其中较有名的作者，正是前揭陶望龄所言王、唐、瞿、薛四家中的瞿景淳和薛应旂。

瞿景淳是嘉靖二十三年（1544）甲辰科会元。嘉靖三十五年（1556），瞿景淳任是科会试考官。会试结束后，他还参与辑选了本

---

① 〔明〕李诩《戒庵老人漫笔》卷八，《续修四库全书》第1173册，第824页。

房中式士子的平日习作,并为之作序,自述编选的初衷曰:

> 丙辰春,天下士以明经进者,毕会于京师。余适承乏,偕丹壶况君校《春秋》,况君盖专门名家也。试毕,共拔士得二十四人,数相过从,讲论经义。余有感于明经之难,因谓多士各出平日所撰经义,送况君稽其精粹,削其不合,共得若干篇,将锓梓,以嘉惠四方。多士复请余序诸首简。①

瞿景淳自言"今之学《春秋》者皆主胡氏,而师说犹人人殊。多士皆一时之良,所撰多合程度,而况君复以名家订正之,其可以为四方式矣"②,其意正在于选辑这些符合程度的习作,来为士人学子提供更多的范文和标准。

与瞿氏并称为时文大家的薛应旂,为嘉靖十四年(1535)乙未科会元。薛应旂曾为钟崇武(字季烈,嘉靖二十九年进士)所编江西籍进士的经义文选撰《豫章文会录序》,后又为吴江诸生所编的钟崇武窗稿选集撰《郭溪窗稿序》,二序均见于明嘉靖刻本《方山薛先生全集》卷十。同集卷十三又有《毗陵雅义序》,略曰:"今龙冈施公出守吾常,政事之暇,课试各学诸生,简其文之可观者,命坊间刻之,题曰《毗陵雅义》,属余序其端。"③即说明是为坊刻经义选本作序。另有为龚勉(字子勤,隆庆二年进士)的时义选集所撰的《尚友

---

① 〔明〕瞿景淳《瞿文懿公集》卷六《春秋汇稿序》,《四库全书存目丛书》集部第 109 册,第 551 页。
② 同上书,第 551—552 页。
③ 〔明〕薛应旂《方山薛先生全集》卷十三《毗陵雅义序》,《续修四库全书》第 1343 册,第 178 页。

堂新稿序》,亦云"朱子尝谓用其体式而檃栝以至理,此科举制文诀也。余观毅所之文,盖深有得于晦翁之旨,……余故序而传之"①。与瞿景淳所说的"可以为四方式"一样,薛应旂的序文也强调这些选辑的窗稿可作为士子效仿学习的范本。由此可见,在官方刊行的试录外,地方上兴起的坊刻时文,播于士林,也成为可供士子阅读学习的举业读本。对此明人已有所认识,如汤宾尹曾说"今人举业,从坊刻入,从试录、策论入"②。坊刻时文选本及其相配套的序跋、评点的涌现,显然对以试录所代表的官方话语起到了一定程度的"稀释"作用。

其二是晚明时文序的写作带有强烈的文体意识,往往将经义置于文学视野下加以讨论。万历年间,随着一批新锐时文家如汤显祖、陈懿典、董其昌、陈继儒、陶望龄、汤宾尹、王思任等人的活跃,经义批评愈发兴盛。考察此时期诸家撰写的时文序,可留意到其中明确的文体观念。以陈懿典为例,他对时人经义之评价往往置于"诗赋古文词"这一传统文体序列中。如《陈居一近稿序》评价陈万言(字居一,万历四十七年进士)"所为诗赋古文词甚富,而独出其举业近草一编相视,则养粹如,气盎如,法秩如"③,又评沈朝焕(字伯含,万历二十年进士)之制义,先从严沧浪借禅论诗入手,述其"习于诗又工于诗",继而指出"今所刻者制义,大约得趣在笔

---

① 〔明〕薛应旂《方山薛先生全集》卷十三《尚友堂新稿序》,《续修四库全书》第1343册,第179页。
② 〔明〕汤宾尹《睡庵稿》卷三《两孙制义序》,《四库禁毁书丛刊》集部第63册,北京:北京出版社,2000年,第60页。
③ 〔明〕陈懿典《陈学士先生初集》卷一《陈居一近稿序》,《四库禁毁书丛刊》集部第78册,第638页。

墨蹊径之外,神情散朗,丰韵鲜标,而总之归于冲夷委婉,初日芙蕖,固制义中康乐也"①,皆可视作是借用一套诗学话语去评价经义。因此在这种与"诗赋古文词"的对话中,经义的文体边界及其文学性也得到考察。陈懿典认为经义写作也需具备创作诗赋古文词的才学,他在《李长卿制义序》中明确指出:"制义之为物,非若诗古文之可以逞才也,而为之又不可以无才;非若诗古文之可以炫学也,而为之又不可以无学。"②于《茅孝若焦山稿序》中,陈懿典通过对"诗以妨业"的讨论,再次强调说:

> 士苦才短耳。诚有其才,嬉笑怒骂皆成文章,讵有工于今而诎于古者?唐人以诗取士,则应制诸什,其和平柔雅,即三唐之制义也;朝家以文取士,则压卷诸篇,其整丽精工,即今日之雅律也。称诗固可令何、李解颐,解经又可使王、唐生色。③

于此可见陈懿典对本朝经义的认识,视之为能展现才学之文体,而非纯粹的考试工具,如他也曾言"夫文至制义,其道似浅而实深,其用似小而实钜,其门户似易窥而实难竟"④,在"文"的层面对经义予以了很高的评价。

---

① 〔明〕陈懿典《陈学士先生初集》卷一《沈伯含制义序》,《四库禁毁书丛刊》集部第78册,第639页。
② 〔明〕陈懿典《陈学士先生初集》卷一《李长卿制义序》,《四库禁毁书丛刊》集部第78册,第633页。
③ 〔明〕陈懿典《陈学士先生初集》卷三《茅孝若焦山稿序》,《四库禁毁书丛刊》集部第78册,第697页。
④ 〔明〕陈懿典《陈学士先生初集》卷一《李两生连璧草序》,《四库禁毁书丛刊》集部第78册,第643页。

通过此种文学观来评价经义文,在晚明并不少见,典型的例子如王思任曾将八股小题置于与汉赋、唐诗、宋词并列的文体价值序列中:"汉之赋、唐之诗、宋元之词、明之小题,皆精思所独到者,必传之技也。王、唐、瞿、薛,文章之法吏也。"①王思任所说,一是肯定了本朝经义的文体地位,二是突出了时文名家的典范意义。从经典化的角度来说,这两点的确立,离不开文人、选家、书商共同参与的选辑和批评活动。

三、明人制义的经典化:时文选本的编刊及其影响

前引陶望指出王、唐、瞿、薛,时人号为举业"正始",王思任也称此四家为"文章之法吏",在时文批评自明中叶以降渐呈开放格局的同时,伴随着坊刻经义选本的大量刊行,经义名作与举业名家的经典化,也在评选、阅读与阐释的诸环节中进行,这是我们理解晚明文人对本朝经义持有文体自信的重要基点。

不同于诗文、词曲等其他文类,作为科考文体的经义,它的经典化进程首先面临的便是考试选拔机制。当然,除了这种制度层面的汰选外,经义文一旦进入抄刻与传播的通道,同样会面对文学教育、阅读文化等多层次的选择,特别是在晚明书籍文化的背景下,文人选家和坊刻选本所提供的意见,更是不可忽视的重要因素。因此,从选本的角度而言,探讨明人对本朝制义经典的自我塑

---

① 〔明〕王思任《吴观察宦稿小题叙》,任远点校《王季重集》,杭州:浙江古籍出版社,2012年,第453页。

造,可从出版业、科举制度和选家遴选三个层面展开。

首先,坊刻时文选本自嘉靖中以来大量刊行,在满足普遍增长之习文需求的同时,也为经义作品的传播、阅读与阐释提供了基本的场域。明中叶以后,坊刻时文逐渐兴起,至万历间堪称极盛。袁宏道写于万历二十七年(1599)的书信中,就曾描述"坊刻时文,看之不尽"①。对此,清人阮葵生《茶余客话》卷十六"坊刻时文"条也说"坊刻时文,兴于隆、万间",并列举如下四种类型:"坊刻乃有四种:曰程墨,则三场主司及士子之文。曰房稿,十八房进士平日之作。曰行卷,举人平日之作。曰社稿,诸生会课之作。"②可见至万历年间,书坊出版的经义选本,已包括程墨、房稿、行卷、社稿等多种类型。

这其中,由主考官和中式士子所撰的程文、墨卷,作为佳篇范文,不仅是书坊首先考虑刊刻的对象,也是时文选家、评家重点分析和评点的作品。比如万历年间的时文选评家袁黄,便曾利用《墨卷大观》一书来解析各科墨卷的名篇佳句。袁氏所撰《游艺塾文规》即以万历八年(1580)至万历二十九年(1601)乡、会试程墨作为分析对象,讲解破题、承题、起讲、正讲等作法,其论破题云:

> 今学文不可先学平淡,场中除元外,其余中式破题皆极奇极新。旧刻《墨卷大观》,一题凡百余篇,遍览诸破,皆各出意

---

① 〔明〕袁宏道著,钱伯城笺校《袁宏道集笺校》卷二十二《答七太初》,第825页。
② 〔清〕阮葵生撰,李保民校点《茶余客话》,上海:上海古籍出版社,2012年,下册,第372页。

见,可喜可愕。今集文散佚,不得尽录,止录其现在者为式。①

从袁黄的表述中,至少可看出两层含义:一是万历间已刊有像《墨卷大观》这样一题百篇、体量甚大的经义选集,这从侧面反映了当时坊刻时文的盛况。也正是在此种大环境下,明末出现了像《国朝大家制义》这类集大成式的选本,编者陈名夏自言"予存先辈名稿至万余篇,入合选者止七百有奇"②,亦可谓做到了博览而细选;二是尽管袁黄指出场中凡中式者之文各有特色,但从中当可体会到,会元墨卷仍是特别受重视的作品。

因此,其次正是上文所提到的制度因素,科举的选拔机制为经义典范的形成提供了一个可作参考的硬性标准。在明代科考范文的几种类型中,会元墨卷的典范意义尤为突出。明人对此也早有认识。一方面,如武之望等时文批评家即强调说"读邓定宇、李九我会试卷,便知元之所以为元矣"③,另一方面便是选家、书商特别针对会元墨卷、房稿的选集刊刻。后者如钱文光、钱时俊在万历间编选《皇明会元文选》,闵齐华在天启元年(1621)刊刻《九会元集》。闵氏所选为万历二十年(1592)壬辰科以来吴默、汤宾尹、顾起元、许獬、杨守勤、施凤来、韩敬、周延儒、庄际昌九位会元的墨卷和房稿,并强调这些会元文字具备衡文标准的典范意义。另外值得一提的是汤显祖也曾为教其子而编《汤许二会元制义》,汤氏在《题词》中表达他对汤宾尹、许獬二会元文字的看法说:

---

① 〔明〕袁黄《游艺塾文规》卷二,《续修四库全书》第 1718 册,第 24 页。
② 〔明〕陈名夏《国朝大家制义》卷首《选例》,明末刻本,第 2a—2b 页。
③ 〔明〕武之望《重订举业卮言》卷上,第 30a 页。

> 予教子曰："文字，起伏离合断接而已。极其变，自熟而自知之。父不能得其子也。虽然，尽于法与机耳。法若止而机若行。"钱、王远矣，因取汤、许二公文字数百篇，为指画以示。汤公止中有行，行而常止。许公行中有止，止而常行。皆所为"正清"者也。①

可见汤显祖编选汤、许之文，所看重者除了二人新近会元的身份外，更在于他们文章具备"尽于法与机"的文章学特质。

再次，像汤显祖评汤、许之文所持的文学性标准，在晚明经义论评中愈发成为关键的考量因素，这意味着经义典范的建构更是一个溢出于科举制度框架的命题。例如武之望就曾以绳墨布置、辞章技巧的角度极力称许景泰四年（1453）癸酉科顺天乡试吕原程文《周有八士 一节》、隆庆五年（1571）辛未科会试张居正程文《先进于礼乐 一章》、万历四年（1576）丙子科陕西乡试李维桢程文《有布缕之征 四句》三篇，誉为"可以示楷模而垂不朽者"：

> 文字千言万语，要之成篇。篇者，章法也。如制锦者，经纬有端，错综有绪，从头至尾，一丝不乱，方谓之章。若割裂补凑，断续支离，即绮丽盈目，谓之成章，则未矣。经义始于我朝，作者炳炳烺烺，岂不各极藻丽？至于妙合绳墨，不爽尺寸，可以示楷模而垂不朽者，亦不可多得。惟程文中景泰四年顺天《周有八士 一节》、隆庆辛未会试《先进于礼乐 一章》、万

---

① 〔明〕汤显祖《汤许二会元制义点阅题词》，徐朔方笺校《汤显祖诗文集》，上海：上海古籍出版社，1982年，下册，第1100页。

历丙子陕西《有布缕之征　四句》三篇最为合作。①

从中可见，武之望对程文楷式的评价，更侧重于以绳墨布置的辞章学作为标准，即其所言"成篇"及符合章法。武之望认为这三篇程文合乎绳墨，不逾尺寸，并引原文加以解说来为初学者"立则"。现举《周有八士　一节》：

> 惟一代之运为甚隆，故群贤之生为甚异。夫贤人之生不偶然也，而况一姓八士之皆贤，孰谓非关于周家气运之隆乎？（顺破逆承，顿挫有法，而句复精整可诵。）
>
> 想周盛时，有文、武启之，丕显丕承于前；有成、康继之，重熙累洽于后。（四句自"周"字原委来，有根据。）
>
> 道化洋溢，而人文宣朗；光岳气完，而贞元会合。（此四句状昌隆光景，见才之所自生。）
>
> 于是清淑间气，钟为俊英。（二句承上生下，过有血脉。）
>
> 而当时一乳有二子之异，四乳有八子之多。（二句总括。）
>
> 其初乳所生者，伯达、伯适也，及再乳则仲突、仲忽生焉；其三乳所生者，叔夜、叔夏也，及四乳则季随、季騧生焉。（二比轻叙本题。）
>
> 夫一乳得二，固已异矣，而四乳皆二，岂不甚异乎；四乳各二，固甚异矣，而八子皆贤，岂不尤异乎？（上二比直叙题面，此二比就中挑剔以足其意，而"得二""皆二""各二""皆贤"，与

---

① 〔明〕武之望《重订举业卮言》卷下，第28a页。

"已异""甚异"字皆玲珑有法。）

是八士也：其德，必足以辅世表俗，其才，必足以修政建功。（二比说"才""德"。较前广一步，正见八士之为贤。）

虽曰产于一姓，而实邦家之光也；虽曰萃于一门，而实天下之瑞也。（二比说"邦家""天下"，较前又广一步，正见有关周家之盛。）

然生既有所自，而出必有所为。夫岂偶然哉？信乎，有关于气运之隆也。（有关锁。）[①]

武氏在文后总评中，评价此文为"国朝举业第一义"："此文奇思骏发，警句叠出，如登九仞层台，地势益高，心目益远，而光景益奇。至于法度严整，字句精工，欲从中增减一字不得。真国朝举业第一义也。"[②]武氏随后总评张居正程文《先进于礼乐 一章》则曰："词旨精融，机局圆妙，嘉、隆以来，此为第一义。"[③]从"法度严整"到"机局圆妙"，也大致符合清人方苞评价明人制义"体凡屡变"时，所指出的自明初"谨守绳墨，尺寸不逾"至中晚明"兼讲机法，务为灵变"的演进轨迹。

再以前揭《九会元集》为例，此书并非会元文章的简单选辑，而是在选文的基础上又有对各家风格、文法之论评。如吴默《知及之 全》墨卷尾评曰："独标一解，独创一裁，从来元卷无如是法，开却后人

---

① 〔明〕武之望《重订举业卮言》卷下，第28b—29b页。
② 同上书卷下，第29b页。
③ 同上书卷下，第31a页。

许多门户。"①又评汤宾尹《国有道》墨卷云:"他人只讲'道不变塞',此无一句不从'国有道'发挥,读得题意。"②均从墨卷写作的独到之处加以阐说。闵齐华在书前小引中也对九家之文风作了概说,如论吴、汤、顾、许四家曰:"松陵洞玄抉髓,悟到机开。宣城胎结天授,神传面壁。金陵富溢五车,雄逾八斗。同安峻立万仞,神骨俱绝,蔚乎词宗,诚艺林之嚆矢已。"③于此可概见当时以才学、辞章来评价经义的风尚。这方面,武之望也曾概括本朝时文名家的不同风格,指出"举业之文,先辈王、唐、薛、瞿其至矣",又评隆庆、万历以来名家之文说:"如田钟台之冲粹、沈蛟门之雄迈、邓定宇之苍雅、黄葵阳之精练、郭青螺之敏爽、冯具区之柔澹……诸家品虽不同,要之各极其致,皆上乘之文也。"④其中所用"冲粹""雄迈""苍雅"等语,显然是以文章审美作为评价标准。也正因此,晚明陈龙正就认为经义不仅仅是"阐发孔孟修身治世大道"的选士工具,更强调"尤另作一种文字看",他在《举业素语》中说:"王、钱、唐、瞿、汤、许六人已占最胜。起阖辟之法者,王也;穷阖辟之法者,唐也。钱以摹神,瞿以雅度,汤以体贴,许以自在游行。"⑤指出经义的开合之法始于王鏊而穷极于唐顺之,这显然也是一种文章学层面的表述。

总的看来,晚明经义选辑与论评的大量出现,促进了时文大家及其文章典范的塑造。此种塑造虽建立在科举选人的基础上,但

---

① 〔明〕闵齐华《九会元集·吴无障》,明天启元年(1621)朱墨套印本,第2b页。
② 〔明〕闵齐华《九会元集·汤霍林》,第3b页。
③ 〔明〕闵齐华《九会元集》卷首《九会元集引》,第1a—1b页。
④ 〔明〕武之望《重订举业卮言》卷上,第13a—13b页。
⑤ 〔明〕陈龙正《举业素语》,王水照编《历代文话》第3册,第2590页。

很大程度上又依赖于一套文章学的批评话语,这进一步维系了经义自明中叶以来被发掘的文学质性。从历史上看,这一过程不仅影响到清人的经义文体观,也推动了明清文章学的精细化发展。

四、"文之一体":明代经义文体发展的文章学意义

综合上文,明代对经义文的选辑、论评,具有重要的文体学与文章学意义。就文体观念而言,中晚明文人在讨论经义时,往往视之为一种相对独立而可与所谓"诗古文辞"展开对话的知识要素,无论出于何种目的,都为经义在集部框架下获得发展提供了相应的条件。另外在文章学层面,明人对经义作法之研讨,吸收并深化了古文、诗歌的技法,一定意义上推动了古代文章学的精细化发展,也为明清之际戏曲、小说技法论的出现提供了契机。具体而言,可从如下几点分开讨论:

第一,中晚明时文序的写作,从一个侧面反映出明人经义文体观之转变。上文提及王思任《吴观察宦稿小题叙》认为明代八股小题可与汉赋、唐诗、宋词相媲美,清人也有类似表述,如康熙间文人鲁之裕就说"制艺者,文之一体,而小题则具体而微"[①]。这些论断或可表明,中晚明以降,由经义的选辑、论评所构筑的话语场,已悄然改变了人们对这一文体的看法。

在这一场域中,作为新兴批评样式的时文序的出现,尤其引人

---

① 〔清〕鲁之裕《式馨堂文集》卷八《本朝考卷小题序》,《清代诗文集汇编》第217册,上海:上海古籍出版社,2010年,第102页。

关注。其中王思任所撰时文序，曾以独立的编集形态出现。《澹生堂藏书目》著录王思任《王季重小著》九种，其中即有《时文序》一种。现存《王季重时文叙》一卷，见收于明末清辉阁刊本《王季重先生集》九种、明崇祯间刻本《王季重先生文集》十三种，又有《王季重杂著》本，此亦为明末时文序创作盛况的一种突出体现。

时文序在晚明的大量创作，也影响了明末清初之际明代文章总集之编纂，一是贺复征的《文章辨体汇选》，二是黄宗羲的《明文海》。贺复征《文章辨体汇选》七百八十卷，收录极为广博。其中卷二百八十一至卷三百六十为"序"，凡八十卷，又细分经、史、文、籍、骚赋、诗集、文集等三十一个子类。贺复征撰有序题曰：

> 复征曰：序东西墙也。文而曰序，谓条次述作之意，若墙之有序也。又曰：宋真氏《文章正宗》分议论、序事二体。今叙目曰经，曰史，曰文，曰籍，曰骚赋，曰诗集，曰文集，曰试录，曰时艺，曰词曲，曰自序，曰传赞，曰艺巧，曰谱系，曰名字，曰社会，曰游宴，曰赠送，曰颂美，曰庆贺，曰寿祝，又有排体、律体、变体诸体，种种不同。①

值得留意的便是"试录"与"时艺"二小类，这是贺复征对明代才出现的试录序、时文序之专门收编，以符合此书在前人基础上新立文体以求全备的编纂宗旨。黄宗羲的《明文海》卷二百十至卷三百二十五为"序"，分为著述、文集、诗集、赠序、送序等十四个小类。其

---

① 〔明〕贺复征《文章辨体汇选》卷二百八十一，《景印文渊阁四库全书》第1405册，第408—409页。

中亦有"时文"一类,收录明人所撰时文序共七卷。这些都多少反映出,随着文人创作的迅速展开,时文序作为新兴的序体样式也趋于成熟,成为时艺批评表达的重要手段。另一方面,从贺复征、黄宗羲各自所编文章总集也可看出,尽管时文只是列为序体下的附属文类,但至少就编选的处理上来说,二人都将它看作是可与诗文、词曲并列的独立类型,这折射出明清之际文章观念之一大变动。

在明人的文体学论著中,把经义视作为独立的文体并阐释其独特的文体意义,不得不提万历末年朱荃宰编撰的《文通》。《文通》共分文体一百五十八目,其中即专列经义一体。总的来看,朱荃宰《文通》之于古代文体分类观的贡献,一是他主张"渊源经史",将文体谱系从以往"文本于经"的单一源流扩大至史部,其二便是将经义纳入这一谱系并阐述其独立的文体意义。《文通》卷九设"经义"一目,朱荃宰辨析其源流曰:

《说文》:"义,从我。"美省,人言之,我断之为美也。《礼记》有《冠义》诸篇,唐取士有明经一科,而无其义。宋因之,不过试以墨书帖义。至王安石撰《周礼》《诗》《书》三经义颁行试士,旧法始变。彼固欲以己说一天下士,高视一世。他如思退卖国之奸,止齐衰世之文,而至今仿之,为鼻祖焉。"经义"可见者,《文鉴》所载张庭坚二篇,及杨思退、陈傅良者,皆深沉博雅,绝无骈俪之习。自是正始,而考古者止于国初,犹张博望穷昆仑为河源。此丘文庄所以叹科举之弊也。[1]

---

[1] 〔明〕朱荃宰《文通》卷九,王水照编《历代文话》第3册,第2813页。

明八股之源流始于宋代经义的观点在明清两代较为流行,如刘熙载《艺概·经义概》也指出:"经义取士,自宋神宗始行之。神宗用王安石及中书门下之言定科举法,使士各专治《易》《诗》《书》《周礼》《礼记》一经,兼《论语》《孟子》,初试本经,次兼经大义,而经义遂为定制。其后元有四书疑,明有四书义,实则宋制已试《论》《孟》《礼记》,《礼记》已统《中庸》《大学》矣。今之四书文,学者或并称经义。"①朱荃宰也将经义之源追溯至宋代,并称道宋人张庭坚、杨思退、陈傅良之作深沉博雅,号为"正始"。不过也须指出,朱荃宰的观点当承袭自徐师曾《文体明辨》,徐书也列有"义"这一文体,序题云:

> 按字书云:"义者,理也。"本其理而疏之,亦谓之义,若《礼记》所载《冠义》《祭义》《射义》诸篇是已。后人依仿,遂有是作。而唐以前诸集,不少概见。至《宋文鉴》乃有之。而其体有二:一则如古《冠义》之类,一则如今明经之词(名曰经义),今皆录而辩之。夫自唐取士有明经一科,而宋兴因之,不过试以墨书帖义,徒取记诵而已。神宗时,王安石撰《周礼》《诗》《书》三经义颁行试士,旧法始变。彼其欲以己说一天下士,固无是理;然其所制义式,至今仿之,盖不得以人废法也。厥后安石之义,废格不用;而《文鉴》所载,尚有张庭坚经义二篇,岂其遗式欤?方今骈俪之词,日新月盛,与庭坚之式不合,毋乃异于当时立法之初意乎?噫,此丘文庄

---

① 〔清〕刘熙载《艺概》卷六,上海:上海古籍出版社,1978年,第172页。

所以致叹于科举之弊也。①

朱荃宰《文通·自叙》谓"伯鲁广文恪之书,号称《明辨》,自述费年,而皆不本之经史"②,指出徐师曾《文体明辨》一书"不本之经史"的不足,因此朱氏编《文通》虽有承继《文体明辨》之处,但并非按原样照抄,而是据己意加以修正,这从上引二文的文字异同便可看出。徐师曾分义体为二,其一是古义,其二是经义,而朱荃宰则专列经义一体。除此之外,徐师曾的序题对于经义在明代的发展及其体制特征并未再作解说,而朱荃宰则在上引有关经义源流的文字之后,详细介绍了明代的科考制度。此后又援引明中叶以来诸时文大家所论,如杜伟、冯叔吉、袁黄、邓以赞、陶望龄、冯梦祯、宗周、李廷机、吴默、汤宾尹、王锡爵等,来详细解说经义之体制、格式及其作法。如引冯叔吉论"举业之上式"云:

> 冯修吾曰:今之举于乡会者,录其文咸曰"中式"。所谓式者,举业之体格,犹匠氏之规矩也。匠氏不废规矩而从木之曲直,文士不废体格而从体之难易。曰栋、曰梁、曰柱、曰楹、曰椽、曰桷,岂惟不可移易,即分寸不合,非良工也。曰破、曰承、曰起讲、曰泛讲、曰平讲、曰过文、曰束缴、曰大小结,岂惟不可错杂,即气骨稍不比,非作手也。故破欲舍,或断或顺,须含蓄而不偏遗;承欲紧,或束或解,须脱悟而不训释;起讲欲

---

① 〔明〕徐师曾著,罗根泽校点《文体明辨序说》,北京:人民文学出版社,1962年,第139—140页。
② 〔明〕朱荃宰《文通》卷首《自叙》,王水照编《历代文话》第3册,第2607页。

新,或对或散,须见题而题不露;泛讲欲持,或承或挈,须露题而题不尽;平讲欲实,词出经典,(余按:举业文字,只应用六经语,不应用子史语,此自是王制,违者便非法门。)令纯正而股必纡长;过文欲融,意会上下,令脱化而体不间隔;缴束欲健,或照应题中,或推开题外,令自尽而语有余思;小结大结欲古,或引经据传,或自发议论,令精洁而言非注脚:此举业之上式也。①

此处引冯叔吉之说,意在阐明经义的写作格式与相应的要求。如以匠氏之规矩来比附举业之体格,指出时文之破、承、起讲、泛讲、平讲,以至束缴、大小结等部分,各有分寸,不可错乱。又有对各个部分写作的具体要求和原则,比如破应"含蓄",起讲应"见题而题不露",泛讲应"露题而题不尽"等。除此之外,还有引邓以赞之论说来强调"文有奇正":"邓定宇云:文章家有正有奇。题应上下做,虚实做,轻重做,对做,串做,断做。认理典则,此便是正。若做得有把捉,有挑剔,有点缀,有起伏照应,有体认发挥、舒精发蕴,此便是奇。"②又引冯梦祯之语曰:"评文体者,极言平淡矣。平淡可易言哉?坡公云:'渐老渐熟,乃造平淡。'非平淡也,绚烂之极也。平淡必始于神奇,而伪平淡则反神奇。"③诸如此类所谓的"奇正""平淡",则是审美、风格等更高层面的写作要求。

在《文通》所列的一百五十八类文体中,朱荃宰于经义这一类

---

① 〔明〕朱荃宰《文通》卷九,王水照编《历代文话》第 3 册,第 2815 页。
② 同上书,第 2816 页。
③ 同上书,第 2817 页。

文体所用的篇幅是最多的,且大量收录了明人论说,这与以往文体学专著如《文体明辨》《文章辨体》解说文体多引用明以前文献的情况不同,在体现朱荃宰重视经义这一文体的同时,也说明随着明人对举业研讨的逐渐深入,经义至晚明,从体制、格式到作法皆形成了一套成熟的体系,其文体地位也有所提升,如朱荃宰在《文通》卷首的《自叙》说到:"惟经义盛于我明,破承腹结,可以囊龠六经,四股八比,用能舞骖鸟道。他文可以驰骋借资,而经义独难纤毫出入,何也？ 与庸人言易而与圣人言难也。"①

朱荃宰编《文通》突显经义的文体价值,即所谓"惟经义盛于我明",是与他"文因时变"的文体观念相关的。朱荃宰认为:"文,时之为也,而变因焉。自羲仓以迄大明,时也;自图书以及精义,变也。"②在《自叙》中,朱荃宰提出了明代"不能不经义"的说法:

> 经义,国家用以隽士,以试穷理之学;次之论表,观其博古;次之策问,观其通今。是以圣贤望士也,亦何厚也。夫士诚穷理也,博古也,识时务也,尚何逊于三代哉？ 然士竟以帖括报之,何太薄也。……今以其时考之,三代不能不秦、汉也,汉、魏不能不六朝也,六朝不能不三唐也,唐不能不宋、元也,变止矣。六经不能不子史也,《三百篇》不能不汉、魏也,汉、魏不能不近体也,宋之不能不词,元之不能不曲也,国家不能不经义也。③

---

① 〔明〕朱荃宰《文通》卷首《自叙》,《历代文话》第3册,第2606页。
② 同上书,第2605页。
③ 同上书,第2608页。

朱荃宰所论"宋之不能不词,元之不能不曲,国家不能不经义",实则涉及"一代有一代之所胜"的文学发展观。清人焦循正是持这种观点来肯定明代八股文,曾称"尝欲自楚骚以下,至明八股,撰为一集",而"明则专录其八股,一代还其一代之所胜"①。由焦循往前溯,反对拟古呼声高涨的晚明,时人多有视八股文为"今代"之文而加以肯定。如前引王思任对"明之小题"的评价,袁宏道《诸大家时文序》也说:"今代以文取士,谓之举业,士虽借以取世资,弗贵也,厌其时也。夫以后视今,今犹古也,以文取士,文犹诗也。后千百年,安知不瞿、唐而卢、骆之,顾奚必古文词而后不朽哉?"②综合以上论述来看,时文的文体地位及其价值在晚明时期的提升,呈现在如下两个方面:其一是在"文体代变"或"一代有一代之文学"的历史观层面,肯定时文也可以与诗、古文辞一样传世不朽,甚至评价为本朝之"至文";其二是就文体内部而言,如《文通》所引诸家论说所呈现的,明人有关时文之体制、格式与写作技法的研讨,以及相关的时文理论体系建设日趋成熟。

第二,明人对经义体制、格式与写作技法的研讨,推动了古代文法论与修辞学发展。如前引项乔《举业详说》对六段体则、三十四类题则的解说,已反映出嘉靖间文人对经义的结构体制和写作技法有了一定的讲求。至万历间,此种"以法为文"的创作观念日益张大,文章写作如何谋篇布局、修辞造语就成为时人关注的话题。比如武之望即明确指出:"文字初时布置虽有定格,至于中间

---

① 〔清〕焦循《易余籥录》卷十五,《丛书集成续编》第91册,上海:上海书店出版社,1994年,第463页。
② 〔明〕袁宏道著,钱伯城笺校《袁宏道集笺校》卷四《诸大家时文序》,第185页。

离方遁圆,生无化有,全要活法。"①武之望的"活法"理论集中体现在他所撰的《举业卮言》,此书以"为文必以法"为理论支撑,建构起一套包含意、词、格、机、势、调等诸多要素在内的文法体系。同时期如刘元珍《从先文诀》、董其昌《九字诀》等也对文章写作的基本法则作了多方面的剖析。这些文章学论著的特点,一是虽然专门针对时文,但所论实多与古文相通,因而可视为一般意义上的文章作法论,二是往往将抽象的文学经验转换为具体知识和写作技法,而能切实地满足初学者的习文需求。因此,如果说前揭项乔《举业详说》注重"体则"以求"合格",更多的是针对经义写作的专门之学的话,那么像《举业卮言》所论则多有溢出于经义之文体范围,而可视为一种具备普遍意义的修辞之术。

第三,从古代文体互渗和融通的角度来说,明人的经义文法论不仅吸收和深化了唐宋以来的诗文法,也对明清之际戏曲、小说文法的兴起产生深远影响。从嘉靖时期的《举业详说》到万历年间的《举业卮言》,也暗含着如下变化,即在很多晚明文人的表述中,经义写作逐渐被视作是一种文学才能的体现,明末周之夔说:

> 我朝之名公大臣,无不出自举业。其能真工举业者,后亦未有不名公大臣。文恪、文成、元美、应德诸公,可悉数也。如必曰今人不如古人,时文不如古文,剽贼灭裂,窜入他体,夫士患无才耳。苟才之所至,作史可也,作诗赋可也,作百家言、稗

---

① 〔明〕武之望《重订举业卮言》卷上,第28a页。

官、小说、诗余、南北调可也。"①

周之夔的说法,是试图通过"才"的范畴来消弭古今之分与众体之别,并以此提升时文的地位。类似的论调在明清时期并非罕见。晚明众多时文序的写作也多将经义置于这种传统的文体序列中作一番类比陈述。如周之夔也说"时文、古文,神理则同,体裁自别",并进一步指出:"举业之制,取裁经传,正度胸臆,绳尺出入,不能以寸。非若诗文家,可以随纸伸缩,缘情感发,凭才创造,视事更端也。起伏呼应,开合顺逆,虚实正倒,擒纵转变之间,靡不有法焉。"②认为举业文字格式虽严于诗文,但也包含着起伏、开合、虚实等这类通用的文章法则。

总体而言,自明中叶以后,文人开始较多检讨经义与诗文间的关系。其中与古文之间的讨论最为常见,一直到晚清,如李兆洛在为金圣叹评选的小题文选作序时,仍强调制艺"其为法亦初不殊于古文,其神理、骨格皆资于古文也"③。至于与诗歌的联系,认识亦渐趋深入,如汤宾尹《睡庵大题选序》指出:"四股八比之制,与五言八句等,俱一代收士之律也。《选》体、歌行、绝句之类,人各以其资材为之,满缩纵横,单行累幅,取境之便与趣之所极。"④清人余集

---

① 〔明〕周之夔《弃草文集》卷四《与董葱德论时文书》,《四库禁毁书丛刊》集部第112册,第637页。
② 同上书,636—637页。
③ 〔清〕李兆洛《养一斋文集》卷六《金选小题文序》,《续修四库全书》第1495册,第95页。
④ 〔明〕汤宾尹《睡庵稿》卷四《睡庵大题选序》,《四库禁毁书丛刊》集部第63册,第75页。

也曾以八股小题和咏物诗作比较:"制义尤难于小题,赋诗莫窘于咏物。以其方员寓器,规矩因心,深文隐蔚,功在密附。求之字句之间,得之神理之表,其谋篇竖义之旨同也。"①其中所说的"谋篇竖意"正是诗文法与经义文法的一大共性。

对文章"谋篇竖意"的追求,在明清两代戏曲、小说等叙事性文学的论评中也颇为明显,主要表现在像"脱卸""急脉缓受""草蛇灰线"等原本被用于古文、时文论评的文章学术语,至明末清初开始被广泛运用于戏曲、小说等类型的批评。这其中,晚明经义论评的盛行,对相关批评方法、术语的运用起到了重要的推演和沟通作用。钱锺书先生曾讨论"诗与时文"之关系说:"诗学(poetic)亦须取资于修辞学(rhetoric)耳。五、七字工而气脉不贯者,知修辞学所谓句法(composition),而不解其所谓章法(disposition)也。"②明人论制义,正是追求在八股限定的格局内,通过句法、章法的调遣,来实现全篇脉络的贯通。因此,经义能以"文之一体"的身份与诗文、词曲等文体并峙而展开文体之间的对话,在某种意义上正是明人在集部框架内建设经义文体的结果。

综上所述,明代经义文体发展,溢出于科举制度与经部范围。尤其自明中叶以来,随经义自身的发展及其与古文间的沟通,经义的文体观念、评价体系也逐渐嵌入由诗赋、古文等构成的文体序列中,进而在文学领域内获得其独立的知识地位。这一过程对明清

---

① 〔清〕余集《秋室学古录》卷四《蒋泉伯考具诗引》,《续修四库全书》第 1460 册,第 325 页。
② 钱锺书《谈艺录》,北京:中华书局,1984 年,第 242 页。

时期的文章学乃至文学观念影响甚大。晚近刘咸炘在论定四部门目时,曾认为明以来经义应归入集部:"制义不入经部,以制举之文体实兼承经义、曲剧,而又备有策论、诗赋之质也。焦循论之详矣。凡此诸种与诗文,皆文之一体,无分崇卑。"①在集部视野下考察作为"文之一体"的经义,提供给我们的启发,其实并不仅限于焦循提出的"一代有一代之所胜"的文学发展观,更可在文体会通的视野下,通过考察经义表现出的"文备众体"的质性,去寻求一条突破文体阻隔来综观古典文学众体的路径。

[原载《复旦学报(社会科学版)》2021年第5期]

---

① 刘咸炘《续〈校雠通义〉》,《推十书(增补全本)》丁辑第1册,上海:上海科学技术文献出版社,2009年,第87页。

"下流之悼":圹志与明清墓志文的日常性

在中国古代传志类文学中,墓志是一种在书写和留存方式上均有着一定特殊性的文体。它既依附于古代的丧葬制度及礼仪习俗,可被视为一类幽埋于地下的仪式性文字,又与社会伦理、家族传统相结合而成为一种用于追念逝者、承载情感的文学性文本。长期以来,古代墓志作为重要史料,已得到史学研究者的广泛关注和使用。文学研究界对墓志的讨论通常集中在两方面:一是从金石义例学和文体学研究出发,阐述墓志的文体规定和撰写形式;二是从文学书写入手,分析不同的作品内容及其背后的社会文化意涵。从已有成果来看,以上两点或许可以概括为由唐宋时期所开启的墓志之程式化和个性化[1],从创作论的角度来说,前者规定了墓志撰写的格式、定例,后者则提供撰者进行文学发挥的空间。在很大程度上,正是这两种维度及其间的张力,赋予古代墓志在史学

---

[1] 有关唐代墓志程式化的研究,参见孟国栋《唐代墓志铭创作的程式化模式及其文学意义》,《浙江大学学报(人文社会科学版)》2015年第5期。对古代墓志个性化写作的讨论则多着眼在宋代,如沈松勤、楼培《论叶适墓志文创作的新变与成就》,《浙江大学学报(人文社会科学版)》2013年第4期;张绖洪《朱熹墓志铭书写的义体新变及其成就》,《励耘学刊》2018年第1期;张亚静、马东瑶《论曾巩的"以史笔为墓志"》,《华南师范大学学报(社会科学版)》2020年第1期。

之外而与文学相纠缠的诸多话题。这些话题,可以引导我们从文学研究的视角,进一步认识古代墓志在类型、创作经验及书写传统上的多样性。

就文体类型而言,墓志是一种特别受制于等级制度、撰者与墓主关系及撰写定例的文类,因此在一定意义上,必须厘清墓志的规制、体式、功能及形式,方能有效理解其文类特征及内部不同品类的具体差异。其中,作为一种通常不托名笔由而亲族所写的类型,圹志可以说是古代墓志中颇具个人化书写特征之一种。在现存题署"圹志"的墓志中,为亡故之妻、子女及族中晚辈所撰的作品为一大宗。与一般墓志铭主于述德行、铭功业的内容和功能不同,这类圹志在罗列墓主基本信息外,多叙写日常琐细,重在以辞遣哀。通过对这类墓志文的讨论,我们既可以梳理中国古代的哀辞书写由中世向近世发展的跨文类传统,也能进一步讨论墓志文的"日常性"在明清时期获得强化的话题。

关于文学的"日常性",在笔者的理解中,是一个主要以日常生活为内容取向、以细节表现为写作倾向,且在宋代以后获得长足发展的总体概念。吉川幸次郎《中国文学史》就曾将这种借助"素材"和"描写"两方面来反映日常生活和经验的书写,视为中国文学的一大特色。① 浅见洋二则从文体"规范"的角度来理解,认为宋诗的日常性特质,既是对前代诗歌规范的某种瓦解,也奠

---

① [日]吉川幸次郎著,陈顺智、徐少舟译《中国文学史》,成都:四川人民出版社,1987年,第7—12页。

立了后世诗歌创作的新范型。① 在某种意义上,南宋以后大量出现的圹志,既有着与墓志文体规范拉开一定距离的体式特征,也在素材选取和描写方法上有其独特性。学界以往对墓志文的日常生活、情感表现的研究,通常集中在女性墓志且多以性别为视角。② 本文更关注墓志文的文体语境,从明清时期浩瀚的墓志文献中绁绎出一种特定类型,希望能为古代墓志的文学性研究提供一些思考。

一、体制·典范·传统:圹志及其个人化书写

中国古代对碑志撰写的认识,从刘勰《文心雕龙·诔碑》提出"资乎史才,其序则传,其文则铭"③,到清人章学诚所说"韩、柳诸公,始一变而纯用情真叙述之体,隐与史传相为出入"④,一直裹挟着史传和文辞两大传统。古代墓志作为一种近乎史传的文类,其撰写多以平实、保守为基本要求,以记述墓主德行与功业为主要内容,指向的是一种公共形象的历史建构。而它所呈现的悼念性文

---

① 〔日〕浅见洋二《"形似"的新变——从语言与事物的关系论宋诗的日常性特点》,载金程宇、冈田千穗译《距离与想象——中国诗学的唐宋转型》,上海:上海古籍出版社,2013年,第239—262页。
② 对唐宋以来女性墓志铭及其中所反映的生活史、生命史、社会伦常等,学界的研究成果已有不少,相关梳理参见衣若兰《明清夫妇合葬墓志铭义例探研》,《台湾师大历史学报》2017年第58期,第51—90页。
③ 王利器校笺《文心雕龙校证》卷三,上海:上海古籍出版社,1980年,第82页。
④ 〔清〕章学诚著,仓修良编注《文史通义新编新注》,北京:商务印书馆,2017年,第787页。

字的一面,又能使后人在阅读时感受到其中私密、真切的情绪表达,由此形成了墓志文的公、私两面。宋代以后,墓志文演变发展的一大特征,正是私人化、个性化书写的持续扩张。清乾隆间文人袁栋曾说:"墓铭圹志,本历记姓氏年月,略述事功而已。后世一铭一志,动数千百言,殊失古意。"①宋明时期,墓志文不仅篇幅渐长,而且相应地在记叙内容上更多透露出履历、事功等公共信息之外的生活经历和个人情感,这可以说是与所谓"古意"相互龃龉的新因素。更关键的是,除了篇幅、写法的变化外,宋代以后墓主身份也日趋多样化,尽管拥有一定政治和社会地位的中上阶层仍是主体,但士大夫精英以外的诸如僧道、吏卒、妾婢、孩童等都是墓志文潜在的施用对象。正是在这种趋势中,通常以妻子、儿女和亲族晚辈为撰志对象的圹志获得了较大发展,成为我们考察古代墓志个人化和日常性特征的一类样本。

关于圹志之名称、体制及书写传统等问题,有必要稍作说明。在古代的文体分类学中,圹志、圹铭常被视为墓志铭的别称。例如,明代徐师曾《文体明辨》解说墓志铭这一体就指出:

> 又有曰葬志(《河东集》载《马室女雷五葬志》是也,今不录),曰志文(无志有铭者,则《江文通集》所载《宋故尚书左丞孙缅等墓志文》是也,有志有铭者,则《河东集》载《故尚书户部侍郎王君先太夫人河间刘氏志文》是也,今不录),曰坟记(《河东集》载《韦夫人坟记》是也,今不录),曰圹志,曰圹铭,曰椒

---

① 〔清〕袁栋《书隐丛说》卷十一"墓铭圹志"条,《续修四库全书》第 1137 册,上海:上海古籍出版社,2002 年,第 549 页。

铭,曰埋铭(《朱文公集》载《女已埋铭》是也,今不录)。其在释氏,则有曰塔铭,曰塔记(《唐文萃》载刘禹锡撰《牛头山第一祖融大师新塔记》是也,今不录)。凡二十题,或有志无志,或有铭无铭,皆志铭之别题也。①

作为以辨体为主旨的文章总集,《文体明辨》的编纂方式是通过选录范文来辨析不同文体。因此,在上引这段关于墓志铭别称的序题中,未录全文而仅存目的《马室女雷五葬志》《宋故尚书左丞孙缅等墓志文》等,便是葬志、志文等墓志铭别题之例文。

在《文体明辨》卷五十四"墓志铭三",徐师曾收入的圹志、圹铭例文是宋王十朋《令人圹志》、唐韩愈《女挐圹铭》,分别为亡妻、亡女墓志。事实上,后世圹志中之一大宗正是为亡故之妻子、儿女和亲族晚辈为所撰,且形成了相对独立的书写传统,这是本文主要探讨的对象。

结合徐师曾的序题和唐宋以来的圹志撰作,大致可归纳如下几方面:其一,从墓志文类的发展来看,圹志一体经由韩愈、王十朋等唐宋文家的写作而确立其义例,题书"圹志""圹铭"的墓志铭也正是从南宋以后才大量出现,如陈傅良《止斋先生文集》中即收有十余篇圹志。出土墓志的情况亦大略如此。

其二,在狭义上,墓志与圹志又有区别,可概述为:圹志多由亲族所写,而墓志则多托名笔。对此现象,刘静贞曾指出南宋大量出现的圹志多由亲族子孙执笔,且往往有"不敢谒铭显人"的说辞,

---

① 〔明〕徐师曾《文体明辨》卷五十二,《四库全书存目丛书》集部第312册,济南:齐鲁书社,1997年,第236页。

墓志因请托名家而有撰成于墓主"既葬之后"的现象,由此引发出墓志是否纳诸墓中的问题。① 关于这一问题,清末学者徐时栋曾有"一墓两志"的讨论:

> 宋人往往一墓两志,既有墓志,又有圹志。圹志多子孙所作,墓志多出自名人。始吾疑之,以为圹志既在穴中,而复置墓志,一穴宽广曾有几何,可容此重迭耶? 一志已足,两之,又安需耶? 岂圹志固置穴中,而墓志不过求名手撰著,为传世计,不置于墓耶? 后闻袁氏修正献公墓,墓上得杨慈湖所作墓志,而后知圹志在穴中,墓志则在椁上,又结砖如桥以覆之,而后封土者也。按此法甚善,盖年久之墓,夷为平地,误掘者必自上而下,一见墓志,即知古墓,可无开圹之患矣。②

按徐时栋所见南宋袁燮墓,墓志、圹志不仅在撰者上有区别,于墓中摆放的空间位置也有不同。当然本文关注的并不在圹志的形制、空间等问题,而是由此讨论相比于多求名手的墓志,多由亲族所撰的圹志所呈现个人化书写的倾向。

其三,随着南宋之后撰作日趋普遍,圹志在墓志铭这一文类所统摄的文体序列中,逐渐获得其作为特定类型的某种独立性。这

---

① 刘静贞《既葬之后:从李纲〈钱勰墓志〉看宋人墓志书写的时点与理念》,载包伟民、曹家齐主编《宋史研究论文集(2016)》,广州:中山大学出版社,2018年,第360—372页。考古学界也注意到了这一现象,如郑嘉励在比较出土的南宋圹志与文集中的墓志铭时,指出:"墓志铭多属名人撰书,而圹志多由孝子执笔,也有夫为妻撰,或父为子撰等,'书讳'者通常是志主的姻亲外戚。"见郑嘉励《读墓:南宋的墓葬与礼俗》,杭州:浙江人民出版社,2022年,第276页。
② 〔清〕徐时栋《烟屿楼笔记》卷三,《续修四库全书》第1162册,第619—620页。

种独立性在明代的文体观念下得到强化。例如,明人编纂文集收录墓志铭时多有将圹志视为独立一体者:杨荣《杨文敏公集》(明正德十年刻本)卷二十四为"墓志铭",卷二十五则有"圹志";吴宽《匏翁家藏集》(明正德三年吴奭刻本)卷六十八标目为"墓志铭一十首、圹志二首";邵宝《容春堂别集》(明正德十二年刻本)卷七标目为"墓志铭十八首、圹铭一首";张邦奇《张文定公靡悔轩集》(明刻本)卷四至卷九标目为"墓志铭",卷九则有"墓碣铭""石椁铭""圹志"三目。

在总集编纂中,这种分体观念也颇为明显。除了前引徐师曾《文体明辨》,另外值得留意的是明末贺复徵的《文章辨体汇选》。此书卷六百九十八至卷七百三十五为"墓志铭",在此大类下展开的次级分体是:

卷六百九十八"墓志铭一"至卷七百二十三"墓志铭二十六":"正体";

卷七百二十三"墓志铭二十六"至卷七百二十五"墓志铭二十八":"变体";

卷七百二十六"墓志铭二十九"以下:"排体";

卷七百三十"墓志铭三十三"以下:"别体";

卷七百三十二"杂墓志铭三十五":"杂志";

卷七百三十三"杂墓志铭三十六":"圹志";

卷七百三十四"杂墓志铭三十七":"杂文、诸记附";

卷七百三十五"杂墓志铭三十八":"椟铭、诸志附"。

其中"杂墓志铭三十六"所收圹志,除了《文体明辨》已收录的韩愈《女挐圹铭》、王十朋《令人圹志》外,另收录元明诸家之作,如元代吴谦《谢君皋羽圹志》，明代何景明《侄岳州圹志铭》、归有光《亡儿翶孙圹志》等文，以作为补充。

从《文体明辨》《文章辨体汇选》的文体示例中可看出，韩愈所撰《女挐圹铭》多被视为圹志之典范。尽管在韩愈之前，已有如赵甚于天宝年间为其父赵冬曦所撰《唐故国子监忌酒赵君圹志》，但在文人书写的传统中，韩文公之作影响甚大。如明代茅坤所言："昌黎韩愈首出而振之，……其所著书、论、叙、记、碑、铭、颂、辩诸什，故多所独开门户。"① 古代墓志义例之学，多奉韩文为圭臬。元代潘昂霄《金石例》卷四"圹铭式"，即以《女挐圹铭》为例文。明代王行《墓铭举例》专以韩愈所撰墓志铭为例，如举《集贤院校理石君墓志铭》《故中散大夫河南尹杜君墓志铭》等为"正例"，以《女挐圹铭》为"题书圹铭"之例。韩愈为圹志"独开门户"之《女挐圹铭》，为其早夭的第四女所撰：

> 女挐，韩愈退之第四女也，惠而早死。愈之为少秋官，言佛夷鬼，其法乱治，梁武事之，卒有侯景之败，可一扫刮绝去，不宜使烂漫。天子谓其言不祥，斥之潮州，汉南海揭阳之地。愈既行，有司以罪人家不可留京师，迫遣之。女挐年十二，病在席，既惊痛与其父诀，又舆致走道，撼顿失食饮节，死于商南层峰驿，即瘗道南山下。五年，愈为京兆，始令子弟与其姆易棺衾，归女挐之骨于河南之河阳韩氏墓，葬之。女挐死当元和十四年二月二日；其发而归，在长庆三年十月之四日；其葬在

---

① 〔明〕茅坤《唐宋八大家文钞》卷首《总叙》，明万历刻本，第3a—3b页。

十一月之十一日。铭曰：

汝宗葬于是,汝安归之,惟永宁!①

元和十四年(819),韩愈被贬官潮州,女挐病亡于所途经的商南层峰驿,草葬于南山下。至长庆三年(823),韩愈为京兆尹兼御史大夫,将女挐迁葬至河阳祖坟,撰此圹铭。此文虽与《集贤院校理石君墓志铭》等墓铭"正例"多有不同,但仍包含讳、字、姓氏、寿年、卒日、葬日、葬地等基本要素。由于早夭而无详细履历、行谊可交代,因而韩愈对亡女大致行迹及病故缘由的讲述,是结合他自己因奏《论佛骨表》而被贬往潮州的政治事件展开的,由此加深了对罪责和哀恸之情的表达。对此,茅坤《唐宋八大家文钞·唐大家韩文公钞》对该文所作之评语,说得很清楚:"女挐无它行,独因昌黎赴贬所病死,而昌黎摹写其情,悲惋可涕。"②强调韩愈此文"摹写其情"的特质。明代正德间文人夏良胜在为亡女所撰的《女进第圹铭》中,亦有"铭其情"的说法:

尝读韩公《女挐圹铭》,谓非功德所系,虽弗铭可也。然公秋官言佛事,得罪在遣。挐慧而夭,能有所诀,草瘗道上,越数岁,乃得从母及叔兄归葬,则亦铭其情焉耳。正德七年五月三十日,吾女进第死,才四岁,视挐尤夭。……吾亦为秋官属,尝言戎事,幸天子包容,不在遣,乃以提督狱事,不得代。女中

---

① 〔唐〕韩愈撰,马其昶校注,马茂元整理《韩昌黎文集校注》卷七《女挐圹铭》,上海:上海古籍出版社,1986年,第561—562页。
② 〔明〕茅坤《唐宋八大家文钞·唐大家韩文公钞》卷十五,第23a页。

痘,疮且愈,而暴卒。吾不能如韩公犹及一诀也,痛哉!越十余日,附柩归葬。吾无子弟可遣,母尚从吾,又不得归汝如挐也,痛哉!葬之山曰龙池,祖茔之下殇位,月日以柩至为期,非预定也。铭曰:

韩公处变,情不失挐。吾居其常,顾不得尽情于汝也。嗟!葬汝食汝,吾有家,汝其归也。毋嗟。①

可以明显看出,夏良胜这篇圹铭,从志文开始一直到最后的铭文,都是与韩文的某种文本对话展开的。特别是他在开头的一番陈说,似乎希望从《女挐圹铭》中获得其为亡女撰志的某种合理性。他也说幼孩慧而早夭,而无行谊可述、功德可铭,因而韩愈所写重在诉说痛伤之情,即"铭其情"。这种古今共通、人所共有的情感,是此类圹志在明清时期撰作中不断再现的主题。

从这层意义来说,韩愈《女挐圹铭》的典范意义,在文体学意义上的所谓"题书圹铭"的样板性尚在其次,更重要的是它提供了一套可供后世借鉴的圹志写作笔法,即以追忆性的叙事法,结合撰者之经历来交代"本无它行"之亡者的大致生平、行迹,并将哀情融入其间。在后世诸多的圹志中,明代程敏政《女月仙圹铭》便是依仿韩文的典型例子:

月仙,行第六,予小女也。弘治戊申冬,予以庸妄,获戾于时。幸天子大恩,不加窜殛,俾去归于乡。时月仙生五岁,犹

---

① 〔明〕夏良胜《东洲初稿》卷五《女进第圹铭》,《景印文渊阁四库全书》第1269册,台北:台湾商务印书馆,1986年,第796—797页。

在乳中。乳母京师人，不肯与之南，月仙遂失乳。赁舟委顿，节宣靡常，抵家而体益羸。遂以己酉十一月廿二日，病痘内虚，不餍而死。月仙生有奇质，聪明孝弟如五六十许人，而不获全其生于世，则其父为之也。其生成化乙巳十二月八日，葬先少保襄毅公墓东。其父为之志。呜呼悲夫！铭曰：

是惟先垄，汝妥其旁。犹胜女挐，稿葬他乡。①

从铭文"犹胜女挐，稿葬他乡"二句便可看出，程敏政撰写这篇圹铭明显以《女挐圹铭》作为样板。从志文内容来看，程敏政在此叙述女月仙病亡之始末，同样结合自己于弘治元年（1466）遭弹劾而致仕一事。与韩愈遭贬而致女挐病死途中相似，女月仙也因敏政被劾而在返乡路上染病，这是二文能产生联系、引发共鸣的直接因素。

进一步来说，《女月仙圹铭》与《女挐圹铭》在撰法上的相近，更在于它们都希望实现茅坤所说"摹写其情，悲惋可涕"的哀悼效果。无论是韩愈的遭贬，还是程敏政的被劾，尽管在表述上皆涉及重要历史或政治事件，但他们为亡女所写下的文字，显然与传统墓志所指向的历史建构无关，也无意制造因幼弱夭亡而缺失的历史或公共形象，更多是承载私人情绪及寄托个人情感，来实现"以辞遣哀"。从前述墓志铭的公、私两面来看，这类圹志的撰写，自然与出于名笔的墓志有所不同。因此笔者认为，将韩愈《女挐圹铭》放置于更广阔的文学史视野中，或可看见它所带来的影响，除了金石义例学上确立规范性之外，更重要的是在个人化书写层面，通过接引

---

① 〔明〕程敏政《篁墩文集》卷四十五《女月仙圹铭》，《明别集丛刊·第一辑》第61册，合肥：黄山书社，2013年，第446页。

中国古代自中世以来的哀辞传统，为近世墓志文抒写"下流之悼"树立了一种典范。

二、金瓠·女挐·二二：夭亡与不死的主题延续

除圹铭外，韩愈还为其亡女写过一篇《祭女挐女文》，二者形成微妙的互文关系。祭文仅以"昔汝疾极，值吾南逐。苍黄分散，使女惊忧"四句交代了女挐病亡的缘由及韩愈遭贬之史实①，而更多篇幅用来抒写罪责之感和哀恸之情。这种详略的区别当然与墓志、祭文两种文类本身的不同规范有关。但正如前文所述，韩愈所撰圹铭因注重所谓"铭其情"，其实也有着更偏近哀辞的风格特征。从古代文体类型和功能来说，前引夏良胜、程敏政所撰亡女圹志，显然也与一般的士大夫墓志有所不同。对于这种差别，或可用刘勰《文心雕龙》对"哀吊"与"诔碑"的区分来认识。概言之，前者重在寄哀思，后者主于记德行。在古代哀祭类文学中，哀辞既是汉魏六朝以来表达哀思的重要文体，又在广义上代表着中国古代"以辞遣哀"的文学传统。对于哀辞之施用对象，《文心雕龙·哀吊》云：

> 赋宪之谥，短折曰哀。哀者，依也。悲实依心，故曰哀也。

---

① 〔唐〕韩愈撰，马其昶校注，马茂元整理《韩昌黎文集校注》卷五《祭女挐女文》，第 344 页。

以辞遣哀,盖下流之悼,故不在黄发,必施夭昏。①

关于此处所言"下流之悼",詹锳《文心雕龙义证》引铃木虎雄《校勘记》曰:"下流,指卑者而言。《指瑕》篇曰:'施之下流。'《雕龙》下流之义可知。"②刘永济《文心雕龙校释》说:"按《指暇》篇有'礼文在尊极,而施之下流'可证。'下流'者,幼小之流辈也。与'尊极'对文。"③结合挚虞《文章流别论》所说"哀辞者,诔之流也。崔瑗、苏顺、马融等为之,率以施于童殇夭折、不以寿终者"④,可知汉魏时期哀辞主要用于哀悼幼弱夭亡的孩童。到魏晋时期,哀辞的施用对象逐渐扩大至成年者,特别是用于表达对亡妻的悼念。⑤ 本文借引《文心雕龙》"下流之悼"一语,取其哀悼幼弱及卑者之意,既希望以此串联唐宋以来圹志以子女、族中晚辈为对象的个人化书写现象,也意在借助哀辞注重写情遣哀而体现出诔碑述公德、表颂扬相区别的文学传统,来引出近世墓志文"日常性"的话题。

关于哀辞注重写情遣哀的文体特性和书写要求,《文心雕龙·哀吊》也有所揭示:

---

① 王利器校笺《文心雕龙校证》卷三,第89页。
② 〔南朝梁〕刘勰著,詹锳义证《文心雕龙义证》,上海:上海古籍出版社,1989年,第466页。
③ 〔南朝梁〕刘勰著,刘永济校释《文心雕龙校释》,北京:中华书局,1962年,第41页。
④ 〔晋〕挚虞《文章流别论》,〔清〕严可均辑《全晋文》卷七十七,北京:商务印书馆,1999年,第821页。
⑤ 参见赵俊玲《〈文心雕龙〉与〈文选〉"哀"体观辨析》,《文艺理论研究》2015年第4期。

> 原夫哀辞大体,情主于痛伤,而辞穷乎爱惜。幼未成德,故誉止于察惠;弱不胜务,故悼加乎肤色。隐心而结文则事惬,观文而属心则体奢。奢体为辞,则虽丽不哀;必使情往会悲,文来引泣,乃其贵耳。①

由于哀辞最初用来写幼弱夭亡,因而其所抒写多为痛伤、爱惜之情,又因无功业、德行可叙,故内容多描绘亡者聪慧机敏之质。在写作要求上,注重通过描述容貌举止、性情品质,灌注入撰者的私人回忆和悲伤情绪,来实现令后人读之动容的文学效果。例如刘勰在《哀吊》篇提及的潘岳二文,《金鹿哀辞》有"嗟我金鹿,天资特挺。鬒发凝肤,娥眉蛴领。柔情和泰,朗心聪警"的外貌和品质描写②,《为任子咸妻作孤女泽兰哀辞》也有"鬒发娥眉,巧笑美目""淑质弥畅,聪慧日新"的描述及"俾尔婴孺,微命弗振"的喟叹③。又如曹植为其长女所写《金瓠哀辞》:

> 予之首女,虽未能言,固以授色知心矣。生十九旬而夭折,乃作此辞曰:
> 在襁褓而抚育,尚孩笑而未言。不终年而夭绝,何见罚于皇天。信吾罪之所招,悲弱子之无愆。去父母之怀抱,灭微骸于粪土。天长地久,人生几时?先后无觉,从尔有期。④

---

① 王利器校笺《文心雕龙校证》卷三,第 89 页。
② 〔晋〕潘岳著,董志广校注《潘岳集校注》,天津:天津古籍出版社,2005 年,第 161 页。
③ 同上书,第 164 页。
④ 〔魏〕曹植《金瓠哀辞》,〔清〕严可均辑《全三国文》卷十九,北京:商务印书馆,1999 年,第 19 页。

其中既有"授色知心""笑而未言"的情态描写,也对"信吾罪之所招,悲弱子之无愆"的自责感的抒发。这种因家长一人之过失而招致家族成员罹难的罪疚感①,同样在韩愈《女挐圹铭》、程敏政《女月仙圹铭》分别讲述遭贬、被劫的情节中有所体现,其中程敏政表露地更为直接:"月仙生有奇质,聪明孝弟如十五六许人,而不获全其生于世,则其父为之也。"韩愈则在《祭女挐女文》中有所表达:"不免水火,父母之罪。使汝至此,岂不缘我!"②因此,"情往会悲,文来引泣"二语,既可以说是哀辞这一文体的书写要求,也是哀悼之文能引人触动的感兴之源。

唐宋时期为幼弱夭亡而撰写的墓志,一定意义上可以说是对汉魏哀辞书写传统的一种延续,尽管墓志与哀辞尚属不同类型,但二者在叙写哀情这一点上是相通的。事实上,这种抒写"下流之悼"的主题及韩愈悼念亡女的文本典范性,也能在其他类型的文学作品中找到呼应。例如明代皇甫汸《王百谷瘗殇女于剑池赋悼》一诗云:

> 藏舟因鹫壑,埋剑本龙池。玉碎金光护,香销莲影随。
> 忍离亲抱痛,得度佛留慈。岂独层峰驿,能题韩女诗。③

诗尾注:"昌黎贬潮州,时幼女道亡,瘗于层峰驿下,题诗梁间。"明

---

① 关于中国古代家长因担负罪报责任而引发罪疚感的讨论,参见谢世雄《首过与忏悔:中古时期罪感文化之探讨》,《清华学报》2010年第4期,第735—764页。
② 〔唐〕韩愈撰,马其昶校注,马茂元整理《韩昌黎文集校注》卷五《祭女挐女文》,第344页。
③ 〔明〕皇甫汸《皇甫司勋庆历稿》卷八《王百谷瘗殇女于剑池赋悼》,明万历刻本,第2b页。

确指示出该诗与韩文之间的文本关系。皇甫汸诗的末二句化用自《女挐圹铭》"死于商南层峰驿,即瘗道南山下"而来,由此将王稚登葬亡女于剑池与韩愈葬女挐于南山下相串联。这种跨文类的共性,也是明清文人为幼孩撰写墓志时的情感共鸣。对此,明人唐锦在《龙江梦余录》交代他为亡子唐俨撰写墓志铭的缘由时,作过一番梳理:

> 予仲子俨六岁而夭,予怜其风骨之奇而摧折之遽也,为之铭而葬之。或疑其过,盖不达于古者耳。王衍曰:"圣人忘情,最下不及情。情之所钟,正在我辈。"且韩公有《女挐圹铭》,柳子有《下殇女子墓记》《小佷女墓记》,梅圣俞有《小女称称墓砖记》,曹思王女金瓠生十九旬而夭,行女生于季秋,终于首夏,而植皆作哀词哭之。顾予文虽不敢望于古人,而情则均也,何为不可哉?①

与前引夏良胜的说法相近,唐锦于此处针对"何为不可哉"的论述,同样是在寻求为亡子撰志的合理性,所不同的是,他不仅仅援引韩公《女挐圹铭》,还提及柳宗元《下殇女子墓砖记》《小佷女子墓砖记》、梅尧臣《小女称称砖铭》三文,且上溯至曹植《金瓠哀辞》《行女哀辞》,进而揭示这种哀情具备跨越文类的共性,以及突破古今之别的超越性。到了清代,袁翼《亡女志英圹志铭》开篇也有如下陈说:"昔女挐路亡,昌黎为之志圹;泽兰殇折,安仁因而述哀。

---

① 〔明〕唐锦《龙江梦余录》卷四,《续修四库全书》第 1122 册,第 354 页。

一仅七龄,一周四岁。甫离襁褓,遽辨灰钉。缠绵儿女之情,于邑骨肉之戚。况我志英,届及笄之年,钟咏絮之慧哉!"①将《女挈圹铭》与《泽兰哀辞》对举,来凸显"儿女之情""骨肉之戚"的古今共通性,以此获得他为小女志英撰写圹志的表达策略。

从唐锦、袁翼等人的表述中,当可看出,出于对墓志重在纪行谊、述功业的文类功能认知,明清文人为幼童撰写圹志,尤其是要将这些圹志收入文集中,时常怀有由"幼未成德"和"无它行"所带来的某种程度上的书写焦虑感,因而往往会提供一套如唐锦"予文虽不敢望于古人,而情则均也,何为不可哉"的说辞。例如明人黄汝亨《亡儿茂梧圹志》也说:"嗟儿茂梧亡矣,有志无年,无奇文瑰行足以托名笔,而念其赍志以殁,不忍令后之人无闻,于是抆泪以志。"②前文已提到,圹志与墓志的区别之一,正在于撰主的身份之别,即圹志多由亲属所撰,墓志可请托他人,这也是今天所见圹志中的一大品类乃为亡女、亡子而作的主要原因。关于这种书写的焦虑感和合理性,清人戴震撰写《戴童子圹铭并序》曾有一番陈述:

> 铭,名也。名其德行功烈,而铸器久之,墓铭犹是也。若生平无可述,书其年月名字于圹,而加以铭,防陵谷之有变迁,义不取尔也。铭戴童子圹奈何?谓是可久云尔。成之也速,

---

① 〔清〕袁翼《邃怀堂全集·骈文笺注》卷十二《亡女志英圹志铭》,《续修四库全书》第1515册,第509页。
② 〔明〕黄汝亨《寓林集》卷十五《亡儿茂梧圹志》,《续修四库全书》第1369册,第211页。

成之乎哉！童子而博闻强识，《礼》所谓君子如是也。君子者，以名夫成德者也。童子而君子，则成德目之，故铭之也。①

尽管戴震借《礼记·曲礼上》"博闻强识而让，敦善行而不怠，谓之君子"的说法②，得以将仅"十二龄而殇"之童子视为"成德"君子，但事实上，此圹铭对"博闻强识"的述说，仍在刘勰所谓"幼未成德，故誉止于察惠"的理解范围内，仅是对墓主某种品质的记述。

进一步来说，正如黄汝亨为亡子茂梧撰志是出于"不忍令后之人无闻"，戴震也指出为童子铭圹，书其年月名字，有着一般墓志铭防陵谷变迁、以求不朽的意义在内。关于哀祭文学与不死、不朽的主题，《文心雕龙·诔碑》解说诔文一体指出："大夫之材，临丧能诔。诔者，累也；累其德行，旌之不朽也。"③受古代儒家不朽观的影响，重视述德行以传于后世，是诔碑、哀祭文的重要功能。唐宋以后，碑志盛行而诔文渐衰，但树碑埋铭，同样注重记载逝者的德行功业。对于撰写圹志以抒"下流之悼"，而"生平无可述"，这就在一定程度上提升了撰志者的书写焦虑感，因而从这一层意义上来说，潘岳作哀辞、韩愈撰圹铭，就成为后世为幼弱夭亡者立传作志，以文字求其不死的范型。对此，清人李兆洛《书蠛翁亡女小传后》有一段颇具代表性的论说：

---

① 〔清〕戴震撰，汤志钧校点《戴震集》文集卷十二《戴童子圹铭并序》，上海：上海古籍出版社，1980年，第255—256页。
② 〔清〕孙希旦撰，沈啸寰、王星贤点校《礼记集解》卷三，北京：中华书局，1989年，第71页。
③ 王利器校笺《文心雕龙校证》卷三，第81页。

> 蠛翁丧其幼女小菂而甚悲,为之小传,曰将垂诸家乘。邮其稿示余曰:"愿有言也。"予惟骨肉死丧之戚,系于心髓,无问才否,谁其不悲,况明慧如小菂乎?况工愁善怨如蠛翁乎?庄生曰:"吾察其始而本无生,非徒无生而并无形,非徒无形而并无气。"此以达遣悲者也。自古慧而折者,解之者必曰"来从蕊珠,去归兜率",此以妄塞悲者也。皆不足以开蠛翁。吾闻之也:有安仁之诔词,则金鹿、泽兰至今不死;有退之之圹志,则女挐至今不死;有震川之葬志,则如兰、二二至今不死。有蠛翁之小传,则小菂将自今不死。蠛翁之悲,悲其死也;自今且不死,其又奚悲?书以复于蠛翁,其可伸眉一笑也。①

李兆洛这里所讨论的,同样涉及古代哀悼文学中幼弱早夭的主题。他所用的"不死"一词,在笔者看来,其实与上引《文心雕龙》所说的"不朽"有着细微但颇具意味的差异。至少在撰写墓志上,"不朽"的意义更重在后人对墓志主的看法,主要是围绕德行、功业的历史评价,而"不死"的意涵更多指向生命意识,包含生命认知、体验和情感等因素。这种意识往往在古人面对子女夭亡时获得强化,如韩愈《祭女挐女文》即云:"人谁不死,于汝即冤。"②李兆洛也是在这种生命意识的层面,借引潘岳的《金鹿哀辞》《泽兰哀辞》、韩愈《女挐圹铭》、归有光《女如兰圹志》《女二二圹志》来宽慰友人,认为

---

① 〔清〕李兆洛《养一斋文集》卷七《书蠛翁亡女小传后》,《续修四库全书》第1495册,第108页。
② 〔唐〕韩愈撰,马其昶校注,马茂元整理《韩昌黎文集校注》卷五《祭女挐女文》,第345页。

其所作小传也能使幼女小莼虽夭亡而可不死。如果以古代碑志文的史传和文辞两大统系来衡量,那么李兆洛的梳理,显然不同于征史纪事、褒功述德的传统历史建构一途,而是一条借助语言文字来感动人心的文学书写之路。

正是在后一条"情往会悲,文来引泣"的道路中,李兆洛提到的明人归有光,为古代墓志文的写作拓宽了境界。他为亡女所撰的《女二二圹志》曾有如下描写:

> 女二二,生之年月,戊戌戊午;其日时,又戊戌戊午。予以为奇。今年,予在光福山中,二二不见予,辄常常呼予。一日,予自山中还,见长女能抱其妹,心甚喜。及予出门,二二尚跃入予怀中也。既到山数日,日将晡,予方读《尚书》,举首忽见家奴在前,惊问曰:"有事乎?"奴不即言,第言他事。徐却立曰:"二二,今日四鼓时已死矣。"盖生三百日而死。时为嘉靖己亥三月丁酉。予既归,为棺敛,以某月日,瘗于城武公之墓阴。呜呼!予自乙未以来,多在外,吾女生既不知,而死又不及见,可哀也已!①

归有光的这篇圹志在交代了生年、生日、卒年、卒日、葬日、葬地等基本要素之外,更主要在前引吉川幸次郎所说"素材"和"描写"两方面,有着对生活细节的描绘及个人情感的抒发。如描写小女"不见予,辄常常呼予"及"尚跃入予怀中"的场景,来刻画父女之情;又

---

① 〔明〕归有光著,彭国忠、查正贤、杨焄、赵厚均校点《震川先生集》卷二十二《女二二圹志》,上海:上海人民出版社,2020年,第599页。

通过"奇""喜""惊""哀"四字，写出归有光前后的心境和情绪变化，并最终在文末以"呜呼""也已"等虚词运用强化情感表达。其中，特别是与家奴对话的叙写，用"不即言，第言他事"和"徐却立曰"数句描绘出家奴复杂的心理活动。与文人士大夫墓志铭主要记载墓主之职官、履历、行谊等内容不同，归有光所撰《女二二圹志》《女如兰圹志》《亡儿翺孙圹志》等作品，因内容有如方苞《书归震川文集后》所言"事关天属"①，故多着墨于日常生活乃至家常琐屑上，更可见流露的真情及用文字营造出的浓重的感伤氛围。

　　在墓志文程式化、公共性与个性化、私人性的两个维度间，明人归有光的独特性，就在于他将墓志的个人化倾向作了很大程度的推进，对"至情"的描写正是其中的主要表现。在给友人的书信中，归有光曾提到："儿子《圹志》，附去二通，其一与子钦。去年令读《骚》，即此时也。兼以时序相感，痛不忍言。此亦至情，尝为人所嘲笑，岂皆无人心者哉？乞勿示以人。"②可见他对"至情"的看重。就个人的情感抒发而言，从曹植的金瓠、韩愈的女挐，到有光的二二，贯穿于其间的基于生命意识的痛伤，古今共有。但归震川以"琐琐屑屑，均家常之语"③，来叙写"至情"，正是其独特之处。如钱基博所说："悼亡念存，极挚之情，而写以极淡之笔，睹物怀人，此意境人人所有，此笔妙人人所无；而所以成其为震川之文，开韩、

---

　　① 〔清〕方苞《望溪先生全集》卷五《书归震川文集后》，《清代诗文集汇编》第222册，上海：上海古籍出版社，2010年，第67页。
　　② 〔明〕归有光著，彭国忠、查正贤、杨焄、赵厚均校点《震川先生集·别集》卷二《与王子敬四首》，第954页。
　　③ 林纾《春觉斋论文》，北京：人民文学出版社，1959年，第43页。

柳、欧、苏未辟之境者也！"①这一点虽然已多为研究者所讨论，但一旦当我们再将其置于墓志文这种文体语境下，便可进一步认识震川墓志文的特殊意义，在于对某种"规范"的突破及对新趋势的推进。归有光对个人情感描写、日常生活表现的重视，不仅让他笔下的二二、如兰因文字而获得某种意义上的"不死"，也使这些悼念之作在明代文学史上熠熠生辉，成为明清墓志文展现日常性及近世性特征的重要载体。

三、察惠・细行・旧物：墓志文与明清日常生活书写

从李兆洛对潘岳、韩愈、归有光诸家作品文本脉络的串联，可看出中国古代文学中的"下流之悼"，是一个具备跨文类共性的主题。在古代哀祭、传志类文学的发展进程中，尽管归有光为后人所称道的所谓家常语的写法，在明代前中期②，乃至两宋时期即已现端倪，但如果我们将视角定位到墓志这一文类上，便可见出以归文为代表的注重日常细节描摹的笔调，使得墓志这种主要用来记述逝者姓名、字号、世系、履历、功绩的文类，随着篇幅、撰法的变化，以及墓志主身份的多样化，在明清时期成为反映日常生活、情感、心灵

---

① 钱基博《明代文学》，上海：商务印书馆，1934年，第49—50页。
② 陈建华曾举黄省曾《自述赞六首》(其一)"五龄之时，啼索三足蟾蜍。乳母揭瓶而得，绿身三足，实所希觐。母为羁缚，拂弄逾日，一宵失去"，指出对普通而琐屑之事的描写"自李梦阳以来陆续出现，且带有对人性的新认识，成为文学变革的因素，并非如一些论著所认为，是至归有光才出现的"。见陈建华《中国江浙地区十四至十七世纪社会意识与文学》，上海：学林出版社，1992年，第244页。

的材料,也为我们从文学视角下研究明清墓志留下了一定空间。

从总体上看,明代传志类文学的发展,是以个人化、日常化色彩的越发浓重为趋势,其重要表征是一般士人乃至非精英阶层的底层人物获得更多关注,他们的生活、情感世界得到更细致的表现。在归有光之后,明末清初的钱谦益也是应此趋势而出现的重要作家,他的墓志文撰写同样注重对市井、日常及生活细节的捕捉,借助回忆式的再现手法,来刻画人物和表达情感。例如他为同乡布衣何德润所撰《何仲容墓志铭》:

> 余少学举子之文,知里中有何仲容者,强学缵文,好镂版以行世。长与诸名士为文会,仲容亦与焉。余方壮盛,观仲容衰晚婆娑,笔墨击戛,揖揖然取次争长,颇目笑之。久之,仲容以穷死。闻其人内行修整,不苟取予,悔向者之意轻之也。仲容讳德润,为常熟甲族。父讳镎,通内典,工小楷,修布衣长者之行。仲容沿袭素风,食贫自守,泊如也。性好洁,焚香布席,书帙井井,邻富翁欲并其居,倍价以请,仲容固不可,乃为高楼下瞰,食罴,载骨杂掷,屋瓦飒拉,积不能堪。一夕自徙去,僦居荒郊外,忽忽不得意以死。其卒以天启二年十一月,年五十四。娶秦氏。生子五人:述禹、述稷、述契、述皋、云。女四人。葬宜家村之先茔。云,吾徒也,既葬,来乞铭。铭曰:
>
> 土一棺,坟四尺。儒衣冠,载营魄。草茫茫,风萧然,读书声,林木间。①

---

① 〔清〕钱谦益著,〔清〕钱曾笺注,钱仲联标校《牧斋初学集》卷五十五《何仲容墓志铭》,上海:上海古籍出版社,2009年,第1386—1387页。

在这篇写于既葬之后的墓志铭中,钱谦益将书写重心落了在对何仲容居贫自守、性好修整的形象刻画上。就写法而言,除交代姓字、族出、妻子、卒日、葬地等墓志文基本要素外,钱谦益在开篇以回忆性文字表露自己曾轻笑仲容的懊悔,在中段交代亡故之缘由时,描述了仲容"书帙井井"与邻翁杂掷藏骨、堆积屋瓦的生活情状之对比,皆意在从侧面表现墓主人的品性。此外,如《外庶王母陈氏夫人圹铭》也有对少时经历的回忆:"先君时被酒叫呶,夫人抱儿匿空屋,严寒手不敢战,恐贼风感冒儿也。谦益长而夜读,夫人辟绩易数钱置果食,王母下夫人间赐糕饼,案头累累然与笔墨杂贮。谦益目属之,虽欠伸不敢寝。谦益举于乡,夫人病,喜而少间,旬日卒。"①诸如此类,都是对日常生活情境的记录。

在钱谦益的诸多墓志文中,他为亡子寿耇所撰《亡儿寿耇圹志》,是其中颇显日常性书写和细节化处理的样本。例如文中记述"儿幼不能从,每啼呼索余,辄往余读书阁中,指窗棂而号。诸母群譬解之,乃止"及"余锢门扃户,块处一室,若颂系然。儿扶床绕膝,不肯跬步离余"②,来衬写"余之于儿,如形之有影"的亲子之情。在交代了寿耇亡故、寿年等信息后,钱谦益加入了一段回忆性叙写:

> 儿甫剪发能坐立,岳岳如成人。僮仆见之,不敢欹视戏

---

① 〔清〕钱谦益著,〔清〕钱曾笺注,钱仲联标校《牧斋初学集》卷七十四《外庶王母陈氏夫人圹铭》,第 1642 页。
② 〔清〕钱谦益著,〔清〕钱曾笺注,钱仲联标校《牧斋初学集》卷七十四《亡儿寿耇圹志》,第 1643 页。

言。虽童稚能藐大人,遇余执友,若程孟阳、李长蘅辈,拱手侧立,未尝失子弟之礼。岁时入影堂,见先世画像,必肃拜致敬,指问某祖某妣,依依不忍去。尤好礼佛及僧,胡跪膜拜,俨若夙习。不好戏弄,每见古书名画,摩挲翻阅,至夺之不肯舍。孟阳酒间淋漓戏墨,儿得一纸,辄藏去,时效之,书窗浣壁。华亭董尚书过余,儿出扇牵衣索画,尚书欣然点笔,儿注视不暂舍,尚书笑曰:"儿欲窃吾画法耶?"余有古圆砚,儿爱玩之,一日问砚安在?王氏妾曰:"汝父苦贫,已鬻之矣。"儿转面向壁,凄然泣下,余亦为泣下。呜呼!令早知儿宝砚如此,即千金弗忍割也。①

在这几段回忆中,钱谦益着重表现了小儿宛若成人的行为举止,以及对笔砚字画的喜爱,同样可视为是对人物品性的刻画。在这方面,相比于前引《金鹿哀辞》"朗心聪警"、《泽兰哀辞》"聪慧日新"及《女月仙圹铭》"聪明孝弟如十五六许人"的概括式形容,钱谦益通过几处细节的把握将人物表现得更加鲜活:酒席间得程嘉燧一幅字,偷藏起来时时摹写;扯着董其昌的衣袖请他画扇面,看得入迷;喜爱把玩古砚,得知被其父卖掉后伤心不已。这三件事的书写处理,由往昔的欢快回忆转向浓重的感伤氛围,特别是对古砚的书写,深切的自责和懊悔感被凝结在一个寻常物件上,而成为令钱谦益难以忘怀的记忆。

从钱谦益的这篇圹志,可以看到明清墓志文反映日常生活的几个典型层面,可以概括为察惠、细行、旧物。关于察惠,这是墓主

---

① 〔清〕钱谦益著,〔清〕钱曾笺注,钱仲联标校《牧斋初学集》卷七十四《亡儿寿耇圹志》,第1643—1644页。

"幼未成德"或"生平无可述"的墓志中较为常见的要素。例如明代何景明为其侄儿、侄女所撰的墓志，重点讲述他们的性格、品行，《侄渭女圹砖铭》有如下描述："女幽秀警敏，质若弗任衣，且少言语，日扃阁事，纫绣剪缕，未尝从群女戏。"①《侄岳州圹志》则说："生而白晳，颅角棱起，能言。后闻人读书，即默记之，诵数百字不忘。对客揖让，若成人者也。"②通过能默记、诵读以及懂得待客礼节，来形容四龄而夭的侄儿有着"若成人者"的品质。

明清墓志文对墓主性情、品行的刻画，通常会如钱谦益的处理手法，选取生活日常为素材，通过对细行琐事的描写和言语的转述来实现形象的具体化。尤其是对墓主所言所讲的记述，往往能提升墓志文的叙事性。例如明人毛宪的《亡妻陆孺人圹记》："予每读书至夜分，必绩纺相守。进食必亲不息。予屡举不第，颇以不及禄养为忧。曰：'富贵，命也，使菽水能尽欢，何必禄养为哉？'其有识类此。"③除记述妻子平日纺绩伴读外，又录其宽慰之语。再如明人叶向高的《亡女圹志》：

> 返棹至白沙，余往游雪峰，女与家人先归。余后五六日去家一舍，闻女死矣。余惊悼欲绝，询余室，则谓女在白沙已有病，第戒家人："勿令父知，父方乐游，恐以我萦念也。"而余妾

---

① 〔明〕何景明《何氏集》卷二十五《侄渭女圹砖铭》，《明别集丛刊·第二辑》第16册，合肥：黄山书社，2013年，第552页。
② 〔明〕何景明《何氏集》卷二十五《侄岳州圹志》，《明别集丛刊·第二辑》第16册，第553页。
③ 〔明〕毛宪《古庵王先生文集》卷八《亡妻陆孺人圹记》，《明别集丛刊·第一辑》第86册，第263页。

又言女归即沉笃,日握妾手与语,谓病必不起,又太息曰:"吾父不归,吾殆不至此。"呜呼,伤哉! 女聪慧有至性,或时戏弄,余戒之即止。余室或与妾有违言,女辄譬晓其母,且深以为非。有饼饵果实佳者,辄藏以遗妾。其死也,余妾哭之甚于其母。即余不德,殇子女多矣,未有如哭女之甚者也。①

在这段志文中,叶向高着重表现了亡女叶江的聪慧有志性。通过染疾时"勿令父知"的言语转述,有佳果"藏以遗妾"的往昔回忆,以及病亡后"余妾哭之甚于其母"的侧面描写,对小女的品性进行了立体塑造,也提升了整篇志文的感伤基调。

如前所述,对于有着照顾和呵护责任的亲长而言,子女的亡故,特别是幼弱的夭折,往往会引发他们"信吾罪之所招"或"即余不德"的自责感。但与韩愈被贬和程敏政遭劾的政治事件不同,钱谦益的鹦砚、叶向高的远游,引发他们痛悔和罪咎感的,恰恰只是生活中的一样"旧物"或一件往事。这折射的其实是明清墓志文注重生活细节描写的某种近世性特征。例如前揭夏良胜《女进第圹铭》,他在文中对小女聪慧的描写,也落实到读书认字的生活细节:"偶欲读书,数日识百余字,乱帙中能自指。且知增减笔法,若'天'为'夫','出'为'山'之类。或误指'焉'为'马','阵'为'陈',亦不失形象。不知挈之慧有此否也。"②再如清人彭绩《亡妻龚氏圹铭》

---

① 〔明〕叶向高《苍霞草》卷十六《亡女圹志》,《四库全书禁毁书丛刊》集部第 124 册,北京:北京出版社,1999 年,第 409—410 页。
② 〔明〕夏良胜《东洲初稿》卷五《女进第圹铭》,《景印文渊阁四库全书》第 1269 册,第 797 页。

写龚氏亡故后自己的生活状态:"于是彭绩得知柴米价,持门户,不能专精读书,期年发数茎白矣。"①看似平常,实则从柴米油盐之生活寻常处迸发出哀痛感人的情绪。此外,如钱谦益对古圆砚的回忆,通过旧物来牵连往事,建立回忆者和被追忆者之间的联系,也是明清墓志文个人化书写的特征之一。晚清陈澧《女雅圹志》:"余有小铜印,雅爱玩弄之,执印纽曰:狮子。今纳其棺中,埋之茶坑祖墓之前山。"②便是借助小铜印这一物件来寄托哀思。尽管这类描写通常都较为简略,但恰恰是此类人人皆可想见,或也有经历的生活情节,更能写出真切的情感而引人触动。

以上所举几篇墓志,其施用对象大都仍在幼弱、卑者的"下流"范畴内,事实上这种将"旧物"作为素材的写法并不局限于这类圹志中,为此,不妨再举文人墓志铭来作说明。另一位晚清文人李慈铭在为其友人陈骥撰写的《陈德夫墓志铭》中,也通过旧时的书札来记述两人的相识交往和真挚友情:

> 癸亥以后,君过予益数。时予馆商城周文勤公邸中,君寓其戚熊比部宅,相去不二里。两人者风雨霜雪,时策蹇车,或步行相过从,僮仆朝夕持书牍奔走。君言一日不见予,则思或以事故;间日不相闻,予亦忽忽若有所失。尝窃讶其异于畴曩,而孰知死丧哭泣,迫于俄顷;言笑宴宴,一瞬九原。盖至君卒后,而予理君手札多至千百函,其在此两年中者又十之八

---

① 〔清〕彭绩《秋士先生遗集》卷六《亡妻龚氏圹铭》,清光绪七年(1881)刻本,第3a页。
② 〔清〕陈澧《东塾集》卷六《女雅圹志》,《清代诗文集汇编》第637册,第258页。

九,大率问字质疑,至情恨恨,不可卒读。予为流涕,缄而藏之。盖至赌之未尝不盠然伤也。①

李慈铭与陈骥两人性情相投,遭际相仿,皆以赀郎而见弃于世,又都家道中落,故相约归乡读书。两人多有书信往来,因而在陈骥亡故后,留在李慈铭那里的手札书牍,便成为他悉心整理而又不忍卒读的旧物。正是这些旧物,凝结了两人往昔论学切磋的回忆和互相挂怀之"至情"。由此可以说,无论是抒写亲情的一类圹志,还是如李慈铭所写的反映文人交谊的墓志铭,在明清时期,都在不同程度上被理解为一种与日常生活相贴近的文本。在此趋势中,那些微不足道却能勾起往事的旧物,看似寻常但能起触动的细节,成为撰者笔下的重要素材,这构成墓志文在明清时期日常性的重要表征,并与那些记功述德、更具"史传性"的墓志拉开一定距离,进而形成富有意味的文学性张力。

最后需要指出的是,李慈铭《陈德夫墓志铭》对友人生平的记述,固然可以结合墓志开篇所言"自国家以绳墨资格取天下士,士之魁桀岸异者,概不得自见"②,而做一番针对当时科场文化、学术风气的历史解读③。同样地,钱谦益《亡儿寿耇圹志》中关于鹦砚的描写,也可以围绕牧斋在当时的处境,结合明末政局,展开更宏

---

① 〔清〕李慈铭著,刘再华点校《越缦堂诗文集·越缦堂文集》卷九《陈德夫墓志铭》,上海:上海古籍出版社,2012年,第961页。
② 同上书,第959页。
③ 这方面的讨论可参见蔡长林《长日将尽 典型夙昔——李慈铭学术批评中所见的乾嘉情怀及其意义》,《人文中国学报》第20期,上海:上海古籍出版社,2014年,第123—124页。

阔的讨论。事实上,在那篇圹志中,钱谦益的叙述确实以时局为背景而展开:

> 儿每戏笑曰:"我必作状元。"一日忽语余:"爹知我乎?我钱福也。"自是辄自呼钱福,岁余乃已。家人咸异之。余既罢归,犹惴惴惧不免。每自念:即死,儿他日成立,犹可奉吾母。时时摩其顶而未忍言也。丙寅之三月,缇骑四出,警报日数至,家人环守号泣。儿忽告余曰:"爹勿恐,爹勿恐,明年即朝皇帝矣。"遂为执笏叩头呼万岁状。又曰:"爹所朝非今皇帝,乃新皇帝也。新皇帝好,新皇帝大好。"言之再四,余愕问何以知之?儿曰:"影堂中诸公公冠服列坐楼下,教我为爹言如是。僮应索绚坐槛上,我叱起之。"询之僮应,果然。呜呼异哉!是年七八月,稍解严。①

天启五年(1625),"阉党"大肆迫害东林党人。作为东林党的重要人物,钱谦益被削籍归家,仍心存恐惧,认为自己难免此劫。正因为隐约贯穿其间的这些内容,这篇圹志也已进入学者的视野而成为研究明末党争、明清易代及士人心态的材料。② 不过在笔者看来,在进行文本提取和材料分析的同时,仍不应消解这些文本所处的文体语境。当我们从墓志文的功能、规范等方面切入,或许

---

① 〔清〕钱谦益著,〔清〕钱曾笺注,钱仲联标校《牧斋初学集》卷七十四《亡儿寿耇圹志》,第1644页。
② 相关研究参见张永刚《明末清初党争视阈下的钱谦益文学研究》,南京:凤凰出版社,2012年,第147页;白一瑾《清初贰臣士人心态与文学研究》,天津:天津人民出版社,2010年,第114页。

可以看到科场、党争、易代等社会政治以外的更多内容,能让我们把考察的目光从李慈铭的学术批评转移到他和友人的生活日常和情感上,也可以将视角从钱谦益这位受人瞩目的重要作家,转移到钱寿耇这样一个早夭的孩童以及两人的亲子关系上。这指向的,是一个摆脱传统历史建构、打破唯知识精英视域,而回归一般生活、普遍情感的文学世界。如历史学家理查德·埃文斯(Richard J. Evans)指出近年历史研究者对"个人"尤其是对卑者书写的青睐:"历史学家开始再次写人,特别是卑微的人、普通的人、默默无名的人,以及历史变迁中的输家与旁观者。"①明清墓志文中的这股接引"下流之悼"及韩愈以来文学书写传统的潜流,或许能让那些沉积于历史长河中的琐碎文本,在与宏大叙事拉开距离的同时,通过反映人的心灵、情感及日常生活而获得更具温度的研究。

四、结　　语

以上概述了明清墓志文中日常生活、情感及表现这些内容的写作手法。尽管选取的考察对象基本收束在圹志这一类型上,但也足以让我们窥探到,在明清两代文化发展、审美演变的大趋势中,墓志文这种多被视为"最宜谨严"的文类②,明显地呈现出个人

---

① [英]理查德·埃文斯《前言:今日,何谓历史?》,载[英]戴维·康纳丁编,梁永安译《今日,何谓历史? 开创性的历史学研究方向》,台北:立绪文化事业出版社,2008年,第37页。
② 〔元〕陶宗仪《南村辍耕录》:"神道碑揭于外,行文梢可加评,埋义圹记,最宜谨严,铭字从金,一字不泛用。"见李梦生校点《南村辍耕录》卷九"文章宗旨"条,上海:上海古籍出版社,2012年,第100页。

化及日常化书写的特征。进一步来说，中国古典文学的叙事传统向来有这着追忆的主题，到了明清时期，这一主题进入原本与"史传相为出入"的墓志文中，其中反映生活细节、表达情感瞬间的内容，又与传统史学主要关注的政治、社会、军事等大事件迥然不同，它们既构成传志类文学近世性的某些层面，也是我们细窥古人日常生活史的一个窗口。

近年来，生活史的研究取径逐渐获得古典文学研究界的关注[①]，但总体上，与本文指出古人为幼弱或"下流"之辈撰志而常常怀有的书写焦虑相似，学者在面对这些琐细的历史碎片或不起眼的边角料时，难免也会产生某种学术研究的焦虑感。这种焦虑感，很大程度来自我们对传统文学史研究模式的固有认知，即要求以宏大的历史叙事为考察脉络，以精英、经典及重要的思想观念为关注重点。明清两代自然不乏文人精英和文学经典，但所谓的"多元化""碎片化"和"去中心化"，同样是这一时段的重要标签。在此意义上，站在明清研究的维度，我们更应该开放地将文学理解为人类生活、心灵之普遍意义的表达方式，从而对明清时期大量的"平凡""琐碎"和"边缘"，展开更有意义的讨论。

（原载《中华文史论丛》2023 年第 2 期）

---

① 参见张剑《日常生活史与中国古典文学研究》，《苏州大学学报（哲学社会科学版）》2018 年第 1 期。

古代堪舆术与明清文学批评

作为中国古代地理学知识谱系的一支,堪舆术在注重丧葬礼仪与习俗的传统社会产生了深远的影响。其中的一些概念、用语,不仅成为人们日用而不知的知识表述,甚至通过一种引譬连类的方式被运用于文学、绘画的理论阐说。如人们常用的"来龙去脉",本是堪舆用语,用来形容地理从发脉到结穴的联络过程。明人吾丘瑞所撰传奇《运甓记》第三十出"牛眠指穴",谓"来龙去脉,靠岭朝山,种种合格,乃大富贵之地"①,或是目前可见最早的一个用例。清初黄图珌谈论相地术,也说地理之妙在于"来龙去脉,远近相接,隐显合宜,根源不断,向背自如"②。在文学批评中,钱谦益评价杜甫绝句曾有类似的表述,所谓"敦厚隽永,来龙远而结脉深之若是也"③,是以地理比附诗法。至于后来刘熙载论律诗认为"中二联必分宽紧远近,人皆知之;惟不省其来龙去脉,则宽紧远近为妄施矣"④,周广业论文指出认题须"虚实轻重,不爽锱铢,来龙

---

① 〔明〕吾丘瑞《运甓记》,〔明〕毛晋编《六十种曲》第6册,北京:中华书局,1958年,第48页。
② 〔清〕黄图珌《看山阁集·闲笔》卷八"妙在天然"条,《清代诗文集汇编》第288册,上海:上海古籍出版社,2010年,第497页。
③ 〔清〕钱谦益著,〔清〕钱曾笺注,钱仲联标校《牧斋初学集》卷一百八《读杜小笺下》,上海:上海古籍出版社,2009年,第2180页。
④ 〔清〕刘熙载《艺概》卷二,上海:上海古籍出版社,1978年,第74页。

去脉,审之又审,然后有落笔处"①,此二处所用,实可视为一种具备了独立意涵指称的专用术语。由此提示我们,在文学艺术甚至日常生活中习以为常的一类用语,往往隐含着易被忽视的知识背景及特定的思维逻辑。

以地理类比文体,是古代文学批评中常见的一种表述手法,但以堪舆术所代表的地理术数知识作为比照对象,则是元明以后才有的现象。如晚近学者林纾曾论文章筋脉云:"鄙意不相连者,正其脉连也。水之沮洳,行于地者,其来也必有源。山之绵亘,初若断平地,然其起伏若宾主之朝揖,正所谓不连之连。故堪舆之家,恒别山脉之所自来,正不能以山之断处,遽指为脉断也。行文之道,亦不能不重筋脉。"②批评家正是抓住地理规律与行文法则之间的相似性来展开论述。基于这种相似性的引譬连类,不仅是古人认知世界的独特方式,也是古代文论的重要传统。堪舆学说正是以此为通道最初在元明之际浸入到文章学,并在明清时期扩展至诗歌、戏曲与小说等众文体理论,同时促成诸如脱卸、急脉缓受、草蛇灰线等批评术语的定型。虽然已有学者对这种堪舆术语运用于文论的现象作了讨论,但集中于小说技法层面③,对于其中的知识流变及其与文学批评的诸多关联还未予以足够重视。本文希望

---

① 〔清〕周广业《蓬庐文钞》卷八《复初书院条约》,《续修四库全书》第1449册,上海:上海古籍出版社,2003年,第605页。
② 林纾《春觉斋论文》,北京:人民文学出版社,1959年,第80页。
③ 杨志平《论堪舆理论对古代小说技法论之影响》(《海南大学学报(人文社会科学版)》2009年第6期)一文,于此用力最多。谭帆《中国古代小说文体文法术语考释》(上海:上海古籍出版社,2013年)亦有涉及。陈才训《文章学视野下的明清小说评点》(《求是学刊》2010年第2期)虽指出"急脉缓受""草蛇灰线"等术语源自明清文章学,但所论仍侧重于小说技法。

在梳理近世堪舆术知识化进程的基础上，考察它如何作为一种边缘知识而成为文人用以批评书写的内在逻辑，进而去揭示与此相关的古典文学的重要原理。

一、堪舆术的知识化进程及其对文学批评的浸入

堪舆属中国古代术数之一，是一项通过分析地理形势来择定宅居和冢墓基址的选择术，因发展过程中引入祸福趋避、生克吉凶等因素，被附上了一层非理性的神秘主义色彩，而与历数、占候等共同构成古人处理天人与人地关系的认知系统。就古代文人的知识体系而言，若按传统四部分类，士人阶层的核心学识构成当以经史与辞章之学为主。尽管自宋代以来随着书籍文化的普及，文人能接触到的知识已相当广博，但子部的一些门类，如从属于术数的堪舆，仍是颇为边缘的一类学问。因此，针对堪舆术与文学批评二者的关联，至少有两个问题需要解答：一是堪舆术的寻龙点穴之说，为何会作为一种知识资源影响到文学批评的写作；二是这种影响从何时开始，又如何逐渐促成相关批评术语的定型。

目前所见最早明确以堪舆类比文章的，是元明之际的宋禧。但要说明的是，在宋禧之前，署元人范梈所撰诗法《木天禁语》，于"五言长古篇法"中就使用了"过脉"这样一个在明清诗文与小说评点中常见的用语。该词也被用于相地寻龙，如堪舆文献《管氏指蒙》第六十目专论"过脉散气"，《葬法倒杖》也有所谓"草蛇灰线，过

脉分明"的说法①。只是《木天禁语》对过脉的解释,指出"过句名为血脉,引过此次段"②,尚不足以表明其直接受到堪舆术语的影响。而宋禧在撰于明洪武五年(1372)的《文章绪论》中,明确指出是以地理家之法来比附文章家之法:

> 文章变化之妙,固不易识,试以地理之法明之,则有吻合者。盖大地之结穴者,有发将,有来龙,有过峡,有脱卸,有到头,有护送,有朝乐,龙穴沙水,种种有情,然后为善地矣。文章家得此法者,方是作手。然地理家虽有法可言,而未尝有一定之法,是故其书有十二到头、三十六穴法之说。观其图书,甚有妙理存乎其间。作文者得此妙理,则千变万化,无不与之吻合也。再以地理言之,其中亦有起伏,有开阖,有转折,有照应,有聚精会神处,此即文章家之法。③

宋禧认为堪舆学说甚有妙理,可资作文,其中如结穴、脱卸、起伏、转折之类,既是地理家择取"善地"须考察的因素,也是文章家作文应留心的关捩。宋禧撰《文章绪论》是向门人讲授初学作文之门径,所论以明白晓畅为主,因此除援引地理外,他还以棋喻文,指出:"作文之妙,吾既以地理之法明之,其又有可明者,

---

① 旧题〔唐〕杨筠松《葬法倒杖》,《景印文渊阁四库全书》第808册,台北:台湾商务印书馆,1986年,第79页。
② 旧题〔元〕范梈《木天禁语》,张健编著《元代诗法校考》,北京:北京大学出版社,2001年,第156页。
③ 〔明〕宋禧《文章绪论》,陈广宏、龚宗杰编校《稀见明人文话二十种》上册,上海:上海古籍出版社,2016年,第6页。

莫若弈棋也。"①就譬喻机制而言，无论是地理还是弈棋，作为喻体通常是为人所熟知或习见的。因此其中暗含的背景，有必要深究的，一是堪舆术在近世的知识化及普及；二是文人对这类知识的理解，二者构成了以地理喻文体的现实基础；三是相似性，即宋禧所说地理与文法"有吻合者"，这是触发批评家引譬连类的思维方式的根本原因。

首先看堪舆术的知识化进程。从历史上看，堪舆术的知识源流是由术到学，自中古以来渐趋理论化的同时，应用范围也从秦汉时期主要面向宫宅基址，演化为唐宋以后宅居和冢墓的选择并重。这种转变，顺应了古人墓葬荫泽后代的重要观念，也使相地术在近世社会的应用日益广泛，其中的一些理论、概念成为人们日常生活中容易接触到的一类与地理学相关的知识。

堪舆之源起最早可追溯到秦汉时期，《汉书·艺文志》"术数·形法"著录《宫宅地形》二十卷，宋濂《葬书新注序》据此指出："堪舆家之术，古有之乎？《周礼》墓大夫之职，其法制甚详也，而无所谓堪舆家祸福之说。然则果起于何时乎？盖秦汉之间也。"②认为秦汉之际已有堪舆术。最初的相土之术当仅应用于相阳宅，这与古人宫宅建造重视择地的观念密切相关，如《周礼·夏官》记载专门勘察地势的土方氏，其职责是"掌土圭之法，以致日景。以土地相宅，而建邦国都鄙。以辨土宜土化之法，而

---

① 〔明〕宋禧《文章绪论》，陈广宏、龚宗杰编校《稀见明人文话二十种》上册，上海：上海古籍出版社，2016年，第6页。
② 〔明〕宋濂《宋学士文集》卷二十七《葬书新注序》，《四部丛刊》影印明正德刊本，第7a页。

授任地者"①。针对相阴宅的葬法,一般认为流行于汉代以后。从书目著录来看,如《隋书·经籍志》"历数"著录《宅吉凶论》《相宅图》《五姓墓图》,《旧唐书·经籍志》"五行类"著录《青乌子》《葬经》诸书,郑樵《通志·艺文略》"五行类"又有"宅经"与"葬书"两个小类,可见从汉代到隋唐,相墓渐已成为堪舆的重要内容。相墓之术在宋代以后得到了极大的发展。对此,元明之际的王祎曾有详论曰:

> 自近世大儒考亭朱子以及蔡氏,莫不尊信其术,以谓夺神功、回天命,致力于人力之所不及,莫此为验,是固有不可废者矣。后世之为其术者,分为二宗。一曰宗庙之法,始于关中,其源甚远,至宋王伋乃大行。其为说主于星卦,阳山阳向,阴山阴向,不相乖错。纯取五星八卦以定生克之理。其学浙间传之,而今用之者甚鲜。一曰江西之法,肇于赣人杨筠松、曾文辿,及赖大有、谢世南辈,尤精其学。其为说主于形势,原其所起,即其所止,以定位向,专指龙、穴、沙、水之相配,而他拘忌,在所不论。其学盛行于今,大江以南,无不遵之者。②

王祎所称肇始于堪舆家杨筠松等人的以龙、穴、沙、水相配而主于形势的"江西之法",在明清时期影响甚大。清人蒋超伯谈论地理也作过类似表述:"地理之说凡二宗:一宗庙之法,宋时王伋

---

① 〔清〕孙诒让《周礼正义》卷六十四,北京:中华书局,1987年,第2694—2695页。
② 〔明〕王祎《王忠文公文集》卷二十,《北京图书馆古籍珍本丛刊》第98册,北京:书目文献出版社,1998年,第366页。

传之,今世习之者甚少;一江西之法,肇于赣人杨筠松,其说主于形势,以龙、穴、沙、水为要,至今学者师之。"①四库馆臣归置子部术数类时,曾分数学、占候和五行,五行一类下细分为相宅相墓、占卜及命书相书三个小类,并指出除数学外,"其余则皆百伪一真,递相煽动。必谓古无是说,亦无是理,固儒者之迂谈;必谓今之术士能得其传,亦世俗之惑志,徒以冀福畏祸。今古同情,趋避之念一萌,方技者流遂各乘其隙以中之,故悠谬之谈,弥变弥夥耳。众志所趋,虽圣人有所弗能禁"②。这正是推动堪舆术在近世流衍不绝的社会文化因素。

王祎所说的"众志所趋"及"大江以南,无不遵之",也表明堪舆之说得以盛行,是建立在普通大众所能接受甚至理解的基础之上。一般而言,尽管相地一类的书籍内容多涉及带有神秘色彩的论说,但其表述往往并不玄奥难懂,如《四库全书总目》指出《葬书》"词意简质,犹术士通文义者所作";《天玉经内传》的旧注"词意尚属明显";《灵城精义》"诸语于彼法之中颇为近理,注文亦发挥条畅,胜他书之弇鄙,犹解文义者之所为";《催官篇》所论"实能言之成理",注解"阐发颇为详尽"③。这些因素自然有助于堪舆术士的学习以及相关知识的传递,王祎所言"其学盛行于今",与此不无关系。另一方面,从明代类书来看,堪舆术往往与舆地学连在一起,共同构成当时人们认识自然地理的一类基本知识。像万历间所刊《万用正宗不求人》卷三一"茔宅门",其下层"华夷山脉全备"的内容就包

---

① 〔清〕蒋超伯《南漘楛语》卷二"地理"条,《续修四库全书》第1161册,第301页。
② 〔清〕永瑢等《四库全书总目》卷一百八,北京:中华书局,1965年,第914页。
③ 同上书卷一百九,第921—923页。

括山脉总论、地理宗旨、山水本源及水法、龙脉、龙穴、葬法等多个方面。另外如《群书摘要士民便用一事不求人》《四民便览万书萃锦》《天下四民便览三台万用正宗》等类书,除均设"地舆门"之外,分别列有"茔葬门""堪舆门""地理门",内容包括对堪舆术的理论介绍与技术性描述。尽管这类书籍呈现的堪舆知识不一定具备权威性,但因其传播方式贴近日常生活,更易于人们了解和接受。

其次看文人士大夫对堪舆术的态度,这关乎精英阶层对这种边缘学说的理解与知识消化。这方面,四库馆臣撰写《葬书》提要所说的"遗体受荫之说,使后世惑于祸福,或稽留而不葬,或迁徙而不恒,已深为通儒所辟,然如乘生气一言,其义颇精"①,或许可代表宋代以来士人阶层对这种学说的一般看法。王祎提到大儒朱子也"尊信其术",当指朱熹曾上《山陵议状》来讨论孝宗墓地的择址,认为"近世以来,卜筮之法虽废,而择地之说犹存,士庶稍有事力之家,欲葬其先者,无不广招术士,博访名山,参互比较,择其善之尤者,然后用之"②。宋代以降,文人士大夫在也多有深信堪舆术者,即如明人季本曾说"近世士大夫多为所惑,以为有至理存焉"③,屠隆也说"堪舆家言,起自晋郭景纯,后世士大夫,无论庸昏,即俊朗有识者,亦好之"④,而李开先则自称"余素喜堪舆之学"⑤,另外像

---

① 〔清〕永瑢等《四库全书总目》卷一百八,第 921 页。
② 〔宋〕朱熹《晦庵先生朱文公文集》卷十五《山陵议状》,〔宋〕朱熹著,朱杰人、严佐之、刘永翔主编《朱子全书》第 20 册,上海:上海古籍出版社,2002 年,第 729—730 页。
③ 〔明〕季本《说理会编》卷十五"风水"条,《续修四库全书》第 939 册,第 63 页。
④ 〔明〕屠隆《栖真馆集》卷二十《天台王氏墓记》,《续修四库全书》第 1360 册,第 586 页。
⑤ 〔明〕李开先《李中麓闲居集》卷五《莱芜县志序》,《四库全书存目丛书》集部第 92 册,济南:齐鲁书社,1997 年,第 526 页。

《澹生堂藏书目》"子类·五行家·堪舆"著录有瞿佑《陈氏葬说》、徐常吉《风水辨论》、郭子章《堪舆庭训》等明代文人所撰堪舆之书，以上皆表明士人阶层对形法堪舆已有了一定的接受。

尽管也有不少文人对此存有非议，认为儒士不应涉足正统学术体系之外的风水之学，像唐顺之曾直言"支陇向背起伏、风气散聚，此堪舆家之事，儒生所不窥，故皆不书"①，汤宾尹也指出"祸福之说，儒者所宜摈不道也"，"如所称堪舆家者，其说尤迂幻不经"②。但总体上看，如前引朱熹所言，中古时期用以预决吉凶的卜筮之法，在宋代以后势头减弱，但相土择地的学说则逐渐盛行，又与丧葬的社会习俗密切相关，文人士大夫对此所持的态度其实是较为宽容的。至少有像王樵那样，虽指出堪舆家论龙脉"缪悠荒诞而不足信"，但也肯定地势之说"高下相因、脉络勾连，皆有自然之理"③。至于对这种"自然之理"的认知，他们往往会借助已掌握的既有知识进行类比。如黄佐针对堪舆术主于"凝生气"而以人体为喻，指出"水火土石，合而为地，犹血气肉骨，合而为人"④。邹元标在《庐陵县学新建文塔记》则将儒学与堪舆术进行类比，对于我们了解古代文人如何看待这类知识，是颇具代表性的例子，他说：

> 邹子未习青乌家，然窥其术，于学有可取譬焉。曰龙，龙

---

① 〔明〕唐顺之《荆川先生文集》卷十二《吴氏墓记》，《四部丛刊》影印明万历刊本，第37a页。
② 〔明〕汤宾尹《睡庵稿》卷十八《九里山汪氏新阡志铭》，《四库禁毁书丛刊》集部第63册，北京：北京出版社，1997年，第260页。
③ 〔明〕王樵《尚书日记》卷五，《景印文渊阁四库全书》第64册，第377页。
④ 〔明〕黄佐《庸言》卷十，《四库全书存目丛书》子部第9册，第665页。

者隆也,若隐若约,或见或伏,突然而一脉贯通,始可议基。吾儒自千圣至今,一脉相传流衍者,何异是? 曰堂,必蔓衍宽平,四山环抱,而后可言止。吾儒学聚、问辨、宽居、仁行,括以知止一言,何异是?①

可以说,邹元标所说的"取譬",正是那些未曾窥其门径的文人,借以了解堪舆及其相关论说的绝佳途径。实现这种取譬的关键因素,比如概念、逻辑、术语的关联性,也为堪舆浸入明清文学批评的书写提供了某种通道。

理清了上述两点,我们讨论的重点便可以落实到堪舆术与诗文理论的关联性上。就古典文学的自身发展来说,唐、宋以降,无论是诗学还是文章学,它们所呈现一大特征,便是在文体、文法学层面,探讨有关诗文体制、结构与技巧的格法类著作不断涌现。以诸如起承转合、首尾间架、开阖关键等文法论的出现为标志之一,文学在顺应科举与教育需求的同时,使其自身逐渐成为一门可供教学授受的专门学问,而越发呈现出一种知识化的特征。在具体的知识授受或理论表述中,要将抽象的文学原理具体化,以物喻文是古人常采用的方式。所谓"《易》之有象,以尽其意;《诗》之有比,以达其情"②,宋人在系统总结古代作文法则之时,已提出这种基于两个事物之间的相似性来进行表述的"取喻之法"。章学诚也曾

---

① 〔明〕邹元标《愿学集》卷五《庐陵县学新建文塔记》,《景印文渊阁四库全书》第 1294 册,第 178—179 页。
② 〔宋〕陈骙《文则》,王水照编《历代文话》第 1 册,上海:复旦大学出版社,2007年,第 146 页。

揭示古代塾师采用取譬手法来讲授时文法度,其中也提到了形法堪舆:

> 塾师讲授四书文义,谓之时文,必有法度以合程式。而法度难以空言,则往往取譬以示蒙学。拟于房室,则有所谓间架结构;拟于身体,则有所谓眉目筋节;拟于绘画,则有所谓点睛添毫;拟于形家,则有所谓来龙结穴。随时取譬,然为初学示法,亦自不得不然,无庸责也。①

堪舆学说之所以能够与文论形成这种关联,正是其中涉及地理空间结构的来龙结穴、地脉联络等说法,实与人们对于诗文技法的首尾贯通、起伏变化、语脉相连的要求互相吻合。如清人李绂《秋山论文》曰:"相冢书有云:'山,静物也,欲其动;水,动物也,欲其静。'此语妙得文家之秘。凡题中板实者,当运化得飞舞;题中散漫者,当排比得整齐。"②便是以山水的动静态势,来比照文章破题与行文的变化要求。

需要说明的是,借用山水自然之理来阐说诗文理论是古人常用的表述方式。如黄庭坚曾以古代四渎的源流作为比喻来强调习文须有宗尚:"凡作一文,皆须有宗有趣,始终关键,有开有阖,如四渎虽纳百川,或汇而为广泽,汪洋千里,要自发源注海耳。"③事实

---

① 〔清〕章学诚著,叶瑛校注《文史通义校注》,北京:中华书局,1985年,第509页。
② 〔清〕李绂《穆堂别集》卷四十四,《续修四库全书》第1422册,第615页。
③ 〔宋〕黄庭坚《黄庭坚全集·正集》卷十八《答洪驹父书》,成都:四川大学出版社,2001年,第2册,第474页。

上,如上引李绂提到的山水动静,本就是人们对地理的一般认识。宋人蔡元定《发微论》"动静篇"便是从自然常理出发来阐说堪舆术的动静理论：

> 动静者,言乎其变通也。夫概天下之理,欲向动中求静,静中求动。不欲静愈静,动愈动。古语云："水本动,欲其静；山本静,欲其动。"此达理之言也。故山以静为常,是谓无动,动则成龙矣。水以动为常,是为无静,静则结地矣。故成龙之山,必踊跃翔舞；结地之水,必湾环悠扬。若其偃硬侧勒、冲激牵射,则动不离动、静不离静,山水之不融结者也。①

但其中所说"成龙""结地""融结",则是有别于一般地理常识的堪舆话语。作为一种特殊的现象,这类话语被运用于诗文理论,是在堪舆知识普及到一定程度才会发生,目前最早见于上揭元明之际的宋禧,此后又经董其昌、金圣叹等明清批评家的推演,在扩大影响的同时,也将这种手法由诗文而入小说、戏曲,并促成一类专用的批评术语的定型。对此稍作梳理,有助于我们更真切地体会古人文学批评的思维与逻辑。

二、取譬：以龙脉喻文脉及对"脉"的另面解读

"脉"是古代文论体系中的一个重要范畴,又以中医学中描述

---

① 〔宋〕蔡元定《发微论》,《景印文渊阁四库全书》第808册,第191页。

生命体特征的"筋脉""血脉"等作为主要参照，被文论家用来形象地表达文学作品动态连续的内部特征。[①] 与脉相关的一系列衍生范畴中，"龙脉"并未引起研究者足够的关注。在明清时期，源于堪舆理论而用来指涉地理联络的龙脉，不仅是地理陈述的常用语，还被引入绘画理论[②]，甚至渗透到文学批评，是一个承载了丰富文化信息的特定概念。

如前所论，宋以来盛行的堪舆术，是主于形势的"江西之法"，认脉是这种辨形原势的相地法之关键。《管氏指蒙》"三径释微"一则即指出："世之寻龙，惟知辨形，不知原势。辨形则万端而不足，原势则三径而可殚。辨之则易，原之则难。矧三径以出乎三奇之原，有全躯之统，有分支之应，有隐伏气脉于连臂之间。"至于"形"与"势"的差异，《管氏指蒙》"形势异相"一则概括为"远近行止之不同"，"形者势之积，势者形之崇；形者势之结，势者形之从"[③]。简言之，即势远形近，势行形止，势融结为形，形发源于势，而联结二者的则是隐伏于其中的"脉"。因此，所谓辨形、原势、认脉，可以理解为是对地理动态、静态及其连续性的认识。这种认识，同样被运用于艺术、文学等领域，又与明清文论的言说体系密切相关。其中最突出的例子，便是"龙脉"与"文脉"的对应关联。

---

① 熊湘对文论范畴"脉"的探讨颇见成效，参见熊湘《古代文论范畴"脉"之衍生模式探析》，《海南大学学报》2014年第6期；熊湘《"势""脉"关系多维阐释与文论内涵》，《文学遗产》2016年第4期。

② 清代画家王原祁曾论述画论中的龙脉说，如指出："龙脉为画中气势，源头有斜有正，有浑有碎，有断有续，有隐有现，谓之体也。"见〔清〕王原祁《雨窗漫笔》，《续修四库全书》第1066册，第210页。

③ 旧题〔魏〕管辂撰，〔宋〕王伋等注，〔明〕汪尚赓补注《管氏指蒙》卷上，《续修四库全书》第1052册，第390、389页。

需要说明的是，上文提到的取譬，尤其是像黄佐那样以人体喻地理，将生命体作为喻体，其实是古人认识与言说地理的重要方式。如《管子》所说"地者，万物之本原，诸生之根菀也"，"水者，地之血气，如筋脉之通流者也"①，王充《论衡》亦云"山，犹人之有骨节；水，犹人之有血脉也"②。以"乘生气"为核心的堪舆术，同样注重对这种生命形态的表达，又以"指山为龙"为主要的陈述方式。比如集中以生命体来形容山势的敦煌文献 S.5645《司马头陀地脉诀》，以龙体喻山形曰："凡山罡形势，高处为尾，傍枝长者，近为头，实者为角，曲外为背，内为腹胸，中出为脊背者，为乳足。"③《管氏指蒙》"象物"一则也有详论："指山为龙兮，象形势之腾伏；犹《易》之'乾'兮，比刚健之阳德。虽潜见之有常，亦飞跃之可测。有脐有腹兮，以蟠以旋。有首有尾兮，以顺以逆。……神而隐迹兮，不易于露脉。"④在宋以来堪舆术的知识构成中，"指山为龙"是一种重要的概念，并派生出诸如干龙、支龙、来龙、去龙等术语，形成了一套以"寻龙"为核心的地理陈述体系。

在这一体系中，不易显露的、象征着生命体特征的龙脉，既是堪舆家寻龙点穴之要诀所在，如《撼龙经》云"龙神二字寻山脉，神是精神龙是质。莫道高山方有龙，却来平地失真踪。平地龙从高脉发，高起星峰低落穴"⑤，同时作为一种有意义的范畴而成为明清文人用以表述

---

① 黎翔凤撰，梁运华整理《管子校注》，北京：中华书局，2004 年，第 386 页。
② 黄晖《论衡校释》，北京：中华书局，1990 年，第 4 册，第 1048 页。
③ 金身佳《敦煌写本宅经葬书校注》，北京：民族出版社，2007 年，第 323 页。
④ 旧题〔魏〕管辂撰，〔宋〕王伋等注，〔明〕汪尚庚补注《管氏指蒙》卷上，第 384—385 页。
⑤ 旧题〔唐〕杨筠松《撼龙经》，《景印文渊阁四库全书》第 808 册，第 40 页。

"文脉"的主要取譬对象。就脉这个广大的文论范畴而言,它所派生的术语不同,具体的指向性也有差异。如果说以中医学知识体系中的血脉来比附文脉,侧重的是把文学作品内部结构的连贯性来对应生命体的完整性的话;那么以堪舆中的龙脉作为知识类比,基于它在地理形势中的特性,更多地被用来描述文脉的过程性和变动性。

具体来说,其一是在文学历史观层面,龙脉被明清文人用以比附更开阔的时间意义上的"文脉"。如前揭邹元标以儒学"一脉相承"来比作龙脉"一脉贯通",这种取譬的焦点,在于厘清脉络的源流和发展。最突出的例子是唐顺之与茅坤曾就历代文章的评价问题,数次互递书信。作为一种议论的技巧,茅坤在《复唐荆川司谏书》中借助堪舆家所谓"龙法"和"祖龙"来展开论述:

> 古来文章家气轴所结,各自不同。譬如堪舆家所指"龙法",均之萦折起伏,左回右顾,前拱后绕,不致冲射尖斜,斯合龙法。然其来龙之祖,及其小大力量,当自有别。窃谓马迁譬之秦中也,韩愈譬之剑阁也,而欧、曾譬之金陵、吴会也。中间神授,迥自不同,有如古人所称百二十二之异。而至于六经,则昆仑也,所谓祖龙是已。故愚窃谓今之有志于为文者,当本之六经以求其祖龙。而至于马迁,则龙之出游,所谓太行、华阴而之秦中者也。故其气息尚雄厚,其规制尚自宏远。若遽因欧、曾以为眼界,是犹金陵而览吴会,得其江山逶迤之丽,浅风乐土之便,不复思履崤、函,以窥秦中者已。①

---

① 〔明〕茅坤《茅鹿门先生文集》卷一《复唐荆川司谏书》,《续修四库全书》第 1344 册,第 461—462 页。

茅坤在此信中以龙脉源流的空间性变化为比喻，设置了一条时间性的古文价值序列。把六经比作"祖龙"昆仑，司马迁之文为秦中，韩愈之文为剑阁，欧、曾之文为金陵、吴会。茅坤认为这其中区别在于"来龙之祖"与"小大力量"，即秦汉之文祖于六经，犹如龙势自昆仑至太行、华阴、秦中，脉络贯通，气格厚重；而仅得"江山逶迤之丽，浅风乐土之便"的欧、曾文章，其格局只是金陵、吴会，不可作为师法的对象，并以此来质疑唐顺之所持的"唐之韩愈，即汉之马迁；宋之欧、曾，即唐之韩愈"的观点。对此，唐顺之同样以地理为喻作了回应，他在《答茅鹿门知县》（其一）指出茅坤"秦中、剑阁、金陵、吴会之论"，只是"以眉发相山川，而未以精神相山川"，他说："若以眉发相，则谓剑阁之不如秦中，而金陵、吴会之不如剑阁，可也。若以精神相，则宇宙间灵秀清淑环杰之气，固有秦中所不能尽而发之剑阁，剑阁所不能尽而发之金陵、吴会，金陵、吴会亦不能尽而发之遐陋僻绝之乡，至于举天下之形胜，亦不能尽而卒归之于造化者，有之矣。"①认为茅坤的观点只是从山川形势上区分天下形胜，而没有从精神上去领略。

就上述茅、唐论争的知识背景而言，须指出的是，提出堪舆"龙法"的茅坤，对于相地之术是略有研究的。在《祭亡兄少溪暨两嫂文》中，他不仅表达了对民间堪舆家"大较甲乙可否，人各异指"的不满，还提示曾自卜冢墓："即如予所自卜为寿藏者，几三十年，数以卜筑，则又数以徙，今仅获武康一区，抑自谓佳山水。"②另外便

---

① 〔明〕唐顺之《荆川先生文集》卷七《答茅鹿门知县》（其一），第8b页。
② 〔明〕茅坤《茅鹿门先生文集》卷二十七《祭亡兄少溪暨两嫂文》，《续修四库全书》第1345册，第86页。

是"祖龙"的说法,认为天下之大龙脉,以昆仑为祖,这是当时舆地学的观点。如明人魏校"地理说":"大地脉咸祖昆仑,而南、北而络最大。大河出昆仑东北墟,屈而东南至积石,始入中国。此天下大界水也。"①沈尧中《沈氏学弢》"地理·大五岳":"若论天下之大,则当以昆仑为中。""昆仑"条也说:"地理家:海内山脉皆祖昆仑。"②因此,在文论家笔下,山脉源于昆仑的说法,也往往被比附为文脉之原始。如明人王文禄《文脉》:"文之脉蕴于冲穆之密,行于法象之昭,根心之灵,宰气之机,先天无始,后天五终。譬山水焉,发源于昆仑也。"③清人王之绩亦云:"昔人以赋为古诗之流,然其体不一,而必以古为归,犹之文必以散文为归也。顾均之为古赋,而正变分焉。大抵辞赋穷工,皆以诗之风雅颂、赋比兴之义为宗。此如山之祖昆仑,黄河之水天上来也。"④同样是以众山祖于昆仑来论诗文之源流宗尚。

从茅坤的表述来看,以龙脉喻文脉的取譬机制,是地理家讲求龙脉的导源之正,与文章家追求的取法乎上相对应。此后如董其昌《画禅室随笔·评文》也曾以地理之"正龙"来比作文章之"真血脉",曰:"吾尝谓成、弘大家与王、唐诸公辈,假令今日而在,必不为当日之文。第其一种真血脉,如堪舆家所为'正龙',有不随时受变者,其奇取之于机,其正取之于理,其致取之于情,其实取之于事,其

---

① 〔明〕魏校《庄渠遗书》卷五"地理说"条,《景印文渊阁四库全书》第1267册,第802页。
② 〔明〕沈尧中《沈氏学弢》卷二"地理·大五岳"条,《四库全书存目丛书》子部第131册,第430、432页。
③ 〔明〕王文禄《文脉》,《历代文话》第2册,第1690页。
④ 〔清〕王之绩《铁立文起》卷九,《续修四库全书》第1714册,第319页。

藻取之于辞。"①并进一步指出文章之机、理、情、事、辞,本于六经及《文选》《左传》《史记》等典籍,以此表达了他对诗文复古而流于模拟剽窃之风的反对。钱谦益在评价宗法七子派的王象春时,也用了类似的表述方式:

> 季木于诗文,傲睨辈流,无所推逊,独心折于文天瑞。两人学问皆以近代为宗。天瑞赠诗曰:"元美吾兼爱,空同尔独师。"其大略也。岁庚申,以哭临集西阙门下,相与抵掌论文,余为极论近代诗文之流弊,因切规之曰:"二兄读古人之书,而学今人之学,胸中安身立命,毕竟以今人为本根,以古人为枝叶,窾白一成,藏识日固,并所读古人之书胥化为今人之俗学而已矣。譬之堪舆家,寻龙捉穴,必有发脉处。二兄之论诗文,从古人何者发脉乎?抑亦但从空同、元美发脉乎?"②

钱谦益在这里提到的"发脉",正是前引宋禧所称大地结穴之发将,即来龙之源。作为一种类比,堪舆术的发脉与诗文的宗尚,形成了某种可以契合的联系,这是龙脉之所以能够被用以比附文脉的因素之一。

其二是在文学结构论层面,龙脉被用以比作文学作品内部文本性的文脉。相对来说,这种取譬的类型较为常见。如钱谦益在《再答苍略书》就使用了"龙脉历然"来形容班、马文章的整体性和

---

① 〔明〕董其昌《画禅室随笔》卷三,清康熙间长洲杨氏刊本,第18a页。
② 〔清〕钱谦益《列朝诗集小传》丁集下"王考功象春"条,上海:上海古籍出版社,1983年,第653页。

连贯性:"读班、马之书,辨论其同异,当知其大段落、大关键,来龙何处,结局何处,手中有手,眼中有眼,一字一句,龙脉历然。"①陈继儒也曾以"地脉"喻文:"夫文章如地脉,大势飞跃,沙交水织,然其融结之极,妙在到头一窍。"②借地脉融结来形容行文缴结之妙。前引宋禧所论,也是将千变万化的龙脉及其发将、来龙、过峡、脱卸等态势走向,比作文章体势,认为行文须讲究起伏开阖、转折照应等变化,并最终达至结穴,也就是地理家所谓的善地。

与生命体的筋脉、血脉相比,龙脉更强调蕴于连贯性中的变动性,如茅坤所说的"萦折起伏,左回右顾,前拱后绕",这种山脉地势的形态也符合古人对行文流转的要求。宋禧在讨论古义叙事时,便强调这种"宛转活动之妙",并极力称赏韩愈的文章:

> 韩子《送廖道士序》极宜熟玩,其文不满三百字,而局量弘大,气脉深长。至其精神会聚处,又极周密、无阙漏。观此篇作法,正与地理家所说"大地"者相似。其起头一句,气势甚大,自此以往,节节有起伏,有开合,有脱卸,有统摄。及其龙尽结穴,其出面之地无多子。考其发端,则来历甚远。中间不知多少转折变化,然后至此极处会结,更无走作。然此序末后却有一二句转动打散,此又似地理所谓"余气"者是也。③

---

① 〔清〕钱谦益著,〔清〕钱曾笺注,钱仲联标校《牧斋有学集》卷三十八《再答苍略书》,上海·上海古籍出版社,1998年,第1040页。
② 〔明〕陈继儒《陈眉公集》卷七《盛明小题选序》,《续修四库全书》第1380册,第98页。
③ 〔明〕宋禧《文章绪论》,《稀见明人文话二十种》上册,第7页。

宋禧从局量、气脉的角度来评价韩愈《送廖道士序》，认为该文自起头至结穴，犹如龙脉运行，气脉深长，其间又有转折变化。正因为韩文具备这些行文特征，宋禧认为其"叙事之妙，超绝古今"。这种行文的变化之妙，正是文章家主张为文须讲究布局之所在。万历间沈位讨论时文的写作，也强调文章须"常"中有"变"："文章最要相生次序，如先虚后实、先略后详，此其常也。亦有先实后虚、先详后略者，则其变也。知次布置，则文有起伏，有首尾，轻重徐疾，各得其所，观者不厌。"①指出作文须做到虚实相生，详略结合。这些反映了古人辩证思维的概念，是古典文学结构论的重要内容。

三、辩证：从"急脉缓受"看文论中的阴阳观念

在文学结构论层面，正如上文所论，古人在注重脉络连贯的同时，特别讲求章法的变化之妙。张秉直《文谈》也说："文章变化之妙，虽无定式，而可以一言括之，曰成章而已。无变化不言成章，强变化而失纪律，亦非所谓成章也。譬如群山东行，高下、偃仰、疾徐、纡直、停奔，极参差不齐之致，顾徐察其条理、脉络，井然不乱，斐然而可观也。惟水亦然。"②所谓"井然不乱"与"参差不齐"，也正是前引沈位所说文脉的"常"与"变"。至于章法之变，文论家多认为需要通过如张秉直所提到的高下、偃仰、疾徐、纡直等辩证对立的二元范畴来实现。

---

① 〔明〕袁黄《游艺塾续文规》卷二，《续修四库全书》第1718册，第177页。
② 〔清〕张秉直《文谈》，王水照编《历代文话》第5册，第5086页。

这种辩证观又与堪舆学中的阴阳观存在一种逻辑上的对应关系。堪舆术的兴起，本身就与阴阳五行关系密切，《四库全书总目》子部术数类小序称："术数之兴，多在秦汉以后，要其旨不出乎阴阳五行、生克制化，实皆《易》之支流，傅以杂说耳。"①蔡元定《发微论》曾对堪舆术中的辩证之法多有发挥，即四库馆臣所说，此书"大旨主于地道一刚一柔，以明动静、观聚散、审向背、观雌雄、辨强弱、分顺逆、识生死、察微著、究分合、别浮沉、定浅深、正饶减、详趋避"②。古人对山川地理的认知，往往通过一种朴素的辩证逻辑加以审察，正如蔡氏所言："地理之要，莫尚于刚柔。刚柔者，言乎其体质也。"③清人李兆洛《赵地山地学源流序》也指出："地据质而仪天，山川原隰，曲直起伏，有脉络条缕以绾贯于其中，如人之四肢百骸，浑然块然，而气之流行分布，自有径隧。即所见以求其理，而阴阳、向背、开合、行止、动静、盛衰、生死之变效焉。"④其中开合、行止、动静等正反对立的概念，实则共同构成了堪舆学中的阴阳系统。

明清文论对这种辩证逻辑的重视，当然与文法理论自宋元以来的深入发展密切相关，另一个不可忽视的因素，就是在时文领域，人们对八股文股法的重视及细密研讨。对于股法，明人多强调虚实相生、浅深相贯来实现错综成文，以避免合掌之病。如晚明武之望论股法，即主张虚实、浅深相贯："文字两比相对，易于合掌，语

---

① 〔清〕永瑢等《四库全书总目》卷一百八，第914页。
② 同上书卷一白九，第923页。
③ 〔宋〕蔡元定《发微论》，《景印文渊阁四库全书》第808册，第190页。
④ 〔清〕李兆洛《养一斋文集》卷三《赵地山地学源流序》，《续修四库全书》第1495册，第45页。

意须有虚实、浅深相贯如一股为佳。"①由于这种辩证对立的逻辑与堪舆论说相合,因此作为一种表述策略,明人便借用堪舆理论来阐说八股文法。其中值得关注的是八股名家董其昌提出的"急脉缓受"法。

董其昌《论文宗旨》,又名《九字诀》,总结了时文写作技艺的"宾""转""反""斡"等九字法,在当时影响很大。就内容来说,贯串《论文宗旨》核心思路的正是一种阴阳辩证的文论观。如"宾"字诀即主张宾主互用:"《诗》则赋为主,比、兴为宾;《易》则羲画为主,六爻皆宾也。以时文论,题目为主,文章为宾;实讲为主,虚讲为宾。两股中或一股宾,一股主;一股中或一句宾,一句主;一句中或一二字宾,一二字主。明暗相参,生杀互用,文之妙也。"②至于其余几种字诀,如"转""反"等也都强调文势的错综变化。在"脱"字诀中,董其昌援引堪舆学说,提出了"急脉缓受"的文法论:

> 脱者,脱卸之意。凡山水融结,必于脱卸之后,谓分支擘脉,一起一伏,于散乱节脉中,直脱至平夷藏聚处,乃是绝佳风水。故青乌家专重脱卸,所谓急脉缓受,缓脉急受。文章亦然,势缓处须急做,不令扯长冷淡;势急处须缓做,务令迂徐曲折。③

---

① 〔明〕武之望《重订举业卮言》卷下,明万历二十七年(1599)刻本,第34b页。
② 〔明〕董其昌《论文宗旨》,清康熙二十年(1681)吴郡圣业堂书坊刻本,第1b—2a页。
③ 同上书,第10b—11a页。

所谓"青乌家",即古代相地者的别称,而作为堪舆术语的"脱卸",也与龙脉运行相关。对此,不妨引明代堪舆家徐善继与其弟善述所著《图注地理人子须知》"论龙过峡"条来作解说:

> 相地之法,固妙于观龙。观龙之术,尤切于审峡。峡者,龙之真情发现处也。未有龙真而无美峡,未有峡美而不结吉地。审峡之美恶,则龙脉之吉凶、融结真伪,皆可预知也,真地理家不刊之秘诀也。盖龙兴延长,必须多有跌断过峡,则气脉方真,脱卸方净,力量方全。……过峡之脉,欲其逶迤嫩巧、活动悠扬,如梭带丝,如针引线,如蜘蛛过水,如跃鱼上滩,如马迹过河,如藕断丝连,如草蛇灰线之类为美。①

"峡"是指龙脉运行经过的地势交接处,古代堪舆家认为龙脉须于此交接、跌断之处完成脱卸,方有融结,才可结得真穴,因此"审峡"也就成了堪舆家的观龙的重要手段。此文进一步补充说:"又有一等凶龙,迢迢而来,更不跌断,全无过峡,直至穴场,虽极屈曲奔走之势,然无峡则无脱卸,杀气未除。"②由此可知,"脱卸"的要义之一便是要卸去来龙的凶杀之气。

回到董其昌的"脱卸"及其"急脉缓受"的论说,"急脉"正如徐善继所说凶龙具备的"屈曲奔走之势",需要通过脱卸来减缓其气势,反过来对"缓脉"又须做好"迎送"和"夹护"而不使其势太长、太

---

① 〔明〕徐善继、徐善述《绘图地理人子须知》卷二"论龙过峡"条,《故宫藏本术数丛刊》,北京:华龄出版社,2011年,第47页。
② 同上书,第48页。

阔。就行文而言,文章过接处的脱卸,便是如果上文文势急切,那么下文则须用缓慢的文势来承接,在卸去上文急势的同时,实现行文的变换流转。反之亦然。刘元珍《从先文诀》内篇"活机"一目下也摘引上引董其昌"急脉缓受"之说,后附刘氏按语,以"题势"与"语脉"解释曰:

> 此所谓"缓急",以题势而言,如思白所引《使禹治之 节》《述而不作 节》是也。若以口气论缓急,必须体贴本题,急者还他急,缓者还他缓。苟缓急失宜,即题旨不差,而语脉已失,不啻毫厘而千里矣。思白"受脉"二字可思,要知受得来,方可论脱卸得真。①

可见时文家所追求的缓急合宜,旨在行文的语脉贯通。有关行文之缓急相接,晚明庄元臣《论学须知》也有谈到:"何谓'缓急相合'?若前面文势来的缓散,则宜急截住之;前面文势来得猛急,则宜缓缓结果他。"②所论实是与董其昌并无二致,均强调文章行文过接处的接应和转换。庄元臣也曾以山川地形为喻来谈论文章,指出行文须有变化,不可平铺直叙,曰:"凡作文字,当如山川地形,要使其有高深磊砢之势,方成大观。若使直叙事理,苟求通畅,则如陂陁平远,弥望遥遥绵亘千里,徒为荒郊瓯脱之地而已,何足寓览者之目哉?"③立论又与行文讲求"缓急相合"之变化有相通之处。另

---

① 〔明〕刘元珍《从先文诀·内篇》,明万历四十二年(1614)序刻本,第53b页。
② 〔明〕庄元臣《论学须知》,王水照编《历代文话》第3册,第2222页。
③ 〔明〕庄元臣《文诀》,王水照编《历代文话》第3册,第2289—2290页。

外如李腾芳《文字法三十五则》中的"抢""款"二法,也强调上下文字的急缓衔接,所谓"抢"法,"与'款'相对。款者,缓法也,抢者,急法也"①。此后,刘熙载《艺概·经义概》在总结时文作法时,也主张运用缓急、曲直的技巧曰:"题有题缝。题缝中笔法有四,曰:急脉缓受,缓脉急受,直脉曲受,曲脉直受。"②可见董其昌的"急脉缓受"之说,实际上代表了晚明以来文论家对行文缓急合宜的技巧追求。

从譬喻机制来说,古人以地理喻文,是着眼于文脉、文势与山川运行态势的相似处。清人邓绎《藻川堂谭艺》说:"天下之山必曲于野,天下之阜必曲于原,天下之水必曲于陆,天下之溪必曲于泽。文章之得山势者,其曲也必峻;得阜势者,其曲也必纡;得水势者,其曲也必夷;得溪势者,其曲也必幽。"③这里提到的"曲",准确地点出了文章与地理特征的相似处,即曲折变动的态势。武之望论"势"也指出:"文而得势,则能操能纵,能翕能张,颠倒纵横,任意挥霍,无不如意。行文不得势,则治理涣散,非上下不相连,即前后不相应,或能分而不能合,或能聚而不能散。"④正是强调文势具备连贯性的同时,也带有上下接应、分合聚散的变转之妙,这与堪舆理论中"龙脉"一贯而至于结穴以及于过峡处脱卸交接的特征相合。

从历史上看,有关行文"缓""急"的说法,在宋代已经出现。魏天应辑《论学绳尺》,卷首《论诀》辑录宋人论文之语,其中"林图南

---

① 〔明〕李腾芳《文字法三十五则》,《历代文话》第 3 册,第 2491 页。
② 〔清〕刘熙载《艺概》卷六,第 175 页。
③ 〔清〕邓绎《藻川堂谭艺》,《历代文话》第 7 册,第 6114 页。
④ 〔明〕武之望《重订举业卮言》卷上,第 32a 页。

论行文法"即列有"急文""缓文",此外还有"扬文""抑文","死文""生文",所称"凡欲扬,必先抑","凡欲抑,必先扬"①,强调的也是行文的曲折变化。另外值得留意的就是吕祖谦《古文关键》卷首"论作文法"也说:"文字一篇之中,须有数行齐整处,须有数行不齐整处,或缓或急,或显或晦,缓急显晦相间,使人不知其缓急显晦。常使经纬相通,有一脉过接乎其间然后可。"此后又附有行文"格制"三十一类,其中如上下、离合、聚散、前后、迟速、左后、彼我七格,同样是以一种辩证的逻辑来强调章法的"常中有变,正中有奇"②。明清的文法论述也承续着这种观点,除了上文已讨论的"急脉缓受",另外如清代赵吉士认为文章之"机",在于"势",要求缓急、抑扬、整散的相辅相成,他说:"机者,文之势也。如急来缓受,缓来急受,或欲抑而先扬,或欲扬而先抑。或前整矣,惧其板重,作数散行以疏之;或前散矣,惧其慢衍,作数整语以束之。"以此为创作要求,赵吉士认为阅读文章也须留意行文的"起承开阖、分总收放、虚实劫解、紧缓详略、凌驾脱卸、跌顿过渡、顺走倒追、来龙结穴之类"③。

　　由此我们可以看到,伴随着宋代以来人们对章法的讲求,特别是对科考应试文的技巧探索,传统文学批评领域逐渐形成了一种阴阳对立而又相辅相成的行文逻辑,并衍生出众多意涵相反的组合范畴。这种文学创作的思维方式,又与古代基于阴阳观的辩证

---

① 〔宋〕魏天应编选、〔宋〕林子长笺解《论学绳尺》卷首《论诀》,《景印文渊阁四库全书》第1358册,第79—80页。
② 〔宋〕吕祖谦《古文关键·看古文要法》,王水照编《历代文话》第1册,第236—237页。
③ 〔清〕赵吉士《万青阁文训》,王水照编《历代文话》第4册,第3313、3316页。

逻辑联系密切。比如方以智认为"《易》之参两错综，全以反对颠推而藏其不测"，借此可以领悟"文章之开阖、主宾、曲直、尽变，手眼之予夺、抑扬、敲唱双行"①。刘大櫆也强调"文贵参差"，认为"天之生物，无一无偶，而无一齐者"，此后又罗列了诸如巧拙、利钝、柔硬、肥瘦、浓淡、艳朴、松坚、轻重、秀令与苍莽、偶俪与参差等组合，来说明"虽排比之文，亦以随势曲注为佳"②。曹宫《文法心传》也提出了"由反而正"的文论观，并举语默、动静、行止、进退、疏密、久暂、离合、浅深、大小、精粗等类，认为："无反面则正面不醒，无反面则正面不灵。天以阴晴、寒暖为反正，地以高下、断连为反正，龙以升降为反正，虎以伏见为反正，草木以枯荣、卉谢为反正。天下之物无物无反正者，何独于文不然？凡文之开合、纵擒、离接、放收，皆由反而正者也。"③所谓"无物无反正"，便是将文学中对立统一的规律与自然万物之理联系起来看待。系统考察这类组合范畴，当有助于我们更清楚地认识中国古典文学批评中的辩证传统。

四、融会：堪舆术语的化用与
　　诸体文法的会通

明清时期，伴随着戏曲、小说新兴文体的崛起，以评点为主的戏曲、小说批评样式也渐成气候，其中存在着许多与堪舆相关的诸

---

① 〔清〕方以智《文章薪火》，王水照《历代文话》第 4 册，第 3210 页。
② 〔清〕刘大櫆《论文偶记》，北京：人民文学出版社，1959 年，第 10 页。
③ 〔清〕曹宫《文法心传》，王水照编《历代文话》第 6 册，第 5317 页。

如脱卸、结穴、急脉缓受、草蛇灰线等术语。学界其实已经从技法、理论等层面,对这些术语在小说评点中的运用情况作出了有意义的探讨。但目前尚未予以足够关注的,一是从知识史的角度,考察堪舆用语从浸入文学批评到最终形成固定术语的过程;二是在跨文体的层面,揭示这类被原本被用于描述诗文文本结构过程性和变动性的堪舆用语,也适用于戏曲、小说等多种文体的批评。借此可以让我们重新审视古典文学的各类文体在创作层面的某些共性,并尝试去考察明清时期才开始发展起来的戏曲、小说之文法理论,如何与诗文法实现某些层面的融通。

具体而言,其一是与堪舆术相关的部分用语在清代已逐渐成为人们惯常使用的批评术语,这种化用,意味着术语具体批评指涉之定型及其原本所包含的堪舆学知识之隐去。比如在上文已作梳理的"脱卸",与董其昌需要详细解说不同,清人在运用这一术语进行文章批评时,并不需要再交代其堪舆学的知识背景。康熙帝《古文评论》评曾巩《寄欧阳舍人书》曰:"矜贵庄严而气自纡回不迫,读此等文,当细观其转折脱卸之法。"①《钦定四书文·隆万四书文》所收葛寅亮《饥者易为食 犹解倒悬也》墨卷,文末原评为:"题凡三喻,首尾是易于见德之时,中间是德本易行。文以两头作主,运化中间,备极脱卸之妙。"②《启祯四书文》所收陈际泰《昔者禹抑洪水而天下平 一节》一文,原评曰:"一治一乱都已叙过,又一覆举,

---

① 〔清〕清圣祖玄烨《圣祖仁皇帝御制文集》第三集卷四十一,《景印文渊阁四库全书》第1299册,第314页。
② 〔清〕方苞《钦定四书文·隆万四书文》卷五,《景印文渊阁四库全书》第1451册,第277页。

特为脱卸出'承三圣'句也。"①以上三处评语均用脱卸来表述行文转接过换的重要性，这也反映出自晚明以来，随着诗文评点的勃兴，一类简要而精确表达的用语逐渐固定下来。

与脱卸类似的还有急脉缓受，如前引刘熙载《艺概·经义概》所说的题缝中的四种笔法，便是一例。清末民初来裕恂《汉文典·文章典》讨论文法，在"承法"一章设有"正承""反承""顺承""逆承""急承""缓承"等十二节，其中急承、缓承就沿用了缓脉急受与急脉缓受的术语，所谓"急承者，有缓脉急受之意"，"缓承者，有急脉缓受之意"②。在诗论中，如清人朱庭珍论律诗之法，指出："起笔既得势，首联陡拔警策，则三四宜展宽一步，梢放和平，以舒其气而养其度，所谓急脉缓受也。不然，恐太促太紧矣。"③薛雪《一瓢诗话》比较温庭筠、李商隐二人诗歌："李有收束法，凡长篇必作一小束，然后再收，如山川跌换之势；温则一束便住，难免有急龙急脉之嫌。"④朱、薛二人都是基于对"势"的考虑，援引急脉的说法，来强调律诗结构的张弛有度，避免促迫。尽管薛氏诗话言及山川跌换、急龙急脉，但基本上看不到堪舆知识在其中的掺杂。

其二就运用的范围而言，这些术语主要被用于文学结构论。古人论文极重视文章的谋篇布局，甚至要求在下笔为文之前，须先

---

① 〔清〕方苞《钦定四书文·启祯四书文》卷七，《景印文渊阁四库全书》第1451册，第520页。
② 来裕恂《汉文典·文章典》卷一，上海：商务印书馆，1912年，下册，第55—56页。
③ 〔清〕朱庭珍《筱园诗话》卷四，郭绍虞编选《清诗话续编》第4册，上海：上海古籍出版社，1993年，第2399页。
④ 〔清〕薛雪《一瓢诗话》，丁福保辑《清诗话》，上海：上海古籍出版社，1963年，第713页。

确定文章的结构纲要。刘勰《文心雕龙·镕裁》曰:"是以草创鸿笔,先标三准:履端正于始,则设情以位体;举正于中,则酌事以取类;归余于终,则撮辞以举要。然后舒华布实,献替节文,绳墨以外,美材既斫,故能首尾圆合,条贯统绪。"①所谓"三准",便是涵括了文章前、中、后三部分的大框架,框架既定,再以文辞修饰成文。对于文章的内部结构,元人陈绎曾《文说》"分间法"论之甚详:

> 头:起欲紧而重。大文五分腹,二分头额;小文三分腹,一分头额。
> 腹:中欲满而曲折多。
> 腰:欲健而块。
> 尾:结欲轻而意足,如骏马注坡,三分头,二分尾。
> 凡文如长篇古律、诗骚、古辞、古碑、碑碣之类,长者腹中间架或至二三十段,然其腰不过作三节而已。其间小段间架极要分明,而不欲使人见间架之迹。盖意分而语串,意串而语分也。②

陈氏所谓的"分间法",是划分文章结构层次并调配各部分内容含量的方法,追求文章结构的比例恰当、详略适度。所论"头""腹""腰""尾"四个部分,正是文章起、承、过、结的分层结构。陈绎曾认为行文"间架"既要分明又要不着痕迹,可见"间架"作为文章结构的理论概念,强调的是文章结构整体性和层次性的统一。从这一

---

① 王利器校笺《文心雕龙校证》,上海:上海古籍出版社,1980年,第209页。
② 〔元〕陈绎曾《文说》,王水照编《历代文话》第2册,第1342页。

层面来说，讲究行文转接无痕的"脱卸"，注重文势前后承接的"急脉缓受"，均可纳入文章结构论的范畴内。

另外如陈氏强调的"结"，又与堪舆术语"结穴"相对应。"结穴"是指地势起伏行走而于某个地理位置停蓄并融结为穴，在文章学理论中被用来比作行文缴结之处，即如前引陈继儒所谓"其融结之极，妙在到头一窍"。林纾《春觉斋论文》谈"用收笔"也说："为人重晚节，行文看结穴。文气文势，趋到结穴，往往敝懈。其敝也非有意，其懈也非无力，以为前路经营，费几许大力，区区收束，不过令人知其终局而已，或已有为敝懈之气所中者。即读者亦不甚注意，大抵注意多在中坚，于精神团结处击节称赏，过后尚有余思，及看到末路，以为事已前提，此特言其究竟，因而不复留意。"①也是主张作为将这种文气、文势贯穿全文，且于文章结尾处仍蓄力不竭。

在用来表述文章结构性的术语中，"草蛇灰线"最为常见。堪舆术中的草蛇灰线，是指地理一脉贯通而又若隐若现、若断若续的态势。如上文摘引《葬法倒杖》所言"草蛇灰线，过脉分明"，明人注《灵城精义》论"脉"也说"凡脉之行，必须敛而有脊，乃见草蛇灰线，行虽不甚露而未尝无形也"，"若有草蛇灰线，则脉络分明"②，清人吴元音注《葬经》"观支之法，隐隐隆隆，微妙玄通，吉在其中"四句曰："言其起处，高低起伏而来，如草蛇灰线，蛛丝马迹，藕断丝连，种种诸式，亦有转接，亦有剥换。"③这种若断若续的形态，非常符

---

① 林纾《春觉斋论文》，第 126—127 页。
② 旧题〔五代〕何溥《灵城精义》，《景印文渊阁四库全书》第 808 册，第 132、140 页。
③ 〔清〕吴元音《葬经笺注》，《续修四库全书》第 1054 册，第 217 页。

合陈绎曾所说的"间架极要分明,而不欲使人见间架之迹"的行文要求。明末清初贺贻孙评解《国风·周南·汉广》,就用了类似的口吻说:"古诗妙境,如蛛丝马迹,草蛇灰线,若断若续,若离若合。"①另外如清人宋长白论汉魏乐府,也认为"强半近于歌谣,起伏断连,自有草蛇灰线之势"②,张谦宜评《战国策序》也说"中间说圣教起灭,若断若续,是草蛇灰线法"③。方东树在谈到杜诗、韩文之义法时,曾论及"气脉",并指出:"草蛇灰线,多即用之以为章法者。"④准确地点出了草蛇灰线这一术语的运用范围。

其三是这类本用于诗文技法和理论的术语,至明末清初开始被广泛运用于戏曲、小说等文类的批评。这提示我们,至明清才逐渐成熟的戏曲、小说理论,在某些方面不可避免地受到已成体系的诗文理论之影响,并非孤立发展。古典文学的众多文体之间存在着某些可以互相借鉴的共性,尤其是在文学作品的结构论层面,具有相似的法度可循。前引陈绎曾"分间法"指出长篇古律、诗骚、古辞、古碑等文类具备相似的体段和间架,已略可说明。

至于诗文与小说、戏曲的文法共性,如上文已作讨论的草蛇灰线,广泛运用于小说评点,早已为学界所认识。但事实上,在金圣叹评点《水浒传》之前,明代的八股文批评就已从堪舆理论中引入了这一说法。袁黄在撰于万历五年(1577)的《举业彀率》中,已运用类似的陈述来讲解"大股"技法:"两扇既立柱,其遣词造句各宜

---

① 〔清〕贺贻孙《诗触》卷一,《续修四库全书》第61册,第496页。
② 〔清〕宋长白《柳亭诗话》卷六,张寅彭选辑《清诗话三编》第1册,上海:上海古籍出版社,2014年,第255页。
③ 〔清〕张谦宜《絸斋论文》卷五,《续修四库全书》第1714册,第454页。
④ 〔清〕方东树《昭昧詹言》卷八,北京:人民文学出版社,1961年,第213页。

联络照应,然须如灰中线路,草里蛇踪,默默相应可也。"并举瞿景淳《事君敬其事》一文,评价其股中脉络"皆隐隐相承,移易不动"。须指出的是,"灰中线路,草里蛇踪"之说本自相地术,见于旧题郭璞《葬书》内篇。袁黄也曾引堪"正龙正脉"的说法来强调八股文起讲入题的重要性:"堪舆家有寻龙提脉之说,圣贤立言之意,自有正龙正脉。起讲是文字入题处,所谓'若差一指,如隔万山'者也。"①可见袁黄所引草蛇灰线的表述,当以堪舆术作为其知识来源。明末题张溥纂辑的《张太史手授初学文史》,曾援引袁氏之说来论述八股的"中比式":"中比,当知起承转合之法。几句起,几句承,几句转,几句合,此章法也,毫不可紊。旧多立柱,今则不然。然小山不俗,柱亦何伤,但遣词造句各宜联络照应,须如灰中线路、草里蛇踪,默默相应可也。"②至于沈长卿在崇祯初年撰《吾他日未尝学问好驰马试剑》,文后所附评语称"言言典则,其中脉理之妙,草蛇灰线,隐跃无穷"③,则是草蛇灰线一词在时文批评中的直接用例。此后,金圣叹始将其推演至小说文法,《读第五才子书法》云:"有草蛇灰线法。如景阳冈勤叙许多'哨棒'字,紫石街连写若干'帘子'字等是也。骤看之,有如无物,及至细寻,其中便有一条线索,拽之通体俱动。"④草蛇灰线之所以适用于戏曲、小说批评,关键之处在于它所指涉的若断若续的章法特征,正符合古典叙事艺术对"线索"的追求。如清人梁廷枏评价《紫钗记》,认为其"最得手处,在

---

① 〔明〕袁黄《举业彀率》,《稀见明人文话二十种》上册,第186、176页。
② 〔明〕张溥《新刻张太史手授初学文式》,《稀见明人文话二十种》下册,第1366页。
③ 〔明〕沈长卿《沈氏日旦》卷十,《续修四库全书》第1131册,第555页。
④ 〔清〕金圣叹《贯华堂第五才子书水浒传》,《金圣叹全集》第1册,南京:江苏古籍出版社,1985年,第22页。

'观灯'时即出黄衫客,下文'剑合'自不觉突,而中'借马'折避却不出,便有草蛇灰线之妙"①,也是在叙事的时间维度中,强调情节线索的似断实续。除了草蛇灰线外,金圣叹还运用脱卸、急脉缓受等文章学术语来评点《水浒传》。前者如第五十一回夹评曰:"文章妙处,全在脱卸。脱卸之法,千变万化,而总以使人读之,如鬼神搬运,全无踪迹,为绝技也。"②后者则是在第三十回,宋江、戴宗谋逆待斩,正是情急之际,偏偏细写打扫法场、禀请监斩、呈犯由派等情节,指出"写急事,须用缓笔"。这些术语也被普遍运用于诸如《金瓶梅》《三国志演义》《红楼梦》等其他明清小说的评点,成为文人解读小说叙事艺术的重要准则。

综上所论,我们可以看到,自宋元以来已发展成熟的诗文技法,与肇始于明清之际的戏曲、小说的技巧理论,它们之间有共通的创作规则和法度可循。首先是在机械的结构论层面,无论是诗歌的起、承、转、合,还是文章的头、腹、腰、尾,强调的都是在作品文本结构的层次分明和调配妥当,如明人论八股文所说的"作大股当知起承转合之法,几句起、几句承、几句转、几句合,此章法也,毫不可紊"③。这种对章法的讲求,同样适用于以叙事为主的戏曲、小说,如王骥德《曲律》论曲之章法:

> 作曲者,亦必先分段数,以何意起,何意接,何意作中段敷

---

① 〔清〕梁廷枏《曲话》卷三,《中国古典戏曲论著集成》第8册,上海:中国戏剧出版社,1959年,第278页。
② 〔清〕金圣叹《贯华堂第五才子书水浒传》,《金圣叹全集》第1册,第259页。
③ 〔明〕袁黄《游艺塾续文规》卷五,《续修四库全书》第1718册,第219页。

衍，何意作后段收煞，整整在目，而后可施结撰。此法，从古之为文、为辞赋、为诗歌者皆然。①

已明确指出戏曲与古文、辞赋、诗歌在创作上均须段数分明。其次，是在追求结构分明的同时，兼顾各个层次之间的转接。若以结构切割格外严格的八股文为例，便如武之望讨论股法时要求的"圆融"："大抵股法不出起承转合四者，然起与承势不容疏，转与合机不容断，其要只在圆融耳。尝观弄丸者，见其起伏应接之妙、转移收合之神，而因悟文之股法犹是也。不独股法，即篇法亦如此。是在善悟者得之。"②强调起股、中股、后股和束股之间的前后衔接，脉络相贯，做到起承转合的章法圆融，不露痕迹。沈德潜也指出长律的写作标准，是在"气局严整，属对工切，段落分明"的同时，做到"开合相生，不露铺叙转折过接之迹"③。若结合堪舆术语来说，前者有如龙脉，讲求文本的连贯性，后者则有诸如脱卸、急脉缓受、草蛇灰线之类，注重统一于连贯性之中的变化、转换。二者共同构成了中国古典文学批评中有关文本结构的重要理论，也是近世以来人们创作和评价文学作品的基本准则。

五、结　　语

堪舆术及其所代表的地理学知识，不仅是古代知识世界的组

---

① 〔明〕王骥德《曲律》，《中国古典戏曲论著集成》第4册，第123页。
② 〔明〕武之望《重订举业卮言》卷下，第36b页。
③ 〔清〕沈德潜《说诗晬语》卷上，丁福保辑《清诗话》，第541页。

成部分,同时作为一种具有渗透力的文化因子,在人们日常生活、艺术活动中均发挥着一定的功用。在文学领域,从最初作为引譬连类的对象被运用于文论的形象表达,到后来相关用语在批评表述中的逐渐定型,均可看出,以地喻文实是明清时期一种普遍的批评现象,反映出古人认知世界和探讨文学的独特思维模式。比如从地理动静、行止的态势来强调文章参两错综的行文逻辑,若稍作引申,或可追溯到中古以来人们基于天文、地文与人文关系上对"文"的朴素认识,如刘勰《文心雕龙·原道》:"夫玄黄色杂,方圆体分,日月叠璧,以垂丽天之象;山川焕绮,以铺理地之文。此盖道之文也。"①所体现的,正是以一种阴阳统一的观念也理解"文"的内涵。又如王世贞也曾引《易·系辞下》对"文"的解释来强调文章的辞采和条理:"'物相杂,故曰文',文须五色错综,乃成华采;须经纬就绪,乃成条理。"②直至清代,这种两色相杂、奇偶相生而成文的观念,甚至成为阮元在《文言说》中推尊骈文文体的理论资源。近世文论家透过地理变化来认识文学的创作规律,同样可置于这种强大的思维传统中加以考量。在古代文学批评的譬喻体系中,相比于其他种类,如以兵为喻强调奇正变化,以房屋为喻阐述结构间架,以弈棋为喻讲求布局关键,以地喻文更注重前引林纾所说"不连之连"的行文特征,这正是急脉缓受、脱卸、草蛇灰线这些术语的批评要义所在。当然,由于堪舆术在近世不仅承载着地理知识,还附着了冢墓荫泽、祸福趋避的术数色彩,与今天我们所接受的现代

---

① 王利器校笺《文心雕龙校证》,第1页。
② 〔明〕王世贞《弇州山人四部稿》卷一百四十四《艺苑卮言一》,明万历间刻本,第15b—16a页。

科学理性大相径庭，某种程度上造成了当下的文学研究对此种现象抱有距离感。故有必要对其知识源流、背景，以及对文学的影响作一番考察，或许有助于我们从古人的知识构成和思维逻辑出发，进一步理解古典文学的某些重要原理。

从另一方面来说，作为一种近似比兴的表述策略，至少从刘勰那个时代开始，人们就已将山川自然的要素引入文学批评。但以堪舆这类地理术数知识进行类比，却晚至元明之际始见其例，并且如上文所举茅坤、董其昌、陈继儒、钱谦益等事例，直到晚明才大量出现。反映出在近世，尤其是明中叶以后，随着雕版印刷的广泛应用与书籍文化的大幅普及，文人的知识谱系呈现出更加开放的扩容状态。以此为思考前提，考察传统四部分类中集部以外各层次知识的内容、话语与概念，如何成为一种描述或表现文学的学术资源，或许可帮助我们观察到某些易被遮蔽的文学现象。这其中包含着今天被我们忽略、低估甚至否定的一些知识门类，在近世被视为可以"夺神功、回天命"的堪舆术，便是突出的例子。本文即试图回到古人的知识世界，努力阐述这类知识与文学批评之关联，并借此作一次将知识史作为方法来研究文学批评的尝试。

（原载《文学遗产》2019 年第 6 期）

汉语虚字与古代文章学

汉语的语法意义表达不依赖印欧语式的形态变化,而以语序安顿和虚字运用为手段,虚字因而向来是汉语史研究的重要内容。在传统文学中,以语言文字为载体的文学作品,同样表现出与此种汉语特性相应的组织形式。若按刘勰"因字而生句,积句而成章"的说法,古代文辞可理解为字句依一定规则和思维逻辑排列而成,或者直接地表述为清人刘淇所说"不过实字、虚字两端,实字其体骨,而虚字其性情也"①。从称名上来说,现代汉语词类研究中的"虚词",在古代大体相当的称法有语助、助语辞、助字等多种,宋代以后尤其在清代多称为"虚字"。在分类上,与现代汉语中的副词、介词、连词、助词、叹词等分类不同,古人的虚字分类多以落位和功能为标准,如清代王鸣昌《辩字诀》分为"起语辞""接语辞""转语辞""束语辞"等。因此,为切合古人用语之实际,本文用虚字而非虚词来指称在语句中不具备实际意义的字类。在虚实字类相嵌的语言构造中,虚字虽无实义,但在遣词造句、表情达意上有着不可或缺的作用。因此,自刘勰以来,虚字不仅是古代训诂家考释的对象,也被文论家视为文法、修辞的表达方式而渗透到文学批评之

---

① 〔清〕刘淇《助字辨略·自序》,北京:中华书局,1954年,第1页。

中，成为一种被多元理解的、沟通古代文学和语言文字的知识要素。

近现代人文学科的分化，使语法、修辞之学皆归于语言学，而与文学分为二途。然而，回溯清末以来探索"中国文学"的道路，新学士人恰恰是在学科含混的状况下，尝试将语法、修辞等西方古典语文学知识与中国传统文章学资源相对接。① 在此情形下，作为文辞构成基本要素的语言文字，也被纳入"文学"框架下加以考察。例如林传甲《中国文学史》第五篇"修辞立诚、辞达而已二语为文章之本"，其中论述"虚字联络实字达意法""虚字承转实字达意法""虚字用为赞叹词法"等八款虚字法，正体现以修辞学为参照来梳理传统文章学的研究思路，也表明虚字对古代文章写作和修辞表达有着重要意义。

尽管林传甲的这份以"文学史"命名的国文讲义，与我们现在所认知的文学史叙述多有龃龉，但它作为新知与旧学相碰撞的产物，反而能为我们反思新旧学术之转换，进而探索古代文章学的固有传统及特定话语，提供一种别样的经验。在此意义上，清末学人以外来的文典与修辞之学接引中国古典文章学，以及在称名上用"文章"或"辞章"对应"文学"②，更加说明文章学在古典文学中所处的位置。特别是当我们把文学理解为内在的思想内容和外在的表现形式相统一的结果，那么像虚字这种颇能体现古文辞风调的

---

① 参见陆胤《清末西洋修辞学的引进与近代文章学的翻新》，《文学遗产》2015年第3期。
② 关于"文章"与"辞章"的称名及其与"文学"之关系，参见陈广宏《近代中国文学概念转换的历史语境与路径》，《文学评论》2016年第5期。

语言形式,便成为古代文章和文章学研究的重要对象。① 进一步来说,学界对诗赋、骈文中虚字的讨论,无论是诗歌史上"以文为诗"的诗学命题②,还是韵律学上骈文"以诗入文"的说法③,本质上仍是以文章学为内里。这提示我们,汉语虚字既是推动古代文章学深入研究的思考方向,也是从语言文字的特性出发,揭示中国古典文学本民族特色的可行视角。

一、从字类到文法:古文辞传统下虚字论的发展

在中国古代,依附传统经学之文字训诂是汉语虚字研究的主要手段。从汉代毛亨、郑玄使用"辞""语助""声之助"等称名,到唐代孔颖达《五经正义》提出"语辞"一说,直至清代刘淇《助字辨略》、王引之《经传释词》的系统训解,经学阐释学可以说是一条贯穿古代虚字论发展的重要脉络,学界的研究成果已相当丰硕。不过,尽管语言学的研究早已指出,古人讨论虚字的另一途径是将其作为

---

① 相关话题近年来渐受学界关注,如关于虚字与古文创作的讨论,参见东英寿《虚词使用法观照下的曾巩古文特色——与欧阳修文风之比较》,《华南师范大学学报(社会科学版)》2020年第1期。对古代文话中虚词批评的系统梳理,参见常方舟《传统文话的虚词批评与近代文章学的新诠》,《文艺理论研究》2019年第5期。

② 有关古典诗歌中虚字运用及"以文为诗"的问题,研究成果较多,参见葛兆光《汉字的魔方——中国古典诗歌语言学札记》第六章《论虚字》,上海:复旦大学出版社,2008年,第153—172页。

③ 冯胜利《骈文韵律与超时空语法:以〈芜城赋〉为例》(《岭南学报》第5辑,上海:上海古籍出版社,2016年,第189—219页)指出骈文是以诗入文,其韵律本质上是散文的"长短律",虚字是长短律的构成要素之一。

文论中的修辞、文章作法①，但相关话题似乎未得到学界的广泛关注。其中的主要原因，在于对古代虚字的研究向来为语言学的任务，而文学与语言学的学科区隔，使得学者的研究分工往往泾渭分明，这在一定程度上影响了古代文学视角下汉语虚字研究的深入开展。因此，要通解此议题，在经学传统外，还需将其置于同样强大且形态鲜明的古文辞传统下，结合古代文辞写作及语言运用的理论和实际，厘清古代虚字论的发展脉络。

古代文章史上，"古文辞"是一个既具备文体指称又包含修辞意味的重要概念。自宋人提出以来，历经明清两代不同文派的阐释和建构，最终由清人围绕此概念总结出一套相对融通的文章体统。② 笔者在这里之所以提出以古文辞作为视角，在于它比"古文"在文体、文法层面有着更具包容性的指涉。这一统系在文体论上，表现出以中唐韩柳所倡导的古文为主，兼及六朝骈体的通达观念；在创作论上，相应地体现为注重文辞经营、语言组织的辞章之术。因此，如果说唐宋时期兴起的古文之学，主要在价值论层面奠立古文之地位，更强调其政教功能；那么清人对古文辞统系的建构，从方苞强调的"义法"到姚鼐标举的"辞章"，尤多关注文学的表现形式。姚鼐曾将文辞的思想内容称为包含神、理、气、味的"文之

---

① 参见郭锡良《古汉语虚词研究评议》，《语言科学》2003年第1期。案：本文所用"文法"，乃就"文章作法"而言，属古代文章学之范畴，与近代以来语言学中通常指称语法的"文法"有所区别。
② 关于"古文辞"的内涵演变及其在清代的扩容，参见陈广宏《"古文辞"沿革的文化形态考察——以明嘉靖前唐宋文传统的建构及解构为中心》，《文学遗产》2012年第4期；曹虹《异辙合轨：清人赋予"古文辞"概念的混成意趣》，《文学遗产》2015年第4期。

精处",而文辞的表现形式则是格、律、声、色的"文之粗处"①,正是这种落实到古文辞外在表现形式的"粗处",为古代虚字论的发展提供了有别于训诂学的丰富资源。

从魏晋到唐宋,古文辞在语言形式上的演化,先后呈现出从单行到偶文、又从骈语到散句的总体趋势。刘勰《文心雕龙》、陈骙《文则》对所谓"语助""助字"的讨论,在推动古代虚字研究由训诂通经之小学向辞章之学衔接的同时,也因上述不同时期文辞创作之实际而各有旨趣,可从文从义顺和声音节奏这两重功能进行一番再认识。

汉代以来,随着文章修辞观念的加强、语句的由简趋繁及偶对句式的逐渐流行,虚字渐为文家所看重的,主要是补足语句和黏合文脉的作用。特别是魏晋之后,排偶进一步发展为古文辞的重要语言形式,虚字在齐整句式间的嵌入往往比长短散句中更为显眼。例如陆机《吊魏武帝文并序》:

> 夫日蚀由乎交分,山崩起于朽壤,亦云数而已矣。然百姓怪焉者,岂不以资高明之质,而不免卑浊之累,居常安之势,而终婴倾离之患故乎?夫以回天倒日之力,而不能振形骸之内;济世夷难之智,而受困魏阙之下。已而格乎上下者,藏于区区之木;光于四表者,翳乎蕞尔之土。雄心摧于弱情,壮图终于哀志,长算屈于短日,远迹顿于促路。呜呼!岂特瞽史之异阙景,黔黎之怪颓岸乎?②

---

① 〔清〕姚鼐《古文辞类纂·序目》,上海:上海古籍出版社,2016年,第22页。
② 〔晋〕陆机撰,杨明校笺《陆机集校笺》卷九,上海:上海古籍出版社,2016年,下册,第625页。

这段序文突出展示了魏晋以后的一种语言组织模式，即以偶语搭配虚字。偶对句为主体内容，而缀于其间的"夫""岂不以""已而""岂特"等，则起着衔接文脉、转折文意的作用。对此，近人刘师培总结此时期文章转折之法曾说："自魏晋以后，文章之转折，虽名手如陆士衡亦辄用虚字以明层次。降及庾信，迹象益显。"[1]对偶句式的密集运用，易导致文章的意脉切割和层次弱化，因此虚字在语句和结构之间的黏合作用就显得格外重要。这在一些骈体文中也颇为明显，如孔稚珪《北山移文》多由四六对句和虚字搭配而成。其中尤为后世文评家所称道的却是偶对句之间的虚字，南宋楼昉《崇古文诀》评价此文"造语骈俪"外，也"当看节奏纡徐、虚字转折处"[2]，清代许梿《六朝文絜》评其为"六朝中极雕绘之作"，而"其妙处尤在数虚字旋转得法"[3]，皆强调在辞藻铺排之外，更应留意文中虚字斡旋的用法。

由此不难理解刘勰对语助"弥缝文体"作用的揭示，《文心雕龙·章句》曰："至于夫、惟、盖、故者，发端之首唱；之、而、于、以者，乃札句之旧体；乎、哉、矣、也者，亦送末之常科。据事似闲，在用实切。巧者回运，弥缝文体，将令数句之外，得一字之助矣。"[4]刘勰首先从语句组织的角度，归纳了虚字在句首、句中和句末的三种类型，落位不同，所对应虚字的起句、结句等作用也有差异。其次是

---

[1] 刘师培《中国中古文学史讲义》，上海：上海古籍出版社，2000年，第132页。
[2] 〔宋〕楼昉《新刊迂斋先生标注崇古文诀》卷七，明嘉靖间吴邦桢、吴邦杰刻本，第10b页。
[3] 〔清〕许梿评选，黎经诰笺注《六朝文絜笺注》卷八，上海：中华书局上海编辑所，1962年，第137页。
[4] 王利器校笺《文心雕龙校证》，上海：上海古籍出版社，1980年，第220页。

他提出了"弥缝文体"的说法,强调在"数句之外,得一字之助",则是在文章结构脉络的层面揭示出虚字连缀文句、衔接意脉的作用。刘勰对虚字在语句和文脉两方面的认识,既是对汉魏以来文辞创作及语言组织规律的总结,也为古代虚字开辟了一条辞章学的诠解之路。此后如唐代杜正伦《文笔要诀》论述"句端"虚字,也强调"义势可得相承,文体因而伦贯"①,佚名《赋谱》指出赋句由"壮""紧""长""隔"的不同对句与位于句端、句末的"发""送"之虚字合织而成,可看作是对"弥缝文体"说的一种推展。

中唐以降,文坛主流文体由诗赋、骈文向句式更为灵活的古文转变,善用及多用虚字成为此时期古文辞创作的一种倾向,特别是宋人,尤擅长运用语气助词。② 相应地,唐宋两代虚字论的一大进展,便是以语音为切入点,其理论资源当可追溯至汉以来经学训诂中的声训法。刘勰之前曾借经传训释中"语之助""声之助"的称法,指出《诗经》《楚辞》"寻兮字成句,乃语助余声"③,揭示作为句末语气词的"兮"字具有标示声音和节奏的作用。

"语助余声"的说法发展到唐宋时期有两个主要趋向:一是唐人从言语和口气出发,将虚字的发声和语句的尽意结合,如刘知幾《史通·浮词》提出"余音足句",将虚字分为句首"发端之语"及句末"断句之助"④,柳宗元《复杜温夫书》则从语气的角度把句末助

---

① 〔唐〕杜正伦《文笔要诀》,张伯伟《全唐五代诗格汇考》,南京:凤凰出版社,2005年,第541页。
② 参见李金松《古文唐"瘦"宋"肥"论——以朱东润〈中国历代文学作品选〉与姚鼐〈古文辞类纂〉为考察对象》,《文学与文化》2013年第1期。
③ 王利器校笺《文心雕龙校证》,第220页。
④ 〔唐〕刘知幾撰,〔清〕浦起龙通释《史通》,上海:上海古籍出版社,2015年,第146页。

字分为"疑辞"和"决辞"①。二是宋人归纳虚字选用法,将《诗经》《楚辞》数句选用"兮"字的修辞效应类推到古文中。同一虚字在句末反复出现,是唐宋文家重视虚字技法的极致化表现,如韩愈《画记》连用数十"者"字,欧阳修《醉翁亭记》连用二十一"也"字,苏轼《酒经》连用十六"也"字。对这类现象的理论化总结是在南宋,洪迈《容斋随笔》指出欧、苏二文"皆以'也'字为绝句",认为苏文"每一'也'字上必押韵,暗寓于赋",因而具备"激昂渊妙"之美感。②陈骙《文则》对此作了系统阐释,除揭示《诗经》《礼记》在助辞之前用韵,亦即苏文"暗寓于赋"的手法外,还提出"文有数句用一类字,所以壮文势,广文义"之说,并标举韩愈"」此法尤加意焉"③,归类出者、之、兮、则、然、也、矣等句中不同位置的虚字选用法。从修辞效应来看,所谓古文的"起八代之衰",虽然在语言上淡化了骈语俪句的齐整节律,但借助虚字的技巧化运用,尤其是句尾虚字的重复使用,也可获得散体文独特的节奏感。

从陈骙所举条目中可看出,《文则》之编纂延续了《文心雕龙》"文本于经"的思想,对虚字的讨论多以经典文本为示例,因而仍带有某种经学阐释学的意味。但陈骙所论皆属辞章学范围,以示文法为目的,而与经传训释的旨趣不尽相同,更反映出一种"法出于经"的观念,对后来的虚字研究由"字类"趋向"文法"影响深远。

元明时期,古文辞的发展基本上以宋代所奠立的古文之学为框架,其中一个方向是在创作论层面,强调如元人郝经、明人唐顺

---

① 〔唐〕柳宗元《柳河东集》,上海:上海古籍出版社,2008年,第553页。
② 〔宋〕洪迈《容斋随笔》,上海:上海古籍出版社,2015年,第515页。
③ 〔宋〕陈骙《文则》,北京:人民文学出版社,1960年,第30页。

之所揭示的文章有法及以法为文。随着这种文法观念的演进,围绕文辞写作的技法陈述,占据着此时期文章论的很大分量。虚字在此背景下被进一步理解为文法要素,并成为以写作为导向的实践型文章学之重要构成。例如元代卢以纬的《助语辞》,学界一般认为该书是古代汉语史上第一部虚字研究专著,但其实不应忽视它作为文法用书而具备的文章学意义。此书原名《语助》,经明代胡文焕翻刻而更名为《助语辞》。关于《助语辞》的文法性质,原书卷首胡长孺《语助序》说:"是编也,匪语助之与明,乃文法之与授。"①已言明该书旨在教授作文之法。对此,可结合书中虚字训释的方式从以下三个层次来看:其一是此书从句子结构出发,考察虚字的不同落位及用法,如释"夫"字:

"夫"字在句首者为发语之端。虽与"盖"字颇相近,但此"夫"字是为将指此事物而发语,为不同。有在句中者,如"学夫诗"之类,与"乎"字似相近;但"夫"字意婉而声衍。在句末者,为句绝之余声,亦意婉而声衍。②

说明"夫"字在句首用以发语,在句末为余声,表达效果都是声平意婉,与在句中者不同。其二是注重从发声的角度辨析虚字,如区分"也""矣""焉"三字:"是句意结绝处。'也'意平,'矣'意直,'焉'意扬。发声不同,意亦自别。"③因发声不同,语气表达也有差异。其

---

① 〔元〕卢以纬著,王克仲集注《助语辞集注》,北京:中华书局,1988年,第183页。
② 同上书,第49页。
③ 同上书,第1页。

三是结合具体的创作经验,总结虚字在篇章布局中的用法规律,如解释"噫"字:"欲发语而先一'噫'字,则伤其在下所言之事。或有篇终着一'噫'字者,乃因在前之言而寓伤恨不尽之意。"①因而总的来说,《助语辞》对虚字的释义,是以文字训释为途径、以文辞写作为指向的文法论述。

明人对此认识得更为清晰,祁承爜《澹生堂藏书目》"诗文评·文式文评"类著录卢以纬《助语辞》和茅坤《语助》,晚明文法汇编收录《助语辞》及《文则》的虚字论部分,并视为习文必要之"操觚字法"②,皆表明虚字作为文法的观念在明代得到强化。至清代,尽管出现了王引之《经传释词》、刘淇《助字辨略》为代表的"训诂派",与《助语辞》及袁仁林《虚字说》的"修辞派"分庭抗礼③,但事实上,如刘师培指出虚字运用"随文法为转移,近世巨儒,如高邮王氏、雒山刘氏,于小学之中,发明词气学,因字类而兼及文法"④,王、刘二氏的虚字训释也兼顾文章修辞,而体现出训诂与辞章相交叉的特征。

综上所述,古代虚字论的发展基本围绕训诂和修辞两条路径展开。"语助余声"及"弥缝文体"两种说法,代表了中世文论对虚字修辞功能的基本认知,也推动古代虚字研究从经学中的字类训诂到古文辞作法的转接。宋元以后,随着文法论的推进,虚字被作为"操觚字法"而纳入近世实践型文章学的建构之中,进而影响清

---

① 〔元〕卢以纬著,王克仲集注《助语辞集注》,北京:中华书局,1988年,第84页。
② 参见拙文《晚明文法汇编的编刊与文章学演进》。
③ 参见王莹《古代修辞派与训诂派虚词词典释词方法研究》,《辞书研究》2011年第6期。
④ 刘师培《论文杂记·序》,北京:人民文学出版社,1959年,第108页。

代"因字类而兼及文法"的虚字释义范式,并最终在发扬桐城义法、借鉴西洋修辞学的王葆心《古文辞通义》那里,成为清末与西学相遭遇的文章学资源。

二、文类和语体:虚字与宋元文章学的体用论

作为传统文章学的总结性论著,王葆心《古文辞通义》之编纂清晰地呈现出文体论和文法论这两条古文辞传统的主要脉络。如在"识途篇"将助语虚字等列入"文之作法",在"总术篇"提出"三种统系"来归类古代众多文体:"文章之体制既不外告语、记载、著述三门,文章之本质亦不外述情、叙事、说理三种。"[①]王葆心旨在通过情、事、理三种统系来笼合古今文章之体用,观察历代文派的流变。如他认为汉、唐之文三派并存,而魏晋六朝偏于述情一派,自宋至清则重说理一派,借此描绘以汉、唐为两大界限的古文辞发展大势。其所论实际上关系到汉、唐前后文学因革的重要议题,这也涉及文体、文风和语言等多重因素。关于这个话题,清人刘大櫆曾以虚字为视角来概述历代文章的演变:

> 上古文字初开,实字多,虚字少。典、谟、训、诰,何等简奥,然文法要是未备。至孔子之时,虚字详备,作者神态毕出。

---

① 王葆心《古文辞通义》卷十三,王水照编《历代文话》第 8 册,上海:复旦大学出版社,2007 年,第 7719 页。关于王葆心"三种统系"说的讨论,参见聂安福《情、事、理三种统系——王葆心文章发展史观研究》,《广州大学学报》(社会科学版)2009 年第 12 期。

《左氏》情韵并美,文彩照耀。至先秦、战国,更加疏纵。汉人敛之,稍归劲质,惟子长集其大成。唐人宗汉多峭硬。宋人宗秦,得其疏纵,而失其厚懋,气味亦少薄矣。文必虚字备而后神态出,何可节损?①

刘大櫆指出虚字运用的多少影响着文风的疏纵与简奥,宋文舒缓冗长,正在于多用虚字,学界对此已多有认识。不过,本文更关注的是文体与虚字的关系,典、谟、训、诰之晦涩难明,固然与语言的发展有关,但关键因素仍在于它们作为王言之体,有着特定的文辞体制要求,是一种文辞内容决定语言形式的体现。相应地,从文体学的发展来看,宋以来文章多用虚字,除了前述欧、苏等文家的个人创作倾向之外,也与宋代古文之学兴起而带来的文体演变不无关联。

就文学类型而言,虚字与以文为诗的话题之所以从古至今多受关注,在于诗、文这两大类在体制上的畛域分明。而在文的系统内部,不同文体与虚字运用之关系,学界留意甚少。一方面是因为虚字本为文章写作之固有要素,它在文章中的运用情况往往不易为人所察觉;另一方面则涉及古代文章分体的复杂性,以明代文体学为代表的庞杂繁复之分体格局,难免造成文体研究在类型比较上的难度。有鉴于此,笔者尝试借鉴姚鼐《古文辞类纂》"十三体类"、王葆心《古文辞通义》"三种统系"的归类法,提出以"文类"和"语体"为讨论的切入点。本文所谓的"文类",作为一个关系范畴,表现为不同文体因功能相近而以类相从,是文体聚合的指称。"语

---

① 〔清〕刘大櫆《论文偶记》,北京:人民文学出版社,1959年,第8—9页。

体"在文学意义上的概念,是指文类所具备的一套相对稳定的语言体系。① 古代对不同文类及相匹配语体特征的认识,最早可追溯至曹丕《典论·论文》所说的"奏议宜雅,书论宜理,铭诔尚实,诗赋欲丽"。其中所言"宜""尚""欲",实际可理解为基于文类的不同功用而提出相应的书写规定性。这便于我们从更广阔的视角有效区分不同的文章体类,并从语言分析的角度开展文类研究。虚字及其他文学表达形式和语体、文类之间的关系,将是古代文章学研究的一个重要论题。

曹丕划分的"四科"奠定了后世文体发展的总体框架,唐宋以后,由"书论"和"铭诔"各自代表的议论类和叙事类成为文坛主流。这在宋代以归类为倾向的文体观念中也有所体现,如北宋吴则礼将文章归纳为叙事、述志、析理、阐道四类,并指出"叙事之文难于反覆而不乱","析理之文难于雄辩而委曲"②,概括了这两类文章不同的书写要求和审美特征。到了南宋,真德秀《文章正宗》以辞命、议论、叙事、诗赋四大纲目归类古今文辞,诗赋之外的文章归为三类。各类文章的应用场合和文学功能不同,语体标准亦有差异。如作为"王言之体"的辞命类,是施于朝廷、布于天下之文,故以"深纯温厚"为要求。叙事类中的记、序、传、志,主于记事,以"典则简严"为标准。议论之文或发明义理,或褒贬人物,则追求文辞之"华实相副"。从中可看出,议论和叙事这两大文类在写作的总体要求

---

① 有关文学领域中"语体"概念的讨论,参见罗书华《"散文"概念源流论:从词体、语体到文体》,《文学遗产》2012年第6期。与语言学领域中"语体"概念差异的辨析,参见赵继承《"语体"与文体中的"语体"辨异》,《内蒙古社会科学(汉文版)》2016年第1期。
② 〔宋〕吴则礼《北湖集》卷五,《丛书集成续编》第103册,上海:上海书店出版社,1994年,第222页。

上有所区别，其中也包括对虚字的运用。对于这种区别，元代陈绎曾《文说》"造语法"在讨论"助语"时曾有所揭示：

> 《尚书》及《易》象辞、爻辞，用助语极少。《春秋》《仪礼》皆然，此实语也。凡碑、碣、传、记等文，不可多用助语字，序、论、辨、说等文，须用助语字。①

陈绎曾对不同文体运用虚字多寡的概括，虽颇为简略，但背后隐含的其实是他对叙事和议论两大文类所作的语体切分，反映出宋代以后，随着围绕叙事、议论二元之文章体用论的发展，虚字在古文中的运用规律也得到更清晰的认识，这可从以下三个方面来看：

宋代文章多用虚字，既与宋人重议论有关，也受古文之学兴起的影响。在古代文体学的发展史上，唐宋两代对古文的开拓，除了在"体"的层面完善叙事文、议论文的类型不足外，更重要的是在"用"的一端强化议论文类的文学及社会功能，这在一定程度上造就了王葆心所说宋以后文辞重说理的格局。宋元文章学对此变化所作的回应可分为以下两点：一是在文体观念上，南宋古文选本如《古文关键》《文章正宗》，评选文章均着眼于其社会政治功能，既看重策、论、序、说等论体之文，也关注不同文体中的议论之辞，强调议论为"有用文字"②。二是在语言批评上，与标举论辩说理之

---

① ［元］陈绎曾《文说》，王水照编《历代文话》第 2 册，第 1345—1346 页。
② 有关南宋文章选本看重议论文体以及各类文体中议论文字的讨论，参见巩本栋：《南宋古文选本的编纂及其文体学意义——以〈古文关键〉〈崇古文诀〉〈文章正宗〉为中心》，《文学遗产》2019 年第 6 期。

文相应,宋元文论相当看重上引吴则礼所说"雄辩而委曲"的修辞效果。如楼昉《崇古文诀》评李斯《谏逐客书》一文说:"此先秦古书也,中间两三节,一反一覆,一起一伏,略加转换数个字,而精神愈出,意思愈明,无限曲折变态。谁谓文章之妙不在虚字助词乎?"①表明宋人已明确认识运用虚字可使行文曲折变化,以符合书论文条达明畅的要求。元代卢挚《文章宗旨》也说:"六经不可尚矣。战国之文,反复善辩。孟轲之条畅,庄周之奇伟,屈原之清深,为大家。而汉之文,深厚典雅。"②战国文字有疏纵之气,与其文追求反复善辩、文气流畅的表达相关。前引刘大櫆所言"宋人宗秦,得其疏纵",也是以此为角度揭示宋文多用虚词闲语的创作习性。这种习性成为明人反思前代文章的一个窗口,如祝允明说:"实义几无,助词累倍,'乎''而'亹亹,'之''也'纷纷……皆滥觞于韩氏,而极乎宋家四氏之习也。"③虽是批驳唐宋文章多虚文敷衍而无实义,但其中所言"极乎宋家四氏之习",却恰好说明擅用虚字助词是宋代文章学的时代风气。

　　受上述风气之所及,宋代叙事文呈现出的一大变化是其中议论文字的增加,在平实的叙事书写外,也注重用虚字来顺文畅气,并强化说理的语气表达。古代文体理论中向有"破体"的说法,从语体的角度来说,所谓"破体"也可理解为文类受到外部的语体"侵入"。例如叙事类中的"记"体,主于纪事,讲求简重朴实而以唐代

---

① 〔宋〕楼昉《新刊迂斋先生标注崇古文诀》卷一,第3b页。
② 〔元〕卢挚《文章宗旨》,张健编著《元代诗法校考》,北京:北京大学出版社,2001年,第3页。
③ 〔明〕祝允明《祝子罪知录》卷八,《四库全书存目丛书》子部第83册,第731页。

韩、柳诸记为正体。到了宋代,像欧阳修《昼锦堂记》、苏轼《李氏山房藏书记》、曾巩《宜黄县学记》等文,往往充斥着议论文字,一改记体文的原有体格。明人吴讷《文章辨体》曾概述这一语体侵入的过程:"观韩之《燕喜亭记》,亦微载议论于中。至柳之记《新堂》《铁炉步》,则议论之辞多矣。迨至欧苏而后,始专有以议论为记者。"①宋人专尚议论,使记体文表现出说理顺畅、气势充沛的风貌,这在虚字运用上主要体现在:用句中虚字顺畅文气,选用虚字增强文势,用语气助词强化表达。例如欧阳修《海陵许氏南园记》文末的一段议论文字:

> 呜呼!予见许氏孝悌著于三世矣。凡海陵之人过其园者,望其竹树,登其台榭,思其宗族少长相从愉愉而乐于此也。爱其人,化其善,自一家而形一乡,由一乡而推之无远迩。使许氏之子孙世久而愈笃,则不独化及其人,将见其园间之草木,有骈枝而连理也,禽鸟之翔集于其间者,不争巢而栖,不择子而哺也。呜呼!事患不为与夫怠而止尔,惟力行而不怠以止,然后知予言之可信也。②

此段议论可谓是宋人运用虚字来加强说理的极佳样本:一是如"使许氏之子孙世久而愈笃""见其园间之草木,有骈枝而连理

---

① 〔明〕吴讷撰,于北山校点《文章辨体序说》,北京:人民文学出版社,1962年,第41—42页。
② 〔宋〕欧阳修撰,李逸安点校《欧阳修全集》卷四十《海陵许氏南园记》,北京:中华书局,2001年,第581页。

也"等句,如省去看似多余的"之""而"等虚字,则为"使许氏子孙世久愈笃""见园间草木,骈枝连理",句式斩截。欧公用虚字串联,填合缝隙,提升了语句的平滑和流畅度。范公偁《过庭录》记载欧阳修于《昼锦堂记》"仕宦至将相,富贵归故乡"二句,各添"而"字,改为"仕宦而至将相,富贵而归故乡"以畅文义,亦为一例。

二是"其园""其竹树""其台榭""其宗族""其人""其善"等数句,"其"字迭用,达到了前述陈骙所归纳的"数句用一类字,所以壮文势,广文义"的效果,欧公《真州东园记》连用"之"字、《醉翁亭记》迭用"也"字,与此处有异曲同工之妙。

三是结尾两处均以语气词"呜呼"发语,特别是"呜呼!事患不为与夫怠而止尔"数句,虚字叠见而使语气强烈。另外像王安石《扬州龙兴讲院记》结尾"呜呼!失之此而彼得焉,其有以也夫"数语,也借助语气词来强化论说,明代茅坤《唐宋八大家文钞》即评此数句曰:"感慨作结,妙。"①欧阳修《新五代史》发论必以"呜呼"为首,同样可视为以虚字"感慨作结"的写法。元代王构《修辞鉴衡》引南宋张九成之语说:"人言欧公《五代史》其间议论多感叹,又多设疑。盖感叹则动人,设疑则意广,此作文之法也。"②从茅、张二人的评语中可看出,宋人因注重说理而格外讲求用虚字助词来传达神情和语气,这在一定程度上拓展了古文的语言表现力。

结合欧阳修多用虚字的创作实际及陈绎曾有关虚字和文体关

---

① 〔明〕茅坤《唐宋八大家文钞·宋大家王文公文钞》卷八,明万历七年(1579)刻本,第10b页。
② 〔元〕王构《修辞鉴衡评文》,王水照编《历代文话》第2册,第1209页。

系的讨论，可进一步分析虚字在文类和语体上的双重适用性。宋人频用虚字入文，也招致后世文家的一些批评。金代王若虚便曾称引张九成的说法，提出反对观点，认为欧文不足为法："欧公散文，自为一代之祖，而所不足者，精洁峻健耳。《五代史》论，曲折太过，往往支离蹉跌，或至涣散而不收。助词虚字，亦多不惬。"①指出行文拖沓及虚字多用，反而造成文章支离涣散。因此在宋人多用虚字而令文章偏柔之后，元代以来文论家在讨论虚字时，往往更关注运用的适度。从这个层面来看，前引陈绎曾提出的"不可多用"和"须用"，在文章学史上有着特殊的意义，那就是首次从"造语"之法归纳了虚字运用的文类适用性。其依据则是与文类相匹配的语体特性，《文说》"明体法"概括了不同文体的书写要求，其中包括叙事和议论两大类："碑：宜雄浑典雅；碣：宜质实典雅；表：宜张大典实；传：宜质实，而随所传之人变化；行状：宜质实详备；纪：宜简实方正，而随所纪之人变化；序：宜疏通圆美，而随所序之事变化；论：宜圆折深远；说：宜平易明白；辨：宜方折明白；议：宜方直明白。"②陈绎曾的"明体法"既是对曹丕"书论宜理，铭诔尚实"说的细化，也反映出宋元以来文章体用论的演进。陈氏认为不可多用虚字的碑、碣、表、传之类，主要功能是叙事纪人，因而书写特征是"质实""典雅"。与之相反，那些须用语助的序、论、辨、说，则主于说理，多以"明白""圆折"为要求。因此，若将《文说》"明体法"和"造语法"结合，可看出古人特别讲求在议论文类中运用虚字，特别是加强论说的语气助词，换言之，议论文字注重明白晓畅

---

① 〔金〕王若虚《文辨》卷三，王水照编《历代文话》第 2 册，第 1144 页。
② 〔元〕陈绎曾《文说》，王水照编《历代文话》第 2 册，第 1340—1341 页。

而又曲折变化的语体特性,为汉语虚字在古文中提供了广阔的施展空间。

就内容与形式的关系而言,曹丕的"四科"分法和陈绎曾的"明体法",表明中国古典文章思想内容、社会功能的丰富性,决定了其语言形式的多样性,是内容和形式相统一的体现。综合以上三点也可看出,作为文辞表现形式的虚字,在不同文类中的适用性也有差异。以往对虚字的研究更多关注在外部关系上的"以文为诗""以文为词",宋元文章学围绕文章体用的讨论,则提醒我们不应忽视文章的内部分类及其相应的语言差异,这将是推动古代文体及文章学研究深入的一个方向。在古代文体学发展史上,明代主于辨体而集其大成,一般被视为文体学极盛时期。相较而言,宋人和清人则更倾向于化繁为简,以归类来收束众多文体,反而展示出一条考察古代文学类型及其书写传统的固有路径。从中既可以印证近年来颇受学界关注的中国文学抒情传统和叙事传统,也可发现,正如王葆心所论,宋以来文人撰作偏重"著述"一类而构筑起中国文学的议论书写传统。包括虚字运用等在内的诸多古代文章学命题,一定程度上正是在这种"说理"的文章统系下获得生发和衍化。

三、"运实必虚":虚字与明代
　　　文章学的节律论

在古代汉语史上,"实字"和"虚字"的称法在南宋以后才较多出现。与字类分虚实为名的语言学进展相近,上文论及陈绎曾对议论文类"明白""圆折"的修辞性概括,反映出近世文章学在阴阳辩证观念下追求语言张力的一种发展。字有虚实轻重,文有深浅起伏,这是中国古典文章写作与批评中基于汉语特性的一条重要定律,也体现出文章内容和语言形式相统一的创作规律。为进一步论述这种相反相成的写作逻辑及其与虚字的关系,下文将以明代文章学为主题来加以说明。从总体上看,明代文章学的一大特征可概括为技法化及抽象理论的具体化,无论是浸淫于复古风气中的文章师法,还是孕育于科举文化中的作文程式,这些得到明人集中探讨的话题,往往均须落实到具体的篇章字句、绳墨布置。从文章技法论来说,不管是古文还是时义,南宋以来文家多讲求篇章结构由首至尾的安顿妥当,各体段又由不同句式构成,或散或对,因而在技法论体系中,句法是较为核心的部分,不仅牵涉语句内部的虚实字法,也关系到章法脉络的衔接、转换。以此为背景,有关虚字与文章学的讨论将围绕句法中的字词调遣、节奏布置等问题展开。

与古典诗歌多呈现的齐整韵律不同,中国古典文章主要以长短句为节律的载体,因而格外讲求文势缓急、句式骈散、字类虚实等相对而又统一的语言排列规则,来实现文章节奏的错落有致。就字类的语感而言,实字偏于重实,虚字大多轻虚,在虚实搭配的遣词造句中,虚字的增删往往能影响句子的节奏缓急和语气刚柔。因此,要讨论古典文章的特有节律,汉语虚字是不可忽视的关键要素。从上文对陈骙《文则》的论述中,可看出至少从宋代开始,文论家就已留意到虚字制造及调整节奏的作用。但本文之所以选择明代作为主要考察范围,一方面在于明人论文特别重视虚实相生、缓急相应的错综成文之法①，较之宋元文章学更为深入，另一方面是因为明代出现了八股文这种格外讲求韵律结构的特殊品类。因而从文法、文体两方面来说，明代可算是将相反相成的文章学理论推演深化的时期。这种写作思维方式，对理解虚字如何影响文章的节律表现有着重要意义。

有关虚字在行文节奏中起到的作用，不妨仍以陈绎曾的说法为线索来展开论述。首先就"明白"的要求而言，南宋以降，文章家对虚字可令行文晓畅的作用多有认识，前揭楼昉评李斯之文通过虚字助词达到"意思愈明"的效果已是一例。另外如明初宋濂批评前人文章之弊病说："骋宏博，则精粗杂糅而略绳墨；慕古奥，则删去语助之辞而不可以句。"②文句不用虚字或许有古奥简质的味道，但往往不能成句；与之相反，搭配恰当的语助之辞则能促成文从义顺，而带来明快畅达的阅读感。从本质上看，宋濂所论也是从实字、虚字多寡的角度，强调虚字对通顺文句的作用。关于字类的虚实关系，明清两代论述颇多，此处不妨援引清初袁仁林的代表性说法来作讨论。袁氏在《虚字说》提出"运实必虚"：

> 声有藏于言中者，卓炼之至，不用虚字，其意自见；有相须而出者，行乎不得不行，止乎不得不止，而虚实间焉。较字之虚实，实重而虚轻，主本在实也；论辞之畅达，虚多而实少，运

---

① 参见拙文《古代堪舆术与明清文学批评》。
② 〔明〕宋濂《剡源集序》，黄灵庚编辑校点《宋濂全集》卷二十二，北京：人民文学出版社，2014年，第448页。

实必虚也。①

实字主要承担语句的主体结构和实际意义,虚字则通过串联实字来顺畅文义。相比于陈绎曾,袁仁林的认识显然更进了一步,既在虚实关系上明确虚字连缀实语的具体作用,又沟通声音和文辞的联系,表明古人对所谓文章明白晓畅的感知,最直接的来源是诵读时吐气发声的感官体验。这种声成气顺和文畅辞达的"声""文"对应,是古典文章节律形成的重要基础。

其次是与"明白"意义略相反的"圆折",这主要针对落位于句首和句末的一类虚字。关于这类多用于句亅之间的虚字,袁仁林《虚字说》指出:"'夫''盖''肆''繄''乎''也''焉''哉'之类,肖言语之声,文致之而婉合。"②通过声音模拟揭示出句末、句首虚字转接文句的作用。所谓"圆折""婉合",意思相近,皆要求行文不可过于直截,须有转接变化来实现婉转圆融,这是文章节奏变化的主要来源。

关于这种寻求连贯而有变化的错综成文法,落实到字类上,古人多以"斡旋"二字来概括虚字调整节奏的作用。"虚字斡旋"的提法在南宋就已出现,如前引楼昉评《北山移文》,便有"当看节奏纡徐,虚字转折处"的类似表述。在《过庭录》"作文用虚字"条,楼昉也说:"文字之妙,只在几个助辞虚字上。看柳子厚答韦中立、严厚舆二书,便得此法。助辞虚字是过接斡旋、千变万化处。"③另外如

---

① 〔清〕袁仁林《虚字说》,北京:中华书局,1989年,第130页。
② 同上。
③ 〔宋〕楼昉《过庭录》,王水照编《历代文话》第1册,第454页。

编选《文章轨范》的谢枋得,在评点韩愈《后二十九日复上宰相书》一文时,指出"岂特吐哺握发之勤而止哉"一句"此一转有笔力,巧在虚字斡旋"①。明人茅坤承袭了这一评语,在评价此文说:"议论正大胜前篇,当看虚字斡旋处。"②从这些表述看出文章家强调的"虚字斡旋",是利用虚字的轻虚特性来调节语气,消弭实字填塞所带来板滞僵硬的质感,进而实现节奏的急徐变换及行文的虚活灵动。在明代文章学中,注重虚实字类的恰当运用,与文意虚实、语句虚实等一起构成文章的虚实之法。晚明文论家武之望曾有一段颇具代表性的论述:

> 要知文趣,须知行文虚实之法。文字体贴发挥,虽要着实,至于玲珑写意,见镜花水月之趣,往往于虚处得之。有用实意发挥者,亦有用虚意游衍者;有用实语衬贴者,亦有用虚语点缀者;有用实字填塞者,亦有用虚字斡旋者。盖不实则浮而不切,不虚则累而不逸。实不着相,虚不落空,文章家妙诀也。③

武之望对"虚字斡旋"的理解,同样基于对虚实字类功能不同的认识。实字表意,虚字达情,如果说文"意"多落在"实"处,那么文"趣"则往往来自游衍灵动的"虚"处。

---

① 〔宋〕谢枋得《文章轨范》卷一,《景印文渊阁四库全书》第 1359 册,台北:台湾商务印书馆,1986 年,第 545 页。
② 〔明〕茅坤《唐宋八大家文钞·唐大家韩文公文钞》卷二,明万历七年(1579)刻本,第 12a 页。
③ 〔明〕武之望《重订举业卮言》卷上,明万历二十七年(1599)刻本,第 40a 页。

综合上述两方面来看，文章家追求的文字"明白"而"圆折"，是要在文从义顺的同时又有曲折变态，营造一种曲直相间、缓急相应的节奏错落感。清代张谦宜《絸斋论文》论"错落"曰："错落者，句调布置之参差也。堆排固属可厌，单弱亦非良工。"①句式长短间隔、字类虚实相嵌，是构成文章节奏的基本要素，试举明嘉靖间皇甫汸《文选双字类要后序》对长短句及虚字的穿插运用为例：

> 夫比属义意，则汉隽非工；弋钓篇章，则左奇为劣。由是精义者，沿洪波以讨源；缀辞者，茹兰芬而吐秀。庶几错综斯文，不徒鼓吹小说而已。或谓雕琢琼瑶，遗恨抱璞；刻削杞梓，取讥不材。嗟乎！寸珪尺璧，咸足云宝；制锦裂缋，奚病为华？此固玩物者之致曲而非忘筌者之通津也。②

此处下画线为四组偶对句，句式长短分别为：4/5/4/5，3/6/3/6，4/4/4/4，4/4/4/4。在每组对句之前皆以虚字发语，即着重号标示的"夫""由是""或谓""嗟乎"，两组对句之后又各以长短句穿插，避免了过度骈俪而令行文板滞。皇甫汸通过虚字运用和骈散调度，使得全文齐整流畅而又错落变化，这正是张谦宜所说的"句调布置之参差"。明末张燮《书皇甫子循集后》评皇甫汸文章说："六朝织散文为俪语者也，故绮组成其经纬；子循就俪语作散文者

---

① 〔清〕张谦宜《絸斋论文》卷二，王水照编《历代文话》第4册，第3888页。
② 〔明〕皇甫汸《皇甫司勋集》卷三十五《文选双字类要后序》，明万历三年（1575）刻本，第9b—10a页。

也,故流奕济其峻峭。"①其中所言"就俪语作散文",概括了明人文章寓骈于散的句法特性。在清人眼里晚明时文讲机法、求灵变的特征,很大程度上也来自此种错综成文的写法追求。由于八股文的语体以兼顾骈散为特征,并要求股对句排偶成文,因此追求两股文字的连贯而有变化,避免合掌之病,是写作的基本要求。学界对八股文语体的讨论也多集中于骈散结合和散体对句上,很少从文字组织的角度作深入剖析。事实上,从虚实字类的搭配来看,八股文对句的本质特征可大致概括为:实语相对、虚字相同。这种有别于古典诗歌对仗的独特的对偶形式,决定了虚字是构成八股文节律的关键要素。

从语言形式上看,明代八股文主要由单行及排偶两种形态的长短句构成,因而在行文上,与上引皇甫汸一文相近,同样具备散体文顺畅而有变化的特征。为便于讨论股对句中特殊的虚字用法,在前已论述的"虚字斡旋"外,笔者在此提出"虚字重沓"之法。所谓"重沓",主要是指句尾虚字的重复出现,这与上文谈到宋人虚字迭用以及《文则》"数句用一类字"的现象较为接近。由于股对句虚字不变,句尾虚字重沓就成为八股文天然的节律标志。现举晚明科举用书《一见能文》所录的股对句为例,如《好勇不好学　四句》的虚比:

　　惟其学也,世之所以有大勇也。若夫好勇矣,而不好学,得谓勇乎?

----

① 〔明〕张燮《霏云居集》卷五十三,《四库禁毁书丛刊补编》第59册,北京:北京出版社,2005年,第625页。

> 惟其学也,世之所以有真刚也。若夫好刚矣,而不好学,得谓刚乎?①

两股中"大勇""真刚"等实语相对,但各股中句尾用"也""矣""乎"三虚字间隔重沓,分别表达顿宕、肯定、陈述和疑问的语气,形成声调抑扬的语音链,又因股对句虚字不变而带来两股语音链的重现,由此构成了明代八股文因虚字重沓而具备独特的节律感。

将重沓与斡旋带来的节奏变化效果结合,可进一步分析虚字在股对句之间的运用,如何在制造语音链重复的同时,又消弭偶对句重现可能带来的板滞感。现举景泰四年(1453)癸酉科顺天乡试吕原的程文《周有八士　一节》,其中间四比曰:

> 其初乳所生者,伯达、伯适也,及再乳则仲突、仲忽生焉;
> 其三乳所生者,叔夜、叔夏也,及四乳则季随、季騧生焉。
> 夫一乳得二,固已异矣,而四乳皆二,岂不甚异乎?
> 四乳各二,固甚异矣,而八子皆贤,岂不尤异乎?②

从这四股的字句调度来看,前二股为起比,直讲题面,依次说出周朝八士之名,但如此陈述易陷入死板,因而为求变化,作者在虚字运用上做文章,在句末用同为"决辞"而发声不一的"也""焉"二字,形成语音上的间隔重沓。后二股为中比,以层层递进之势讲明"四乳

---

① 〔明〕汤宾尹《汤睡庵太史论定一见能文》卷四,陈广宏、龚宗杰编校《稀见明人文话二十种》下册,上海:上海古籍出版社,2016年,第1135页。
② 〔明〕武之望《重订举业卮言》卷下,第28b—29b页。

各二""八子皆贤"的题义。从四股的总体上看,起比和中比皆从一至四依次叙述,有着颇为相近的递进文势。因此为求声调和节奏的急徐变化,吕原在两比之间加入了句首发语的"夫"字来斡旋转接,借助"夫"字吐气发声平衍的特性略作停顿,推开口吻,由此获得一种节奏连贯而有变化的修辞效果。关于这种与六朝骈文以虚字转接异曲同工的技法,张谦宜《䌹斋论文》论"笔法"曾指出:

> 古人承接转合,全在虚字,然不得如时文活套,有上句虚字,便有下句虚字,一定腔板,用之烂熟,故笔路要别。别者,欲其生又欲其顺,此暗转、大转、拗接、断接,所以为古人秘妙也。暗转者,不用虚字,意思潜移也。大转者,用"夫"字向上一腾,便于落下,落处即转之机也。①

这里张谦宜也指出八股文股对上下两句皆有虚字,形成所谓的时文腔板。在承接转合处则须不拘格套,灵活处理,或不借助虚字而用"潜气内转"之法,或用"夫"字斡旋之法。张氏虽批驳时文活套用之烂熟,但由此恰可看出虚字之重沓、斡旋对控制八股文节拍和转调的重要作用。特别是"大转"之法,两比之间不用散体过文,而以虚字衔接的写法在中晚明八股文中较为常见,除用"夫"字外,例如胡正蒙会墨《固天纵之将圣之多能也》中比、后比之间用"夫是以",邓以赞会墨《先进于礼乐 一章》后比、束比之间用"盖"字等。以上这些八股文虚字法,可看作对《文心雕龙》"弥缝文体"、《文则》

---

① 〔清〕张谦宜《䌹斋论文》卷二,王水照编《历代文话》第4册,第3887页。

"数句用一类字"的一种结合，反映出文章家对虚字技法探求的精细化。结合武之望的文章虚实法和意趣论来看，由于八股文须体贴题义，在"意"上发挥的空间有限，因此晚明以来士人多在"趣"的层面下功夫，以求灵变，这就使虚字多被视为文章家之妙诀。

总的来说，与古典诗歌的韵律不同，古代文章的节律生成，格外依赖句式长短、骈散及虚字吐气发声的语言特性。就文章语言形式的发展而言，魏晋六朝文流行骈语偶句，唐宋古文则多用长短散句，明代文章因骈散观念的交织、师法对象的多样，而在总体上呈现出兼容并包的特征。明人讲求的错综成文法，既吸收了中国古代自魏晋六朝以来的对句艺术，也沿袭了宋人所总结的虚字斡旋及迭用之法，由此造就出以长短律为核心的文章节奏美感。有关古代文章节律的问题，学界往往从句式长短、骈散交替等因素切入，这些固然是其明显的语言表现形式，但一旦我们从字类虚实的细部去分析，便可看出，明人"运实必虚"的修辞观以及虚字重沓、斡旋的修辞法，使得古典文章展示出虚实轻重、起伏缓急的韵律特征和语言表现力。这种表现力又与古人追求相反相成的行文意趣密切相关，这或许能为我们从语言特性去研究古代文章提供一些有益的思考。

四、"声音之道施之文字"：虚字与明清文章学的声气论

从上文对明文节律的讨论中可看出，明清两代的文论家越发关注文章中的声音要素。注重以声论文，将铺排于纸上的文字与流转于口中的声音相结合，这是古代文章学在明清时期取得的重

要进展,也体现出中国古典文学注重声音美感的跨文类共性。明清文论对文章音乐性的感知,表面上看是得益于晚明以来时文批评对字法、句法特别是调法的建构①,但更深层的,仍是受到中国古代虚实相生的构文逻辑和阴阳相伴的艺术思维之影响。例如就文章节律来说,张谦宜也认为"节奏"是"文句中长短、疾徐、纡曲歇薄之取势",而"声响"则是"文逗中下字之平仄、死活、浮动沉实之音韵"②,将文章的音乐性落实到一系列相对的组合范畴中。清人王元启则说:"文贵一气贯注,而其中曲折万变,读之琅然有声,如是乃足动人。"③促成文章声调错落的"一气"和"万变",就如同乐曲中一以贯之的主题和移步换形的变奏,构成一种相对而又统一的审美特性。因此,和众多艺术门类一样,中国古典文章也特别看重虚实、正反等普遍规律。在明清文章学中,这种抽象的规律被演绎为可以把捉的具体技法和知识,虚字正是其中最基本的单元。

有关虚字与声音的话题,除了文章学上虚字与行文节律的联系之外,另一个不可忽视的因素是清代训诂学的进展。随着古音学研究的兴盛,以"戴段二王"为代表的清代学者专以声音治文字,总结和完善了古代声训法。"声音之道施之文字"④,本为近人黄侃评述乾嘉小学路数之语,指戴震、段玉裁所主张的因声求义之理念,强调文字的音义关系。笔者在此借引,一方面意在揭示清人讨论虚字多从声音、口吻切入,反映出古代虚字研究从文法论到声气

---

① 参见胡琦《明清文章学中的"调法"论》,《文学评论》2021年第1期。
② 〔清〕张谦宜《絸斋论文》卷二,王水照编《历代文话》第4册,第3888页。
③ 〔清〕王元启《惺斋论文》,王水照编《历代文话》第4册,第4160页。
④ 黄侃述,黄焯编《文字声韵训诂笔记》,上海:上海古籍出版社,1983年,第4页。

论的一种推进；另一方面，旨在借此说明不管是明中叶以来流行的文章诵读，还是清中叶桐城古文推奉的"因声求气"，其要旨皆在于将目视之文字与口吐之声气相勾连，以此可见明清两代在"言""文"关系上对文章乃至文学理解的深入。为探讨这两个问题，下文即围绕虚字依次从晚明以来的文章诵读、清初小学家的文字训解及清代古文家的文章理论这三个相关联的层面展开。

从历史上看，如果说元代是古汉语虚字研究的体系初创期，清代趋于集大成，那么明代的意义，或许就在于推动文章学演进的科举取士和文学教育，为这一体系的生长提供了广阔的空间。特别是晚明以来愈趋精细的文章诵读法，区分"看书"与"读书"的差别，促进了文章家对虚字传递声气的认识，也为明清声气论的形成提供了文章学基础。

在古代的文章教习中，阅读一直是古人特别注重的习文方法。尤其在科举取士的社会，读书是士人群体获取知识和培养文才的主要手段。如前所述，由于明文特别讲求虚实相生的错综成文法，出于备考的需求，明人的文章诵读也格外看重行文起伏、转折之处，这点从明代举业用书的批点中就可看出。比如因《唐宋八大家文钞》而在明清时期产生过重要影响的茅坤圈点法，即以实心及空心短抹来标示行文起案、结案与紧关之处。另外如薛应旂编《新刊举业明儒论宗》，卷首《凡例》指出作文之法有"顿挫""起伏""转调""分段"等，并说："观阴短抹而知顿挫、起伏、转调之有法也，观一画而知分段之理也。知者观其凡例，则思过半矣。"[①]旨在将作文法

---

① 〔明〕薛应旂《新刊举业明儒论宗》卷首《凡例》，明隆庆元年（1567）金陵三山书坊刻本，第4b页。

则的教授融会于点、抹、画等符号的阅读指引中。进一步讲,由于虚字斡旋在行文起伏、转调中往往起着关键作用,因而明人的文章诵读也强调须留意虚字:"文之妙处,不独机活、步骤,即其粗如'之''其''乎''于'等字,却容易用他不得。今世学者,于看书时,视此等字为助语,漫不加意,即讲解不知所谓,况行文乎?"①除了这里所说的"看书"外,为培养语感,明人也强调口诵的"读书"法,通过口诵和耳听来提升语言感知力,如武之望曾自述云:

> 文字佳恶,不惟目鉴能识之,即口诵亦能辨之。少时曾侍业师杨先生看文字,每听口中一过,其佳者稳顺谐和,中律中度,恶者牵涩乖戾,寡韵寡声,不待讥评指摘,而高下工拙,已犁然辨矣。余自是读文字,最不敢卤莽,时或深嗜细咀,探骨理于意象之中,时或朗诵长吟,索风调于词章之外。至于抑扬高下,轻重疾徐,如按习歌吹,必调叶而后已。②

武氏《举业卮言》有"看书"和"读书"二目,可见他认为二者当有区分,其差别在于前者以"目鉴",后者以"口诵"。诵读的意义更多的是在声音、口吻的层面,感知"抑扬高下""轻重疾徐"的声调和节奏感,这多少反映出晚明以来读书人通过口诵来领会文章节奏、声音的情况。

作为一种因科考习文而受众面颇广的阅读文化,吟哦口诵的

---

① 〔明〕李叔元《新锲诸名家前后场肄业精诀》卷一,陈广宏、龚宗杰编校《稀见明人文话二十种》下册,第604页。
② 〔明〕武之望《重订举业卮言》卷下,第27a—27b页。

读书法在清代得到进一步发展,出现了如清初唐彪《读书作文谱》一类细绎读书法的专论,进一步推动清人从言语、声音去理解文辞。例如桐城一派对诵读法的提倡,从姚鼐认为"学古文者,必要放声疾读,又缓读,只久之自悟"①,到方东树指出"欲学古人之文,必先在精诵,沉潜反覆,讽玩之深且久,暗通其气于运思置词、迎拒措注之会"②,强调的同样是通过口诵的读书法来领悟文章妙处。其中所说"放声疾读""沉潜反覆",虽在诵读法的表述上与晚明武之望的"朗诵长吟""深嗜细咀"可相类比,但如方东树所言"暗通其气",实可看出桐城一派的诵读法更有对"气"的追求,意在接续古代的文气论传统来构建其"因声求气"的诵读理论。

如果说桐城文派对文章声气的体贴,更多是一种理论形态的话语,那么清代小学家通过口吻、声气来训释虚字并借助文章学加以落实,则更具备一种创作实践的意义,从中可进一步理解文章声气论的语言学基础。与古文家借助"气"的概念来改进文章诵读法相近,通过吸收文气论资源来训释虚字的方法,也在清代小学家那里获得进展。尤其是前文已提及的袁仁林《虚字说》,强调虚字虽无实义,却有声气可寻,从口吻及神情声气的角度陈说虚字传声表情的功能,这比卢以纬的《助语辞》更进了一步。如释"夫"字:

"夫"字之气,清浮平著。(直略反。)每著于所言而虚指

---

① 〔清〕姚鼐《惜抱轩尺牍》卷六,《丛书集成续编》第130册,上海:上海书店出版社,1994年,第945页。
② 〔清〕方东树《考槃集文录》卷五,《清代诗文集汇编》第507册,上海:上海古籍出版社,2010年,第207页。

之,有一段铺开扶起、敷布回翔意。厥用五:

用以劈头发语者,意注所言,乃提出口吻。(《长门赋》:"夫何一佳人兮,步逍遥以自娱。")

用以承顶上文者,意注前文,即将上件来明说、覆说、总说也。(今承题与文中极多。庄辛《倖臣论》:"夫蜻蛉其小者也。"又是承来撇过,以总为承顶类。)

用以离前文开说者,意在充拓,乃推开口吻,后必关会前文。(《兰亭记》"夫人之相与,俯仰一世"云云。又与从容展拓意,亦在即离间。)大抵前文未了,则用"夫"字紧承,前文太了,则用"夫"字开说。

用以腰句过递者,亦是气著于下而虚指之。("逝者如斯夫,不舍昼夜""疾夫舍曰欲之""食夫稻,衣夫锦"。)

用为语已辞者,意有所见而拖其气以盘旋之,有无限虚空唱叹意。("诚之不可掩如此夫!""莫我知也夫!""嗟夫""悲夫""信夫""善夫""固矣夫"。)①

袁仁林对"夫"字用法的归纳,相比于卢以纬《语助》分句首、句中、句末三处更加细化,加入了如《长门赋》落在篇首而用于开头发语、提出口吻的用法。对句首发语者,则特别强调"夫"字在上下文之间的承递和转换作用。另外值得留意的就是袁仁林对发语时吐气、运气的语音模拟,如对用于句末的"夫"字是"拖其气以盘旋之,有无限虚空唱叹意"。又如区分用于句尾的"乎""与""耶"三字分

---

① 〔清〕袁仁林《虚字说》,第1—2页。

别为喉音、唇音、牙音,由于发音不同,因而语气也各有区别:"'乎'字气足,'与'字气嫩,'耶'字气更柔婉。"①

从中可见袁仁林的虚字"声气"说,特别讲究语气对传声、表意的作用,并以古典诗文实例为语料,既将纸上文字与口中声气相结合,也沟通了语言与辞章之间的联系。因此对《虚字说》这类虚字训释专著的讨论,实可从训诂学拓展至文章学的范围。袁氏在《虚字总说》中曾揭示虚字区别于实字的功能:

> 凡书文发语,语助等字,皆属口吻。口吻者,神情声气也。当其言事言理,事理实处,自有本字写之。其随本字而运以长短、疾徐、死活、轻重之声,此无从以实字见也,则有虚字托之,而其声如闻,其意自见。故虚字者,所以传其声,声传而情见焉。②

这段多被研究者用来揭示《虚字说》声气理论的文字,实则也在文章学意义上点明了虚字具备的特定功能,即传递长短、疾徐、死活、轻重的声音。袁氏进一步将虚字传声表情的言语性质概括为"口气",并指出口气有"顶上起下,透下缴上,急转漫转,紧承遥接,掀翻挑逗,直捷纡徐"数种,来表达"喜怒哀惧、宛转百折之情"③,其中所列如顶上起下、直捷纡徐等,既在"声"的角度描摹了语气婉转变化的特征,也在"文"的层面点出虚字在辞章结构中的斡旋转接

---

① 〔清〕袁仁林《虚字说》,第33页。
② 同上书,第128页。
③ 同上。

功能。

由此不难看出,袁仁林的虚字理论虽以文字训释为主,但仍具有重要的文章学意涵:一是将相反相成的文字组织逻辑推展至吐气发声的口吻层面,揭示出文字组织的疾徐、轻重本质上来源于声音之高下缓急;二是从"言"和"文"的统一性来理解辞章,如他说"出诸口为言辞,写之字为文辞,笔舌虽分,而其为'辞'则一"①,将辞章的表现形式分为"笔""舌"二端,并在言文关系上肯定言语之辞和书写之辞的共生性,于此可窥见明清时期对文章本质属性认知的一大变动。

结合武之望的读书、看书之分及袁仁林的言辞、文辞之辨,便可发现,随着对文章"言语"及"书写"双重性认识的深入,口诵、耳听也成为晚明至清代文学批评的一条路径,这是理解清人以"声气"论文之关键。与武之望借助口耳可辨文章高下的观点一致,袁仁林也强调文之工拙系于声气,其依据便是所谓"声以表言,言因声达"及"声又本乎气"②,由此构成"气—声—文"三要素前后衔接的关系链。这一构型的理论资源,实来自以韩愈"气盛言宜"说为代表的古文家声气论。在清人的古文理论中,与袁氏同时代的刘大櫆也曾以字句、音节、神气三要素论文,认为"积字成句,积句成章,积章成篇,合而读之,音节见矣,歌而咏之,神气出矣",并进一步分析三者关系:"神气者,文之最精处也;音节者,文之稍粗处也;字句者,文之最粗处也。……神气不可见,于音节见之;音节无可

---

① 〔清〕袁仁林《虚字说》,第 129 页。
② 同上书,第 129 页。

准，以字句准之。"①同样建构起由"神气—音节—字句"相勾连的组合。音节作为中间要素，与神气相衔接而构成桐城派"因声求气"论的基础，这一点已是学界的共识。更值得关注的，则是其中音节与字句的关联，通过文字安顿来落实游移于口吻间的音节，将声音之道系于文字，这正是姚鼐在《古文辞类纂序目》中所说的以"粗"寓"精"，也是桐城古文声气论落实到文章学层面之要旨所在。由此再看刘大櫆"文必虚字备而后神态出"一语，其实正代表了清代以辞气阐发虚字的一种范式。直至桐城末期，林纾也强调"留心古文者，断不能将虚字略过，须知有用一语之助辞，足使全神灵活者"②，以此可见经由桐城一脉的推演，汉语虚字借声音之道已成为具备普遍意义的文章学表达方式，也在刘大櫆、姚鼐所主张的由"粗"至"精"、形式服务于内容的文辞观念中成为一种基本的文学要素。

当然，从古文理论来看，清人的声气论并非仅仅围绕虚字而展开，更涉及实字平仄、句式长短等不同因素。只是从"声音之道施之文字"这一层面来说，不管是文章家的"意""趣"论，还是训诂家所谓的"体骨""性情"之分，虚字因具备传声表情的字类优势而更受人关注。从宋元以来的文法，到晚明至清代的口吻，古人理解虚字的"笔""舌"之变，固然有着知识界注重诵读的广泛基础，但更因清代学术兼重小学和辞章而指向更深层的学理背景，实为清末章太炎、刘师培等辈预埋了一条基于文字、声音之辨来思考文章本质

---

① 〔清〕刘大櫆《论文偶记》，第6页。
② 林纾《春觉斋论文》，北京：人民文学出版社，1959年，第137页。

的线路，也为近代文章学及中国文学史的建构提供了一种知识资源。

五、余　　论

在中国古代汉语史上，卢以纬《助语辞》被视为系统研究虚字的开山之作。此书于明末传入日本，经由毛利贞斋翻刻而对日本的汉文训读和研究产生深远影响。在清康熙间《助字辨略》《虚字说》初刊后的数十年里，日本江户时期古文辞学派荻生徂徕、古义学派皆川淇园亦先后编刊《译文筌蹄初编》《史记助字法》《虚字解》等汉文虚字专书。至明治时期，受西方修辞、语法学之影响，儿岛献吉郎借鉴马建忠《马氏文通》、西人《英文典》等书而编著《汉文典》《续汉文典》，分"文字""文辞""文章""修辞"四典，以字类、文法及辞章之学为主要内容。20世纪初，来裕恂所编《汉文典》由商务印书馆印行。来氏自序称这部由"文字典"和"文章典"所构成的论著，也受到《英文典》及儿岛氏《汉文典》的影响，是对中国传统文字及文章学谱系的系统梳理。这虽说可看作是清末民初之际，"文学"概念及其相关知识体系由日本"反流传"至中国的一个侧面，但其实更表明中国传统文章学因注重字类、文法及辞章，而有着可与西方古典语文学知识相接榫的固有质性。

因此我们看到，在晚清以来"中国文学"的建构中，汉字作为一种文学知识被纳入中国文学研究、文学史书写之中，而使近代早期的中国文学史著作呈现出异样的风貌。例如前述林传甲《中国文学史》第五篇立"虚字联络实字达意法"诸目，承袭了古代字类兼及文法的理路，此书前三篇亦分别论述古今文字、音韵、训诂之变迁，将作为传统学术构成的小学引入文学框架内，视之为研治文学之必要知识。黄人《中国文学史》第四编"分论"，同样将"文字""音韵""书体""文典"作为文学的起源，放置于文学史叙述之前。另外值得留意的是谢无量的《中国大文学史》，其第一编"绪论"既述文学之定义及发展大势，也论文字之起源及变迁，并在世界语言与文学的视野下，认为中国文学之特质实出于汉字一字一音的特性。又专设"字类分析与文章法"一节，以西方语法、修辞学为参照来考量汉语虚字及文章之法，并视上引之《经传释词》、俞樾《古书疑义举例》为文法之书。在新学体制下，文学史的本土书写对汉字的关注，尤其是对虚字及文法的重视，与其说是近代学人对西学相关知识的被动接纳，不如说是对中国文学固有传统的主动梳理，特别是继承并推广了清季以来小学、辞章并重的文章观念。如谢无量对文学的理解及分类，即根植于章太炎以文字为本位的文章观；对字类分析及文法的陈说，则颇近于刘师培之所述："昔相如、子云之流，皆以博极字书之故，致为文日益工，此文法原于字类之证也。后世字类、文法，区为二派，而论文之书，大抵不根于小学，此作文所由无秩序也。"①刘师培之论实触及中国文章学以唐代为界的变革，自韩柳倡古文运动以来，古代文论多侧重于形上之"道"，而多将作为形下之"技"的文字、言语、修辞视为末技小道。由此观之，清代桐城文家以文之"精""粗"为基础，以声音为介质来连接"字""句"与"神""理"，汉学家又力倡辞章必出于小学，这些既可以说是

---

① 刘师培《论文杂记·序》，第108页。

对刘勰所谓因字句而成篇章的文辞观之复归,也为清末以来知识界研究中国文学多由汉字写起提供了学理上的合法性。

　　理清了上述文学史叙述的背景,再反观尚处探索阶段的古代文章学研究,或许会有一些新的思考。当前学界对古代文章学体系的讨论已取得不俗的成绩,对文章学具备多学科包容性的特征也有了一定共识,如认为其偏重理论的一面与古代文论多有交涉,而涉及技法的内容又与汉语修辞学、韵律学相交叉。但在研究价值的评判上,仍存在着一定程度的重理论而轻技法的倾向。古代文章学的理论阐释固然重要,但对古代文章修辞、技法的系统梳理也不容忽视。一方面,以往的研究多关注精英思想和系统论著,往往轻忽相对基础的文章学知识和语言技巧,因而为推动研究的整体化,围绕语言、文字的所谓"文之粗处",当是今后古代文章学研究的一个重要方向。另一方面,从体用论的角度来说,中国古代文章学向来注重内容与形式的相互依存和动态平衡,即"表现什么"与"如何表现"二者虽时有升降,但多被同等看待。文章内在的思想内容往往决定着体制、语言等外在表现形式,因而反过来说,如桐城派强调的由"粗"至"精",要认识中国古典文章丰富的思想内涵,必须重视语言分析的方法。不过,自近现代人文学科分化以来,文字、修辞之研究多属语言学专职而与文学分途,这在很大程度上牵制了学者对古代文章语言角度的研究。从这一层面来说,刘师培所言"后世字类、文法,区为二派",对推动当前文学研究与语言学的跨学科互动,进而从语言形式服务于思想内容出发去理解中国文学的特质,或许又有了全新的意义。

　　进一步来说,无论是文论家认为的因字句而成篇章,还是小学家所谓的以实字、虚字两端来构文,在本质意义上,都可看作是一种以文字为本位的文学观念。以这样一种观念去考察林传甲、谢无量等人的文学史书写实验,便可看出,在西方文法、修辞学及中国传统文章学相碰撞的过程中,这些著作以语言、文字为路径,以历代文体为对象所呈现出的复杂面貌,或许可成为我们当下进一步省思文学观念、认识中国文学民族特点的一类样板。某种程度上,正是这些带有传统文章学印记的著作,留存着在此后文学史书写中,被逐渐消解的中国古典文章类型、体制及创作经验、语言形式的丰富性。由此我们既可理解学界当前积极探索的文章学研究,对于未来的中国文学史、文学批评史建设的意义,也能在方法论上认识到,这种注重汉语言、文字及其修辞特性的语文学路径,或可为今后的文章学研究开拓新的局面。

最后,从语言、文字是文学形式表征这一点来看,汉语言具备的声调、韵律特质,汉文字具有的视觉、听觉美感,共同赋予中国文章学以独特的文本话语体系及鲜明的民族文化特色。与印欧语相比,汉语字分虚实、音分平仄的语言特性,使得由方块字所组成的文辞具备独特的美感形式。这种形式,既来自文字结构对称、错综的视觉经验,语音结构和谐、抑扬的听觉感受,更源自阴阳、虚实等二元结构所反映的强大的思维传统,是一种把对天文、地文、人文的理解与对语言符号的把握相统一的结果。中国文章学因注重将思想内容的道、理、意、气,与语言形式的格、律、声、色相结合,故在很大程度上,维系着这种言意统一的"美文"传统。在这种深厚的传统中,无论是汉魏以来注重修辞的审美创造,还是明清时期讲究口诵、耳听的审美感知,都表明语言、文字作为思想的外在形式,承载着古人的文学经验和思维模式,也体现出中华文明特有的审美智慧。在当前世界多元文明交流与竞争并存的现实中,中西之间的对话沟通固然重要,但从思想和语言的统一性出发,认清中西文学基于语言的异质,或许是更为迫切的任务。由此来说,我们强调以语言分析来理解文学,对建构具有中国文学特色的研究体系,通过语言特性来认识中国文学的世界性贡献,当有重要的现实意义。

(原载《中国社会科学》2021 年第 11 期)

语助、文典与文学史：汉语虚字论的东亚环流与学术意义

汉语虚字研究有着相当悠久的传统,在 19 世纪末《马氏文通》问世之前,尽管现代意义上的汉语语法学体系尚未诞生,但这些最初被两汉经学家称为"辞""语助"的字类,已受中国古典语义学的浸润而获得深厚的研究积累,并在清末成为一种最初与西学相遭遇的知识资源。光绪三十年(1904),梁启超在《新民丛报》上发表《论中国学术思想变迁之大势》续篇,曾描述清代传统小学向新式"文典"衔接的脉络：

> 乾、嘉间学者以识字为求学第一义,自戴氏始也。……近世俞荫甫为《古书疑义举例》,禀高邮学,而分别部居之。而最近则马眉叔著《文通》,亦凭借高邮,创前古未有之业。中国之有文典,自马氏始;推其所自出,则亦食戴学之赐也。[①]

清代是传统小学发展的鼎盛时期,出现了刘淇《助字辨略》、袁仁林《虚字说》、王引之《经传释词》、俞樾《古书疑义举例》等虚字研

[①] 梁启超《论中国学术思想变迁之大势》,上海：上海古籍出版社,2001 年,第 121—122 页。

究专书,语言学界曾将这些著作按照训释方法划分为"修辞派"与"训诂派"[①]。但不管是注重修辞分析还是偏于字义训诂,中国古代的虚字研究始终在不同程度上贯彻着如后来黄侃所说"凡为文辞,未有不辨章句而能工者"的学理[②],而与汉语辞章学有着紧密的关联。

《马氏文通》的出现,虽被视为现代语言学发端之标志,但正如马建忠自述,该书乃是借鉴"西文有一定之规矩"来探求"华文之字法句法",旨在培养学子"读书而能文"[③],因而可以说仍是一种包含传统小学、辞章学的知识综合体。差不多同时,日本明治中叶以降的汉语虚字研究,也在经历西洋修辞学、语法学的洗礼后迎来"汉文典"的盛行期。作为一种同样注重由文字渐进至文章修辞的研究模式,"文典"在清末被引介至中国后,一度成为新式学堂"中国文学"教科书的参照样板。在此影响下,包含虚字在内的语言文字作为文学基础知识,进入另一舶来品"文学史"的汉语实践之中,由此触发"文字—文辞"向"文字—文学"模型的古今转换。

基于各自研究的学科立场,以往研究者较少从长时段和多视角来考察汉语虚字论在明清近代学术衍变与学科分梳中的角色。本文希望从"语助""文典"及"文学史"这三种互有关联但又不同的模式出发,梳理明清汉语虚字论东传日本,至近代又以不同的文本形式返传至中国的现象,探讨虚字研究在此种东亚汉文字圈与中

---

① 何九盈《中国古代语言学史》,北京:北京大学出版社,2006年,第234页。
② 黄侃《文心雕龙札记·章句第三十四》,上海:上海古籍出版社,2006年,第113页。
③ 〔清〕马建忠《马氏文通·后序》,北京:商务印书馆,1983年,第13页。

西学术碰撞期的时空内获得的"裂变"。由此,不仅可折射出清末民初"中国文学史"早期探索实践的曲折路径,更可以反映这种以语文学传统为根柢、在近代知识界获得不懈追求的"以识字为第一义"的汉民族思维。

一、"语助"东传与日本江户虚字论的"文法"观

在中国古代,"虚字"这一名目尚未流行之前,人们常用"语助"来指称文句中不具备实在意义的字类。"语助"的提法始于郑玄,最初仍属小学之范畴。至刘勰《文心雕龙》,始将语助与辞章学意义上的字法、句法相结合,《章句》篇说《诗经》《楚辞》"寻兮字成句,乃语助余声",并指出句首、句间和句末虚字有着"巧者回运,弥缝文体,将令数句之外,得一字之助"的作用。① 刘勰对语助的认识虽仍有承袭郑玄所谓"语之助""声之助"之处,但他更进一步,点明语助在文句中的具体落位及其连缀文句的实际效果。由此,古人对语助的解读,渐由训诂通经的小学趋向谋篇造句的辞章之学。到了唐宋时期,如柳宗元从语气上区分"乎""欤""耶""哉""夫"字为"疑辞","矣""耳""焉""也"字为"决辞"②,宋人陈昉认为文章假借语助可以"成声""尽意"③,注重从声音、口气去认识语助的作

---

① 王利器校笺《文心雕龙校证》,上海:上海古籍出版社,1980年,第220页。
② 〔唐〕柳宗元《柳河东集》卷三十四《复杜温夫书》,上海:上海古籍出版社,2008年,第553页。
③ 〔宋〕陈昉《颍川语小》卷下,《丛书集成初编》第322册,上海:商务印书馆,1936年,第19页。

用,这些都为元代以后的语助研究及其与辞章学的深入交涉做了准备。

在古代汉语史上,元代卢以纬《语助》是第一部虚字论专著。此书经明代胡文焕翻刻而更名为《助语辞》,收入《格致丛书》,大抵于江户初年传入东瀛,受到日本儒者与汉文学习者的重视。宽永十八年(1641),京都书肆风月宗智依《格致丛书》本翻刻刊行《新刻助语辞》,助推了《语助》在日本的广泛传播。天和三年(1683),儒者毛利贞斋最早对该书作注解,成《鳌头助语辞》一卷,并于享保二年(1717)修订为《重订冠解助语辞》二卷。元禄七年(1694)所刊三好似山《广益助语辞集例》三卷、享保四年(1719)所刊松井河乐《语助译辞》二卷,则分别以订补和翻译的形式研究《语助》。从历史上看,《语助》舶载赴日,可以说开启了日本江户时代两百多年的汉语虚字乃至汉语文法的研究,此后经历荻生徂徕、伊藤东涯、皆川淇园等江户大儒的先后探索,日本的汉语虚字研究逐渐脱离卢氏《语助》的框架而自成一派,成为日本汉学之重要分支。学界以往对《语助》的研究已颇为深入,近年来也在东亚汉语史视域下对《语助》东传与江户时期汉语虚字论的发展作了细致考察[①],但这其中仍有一些问题可作进一步讨论:

第一,对《语助》一书的认识,除了汉语史上系统的虚字释义第一书之外,也应重视它作为"文法"用书所具备的辞章学性质。原书卷首胡长孺的《语助序》就指出:"是编也,匪语助之与明,乃文法

---

① 相关研究参看[日]牛岛德次《日本汉语语法研究史》,甄岳刚编译,北京:北京语言学院出版社,1993年;新近研究成果可参看王雪波《日本江户时代汉语研究论考》,北京:社会科学文献出版社,2020年。

之与授。"①明代藏书家祁承㸁曾将此书著录在《澹生堂藏书目》"诗文评·文式文评"类，同一类下还录有《茅坤语助》一卷，《锦囊琑缀》本。② 这多少反映出明人对语助这一知识类型的判断，也表明这类用书在当时有着一定的市场需求。尤其是在科考习文的刺激下，因八股文写作格外讲求对虚字的灵活运用，语助作为可资初学认字为文的"文法"特性获得增强。以此为背景，明代文评、举业用书以及蒙学读物大量收录语助作为"字法""句法"，值得留意的是，这些文献在日本多有传刻，被视为学习汉文的重要读本。试举如下几例：

高琦《文章一贯》二卷，日本宽永二十一年（1644）京都风月宗智刻本。虚字论见卷上"句法五"。

题李廷机撰《新镌翰林九我李先生家传训蒙题式》一卷，日本国立公文书馆藏明万历二十八年（1600）建邑书林余彰德萃庆堂刻本。虚字论见《操觚字要》。

题汤宾尹编《汤睡庵太史论定一见能文》四卷，日本前田尊经阁文库藏明崇祯刻本。虚字论见卷一《操觚字法》。

题张溥纂辑，杨廷枢参校《新刻张太史手授初学文式》一卷，附刊于《镌张太史家传四书印》，日本内阁文库藏明刻本。另有单行本，为日本享保十六年（1731）京都玉池堂梅村弥右卫门刻本。虚字论见书版上栏。

---

① 〔元〕胡长孺《语助序》，〔元〕卢以纬著，王克仲集注《助语辞集注》，北京：中华书局，1988年，第183页。
② 〔明〕祁承㸁《澹生堂藏书目》卷十四，《明代书目题跋丛刊》上册，北京：书目文献出版社，1994年，第1061页。

左培《书文式》四卷,日本享保三年(1718)京都柳枝轩日新堂刻本。虚字论见《文式》卷下"调法""字法"。

上述读物的共同特点是从作文程序、行文技法的角度来强调虚字对于操觚为文的重要性。例如《新刻张太史手授初学文式》收录语助30例,前有小引曰:"行文惟虚则传,惟虚则灵。故'之''乎''也''者''矣''焉''哉''耶'等字,最虚活,最松灵。然不谙其义,则运掉不来,故并为指出言之,使操觚家生机一动,意趣自逢源也。"①也是以文字—文辞为思路强调认识虚字是构思为文的重要基础。

第二,日本江户时期对《语助》研究,主要通过文本迭加的方式进行注释和条目增补,其部分文本即取自文评、文论及蒙学读物等中国文献,这种方式一定程度上强化了前述《重订冠解助语辞》《广益助语辞集例》等书指示文法的性质和功用。例如毛利贞斋对《助语辞》的注解,即采取在原本的基础上添加注释的方式。试以《语助》原书首字"也"的释义为例,天和三年的《鳌头助语辞》注释如下:

> 《韵会》"上声,马韵"云。徐曰:"语之余也。凡言'也',则气出口下而尽。"《广韵》:"语助,辞之终也。"柳宗元曰:"决辞也。"②

---

① 〔明〕张溥《新刻张太史手授初学文式》,陈广宏、龚宗杰编校《稀见明人文话二十种》下册,上海:上海古籍出版社,2016年,第1378页。
② 〔日〕毛利贞斋《鳌头助语辞》,日本天和三年(1683)京都梅村弥右卫门刻本,第1a页。

其注释文本取自《韵会》、《说文解字》(徐铉注)、《广韵》及前揭柳宗元《复杜温夫书》。三十五年后刊行的《重订冠解助语辞》,毛利氏对《鳌头助语辞》进行了大幅度的修订和增补,仍以"也"字为例:

《韵会》:"上声,马韵,以者切。"徐曰:"语之余也。凡言'也',则气出口下而尽。"《广韵》:"语助,辞之余也。"柳宗元曰:"决辞也。"

李久[九]我《家传训蒙题式》云:"有决断之词,有训释之词,有历数之词。如'未之有也''亦不可行也''不知也',此决辞也;如'仁者人也''义者宜也''学之为言效也',此训字之辞也;至于'修身也''尊贤也''亲亲也'等语,则历数之词耳。"

山东高琦编集《文章一贯》,卷上云:"'也'字法。《中庸》曰:'修身也,尊贤也,亲亲也,敬大臣也,体群臣也,子庶民也,来百工也,柔远人也,怀诸侯也。'若《周易·杂卦》一篇全用'也'字,又不可尽法。"①

据此可见,对"也"字注释的增订,除订正部分字句外,毛利贞斋还补录了李廷机《新镌翰林九我李先生家传训蒙题式》、高琦《文章一贯》这两部文法书中对应的文本,用以展示例句,解说用法。由此一例实可管窥全书的注释体例,即在《语助》原文的基础上,采录汉文字书、韵书、文法书及经史典籍中的文本进行组合迭加。对此,江户中叶儒学家三宅观澜在《助字雅》中的跋语亦可印证:

---

① 〔元〕卢以纬撰,〔日〕毛利贞斋编辑《重订冠解助语辞》卷上,《续修四库全书》第195册,上海:上海古籍出版社,2002年,第267—268页。

汉文之有"之""乎""焉""哉",犹倭语之有"天""尔""于""波",匪审其音,辨其义,通翻和译,若出己口,则如胡人之于越语,终年不可得而晓也,况行之文哉?自唐柳宗元氏言之,明人李廷机、胡文焕有其解,而散见《韵会》《正字通》者粗备。①

其中亦言及《复杜温夫书》《训蒙题式》《助语辞》等,大致反映出当时虚字论文本流传和接受的情形。

其三,撷取文评、文论的文本来注释语助的路数,实际上是江户以来汉语"文法"观念的一种反映。《重订冠解助语辞》采入诸多文法条目及文句释例,更符合演示作文法的实际功用,仍承续了《语助》的文法属性。三好似山的《广益助语辞集例》同样是以指导初学作文为主旨,强调语助在行文中的作用:

> 助语之在文也,为句为章,为势为力,为决为疑,为连续为折断者,皆悉悬于此。是故用之少违,则大失意义。然则助语者,其文章之筋骨、词藻之枢要也乎?予尝苦助语之难辨,仍取卢允武之《助语辞》,虽阅之,然意义不详审而字亦少,故不便于初学。②

与毛利贞斋在《语助》原有框架下进行补注不同,三好似山《广益助

---

① [日]三宅观澜《助字雅》卷末跋,日本江户末期刻本,第10a页。
② [日]三好似山《广益助语辞集例》卷首自序,日本元禄七年(1694)京都井筒屋六兵卫刻本,第1a—1b页。

语辞集例》的特色在于：一是"广益"，即则卢氏原书的基础上进行了大幅度的补充，以扩大收字规模为主要形式；二是"集例"，多援引经史子集中的文句作为实例，以便于初学；三是书前附"助语之说"，多取南宋陈骙《文则》中的条目。

《文则》是中国最早专论文法修辞的著作，全书大抵"皆准经以立制"且"取格法于圣籍"①，摘录经史及诸子文章中的文句为例证，总结古文的格式、法则。早稻田大学广池千九郎曾评价《文则》与《语助》在中国文法学史上的重要意义，其《支那文法学略沿革》云：

> 盖闻泰西之文法，起于希腊，而在于支那古代，则未曾闻有斯学。至于李唐、南北宋之交，学者渐有说焉。……至于南宋孝宗乾道六年，知枢密院事兼参知政事陈骙著《文则》上下二卷，述文字、文典、修辞之大要。又古来有《助语辞》者一卷，题曰"东嘉卢以纬允武著"，而明万历壬辰岁钱唐胡文焕字德甫者，得此书而校刻焉。允武史无其传，故此书之成不知在乎何时，而于专门之文法书，则此实是古，以是和汉之学者无不知其名。②

《支那文法学略沿革》收于广池千九郎《支那文法书批阅目录》。据

---

① 〔清〕永瑢等《四库全书总目》卷一百九十五，北京：中华书局，1965年，第1787页。
② ［日］广池千九郎《支那文法学略沿革》，《支那文法书批阅目录》卷首，日本早稻田大学图书馆藏抄本。

书前绪言,广池氏遍览日本所藏有关中国文法的著作,并于明治三十九年(1906)撰成此目录,其时距《语助》传入日本已近三百年。在这段漫长的时间中,日本汉语虚字研究经历了从翻刻、注释、增补《语助》,到脱离《语助》文本框架而提出新见,再到吸收西洋"文典"模式的曲折进程。在此过程中,无论是江户中叶皆川淇园著《太史公助字法》《左传助字法》《诗经助字法》以集例示法,还是明治时期石川鸿斋《文法详论》以文论、文体、句法、虚字例来建构作文法,虚字始终与传统意义上的汉语文法相纠缠,而被学者视为"作文之根柢""学术之基础"①。

二、"文典"的三层结构与作为新"文法"的虚字论

在对《文则》的评价中,广池千九郎用了在当时已颇为流行的"文典"一词。自命以担起研究"支那文法大成之任"(《支那文法学略沿革》)的广池氏,在明治三十八年(1905)出版了当时日本最有影响的中国文法书《支那文典》。据牛岛德次的说法,《支那文典》之撰述有着与马建忠《马氏文通》展开批评对话之意图在内。② 在《支那文法学略沿革》一文中,广池氏对《马氏文通》评价颇高,认为自卢以纬《语助》以降,仅清代王引之及马建忠所著堪称有价值之文法书:

---

① [日]石川鸿斋《文法详论》卷首松本谦序,日本明治二十六年(1893)东京博文馆刻本,第1b页。
② 参见[日]牛岛德次《日本汉语语法研究史》,甄岳刚编译,第54页。

独王引之所著之《经传释词》及《经义述闻》，称有益于学者。而近时又有马建忠之《马氏文通》，效于泰西葛郎玛之式而所作云。其考证之精确，则虽逊于王氏，其文法之价值，则远过于王氏。①

《支那文法书批阅目录》著录《马氏文通》十卷，并注明在当时东京书肆已有翻刻。《马氏文通》于光绪二十四年(1898，明治三十一年)刊行，不久即传入日本。此书"效于泰西之文法"及"实字、虚字、助字之分类全异于古来之支那文法书"(《支那文法书批阅目录》)的体裁和写法，对日本的汉语虚字研究、汉文典编撰有很大的影响。儿岛献吉郎便在参考《马氏文通》、涅氏(John Collinson Nesfield)《英文典》、大槻文彦《广日本文典》等书的基础上，先后于明治三十五年(1902)、三十六年出版《汉文典》《续汉文典》，二书成为20世纪初重要的"中国文典"著作。

关于"文典"，作为一种著述形式在日本流行可追溯至江户末期、明治初年。当时的学者开始接触西洋语法学、修辞学，并将此类书籍的原本、译本及训点本冠之以"文典"之名。早在安政四年(1857)即有《训点和兰文典》(作者不详)一书行世。同年，美作宇田川氏刊行 Engelsche Spraakkonst 上篇(Angelo Vergani 著)，译作《英吉利文典》。明治二年(1869)，东京尚古堂刊行作为庆应义塾读本的 English Grammar 一书(Timothy Stone Pinneo 著)，译作《英文典》，又于次年刊永嶋贞次郎的翻译本，题作《英文典直

---

① ［日］广池千九郎《支那文法学略沿革》，《支那文法书批阅目录》卷首，日本早稻田大学图书馆藏抄本。

译》。明治十年(1877)前后，日本学者开始以"文典"这一新样式编写和文文法及汉文文法书，先后出现田中义廉《小学日本文典》(1874)、中根淑《日本小文典》(1876)、春山弟彦《小学科用日本文典》(1877)、物集高见《初学日本文典》(1878)等教科读物。就内容而言，这些"日本文典"著作多包含文字论、语言论、修辞论三层结构。如田中义廉《小学日本文典》分"字学""词学""文章学"三编，分别讲授"文字之子母韵、字音、假名用格、音便"，"词之品种、性质、变化、活动、用法"以及"作文之体裁、文字之配合等"①。其中第八章"品词之名目"，分词之品种为名词、形容词、代名词、动词、副词、接续词等，这样一种划分词类的方法显然受西方语法理论的影响。需要说明的是，《小学日本文典》虽分三卷，然卷一为"第一编"，卷二、卷三分别为"第二编上""第二编下"，因而全书内容实际上仅"字学""词学"二部分，"文章学"一编未作展开。中根淑《日本小文典》分"文字论""言语论""文章论""音调论"四部分，其中"言语论"以词类分析为主，而"文章论"则述文章之"起语结语""转语略语"用法。

以"文典"命名汉文文法书，则有明治十年冈三庆《开卷惊新作文用字明辨》(题下注：一名《汉文典》)、金谷昭训点《大清文典》和大槻文彦训解《支那文典》。其中《开卷惊新作文用字明辨》扉页注明据唐彪《虚字用法》及英国文典编纂而来，卷首冈三庆自序还将汉文虚字论与英国文典进行了类比：

---

① ［日］田中义廉《小学日本文典》卷一，日本明治七年(1874)东京雁金屋清吉刻本，第1b页。

> 吾尝怪洋文晚传乎我,彼既有文典;汉学早播乎我,此独无焉。怪之,极欲得之,务事博涉,而竟无得焉。乃行于天下,以募奇书。始得《文字窍》于黄备庭濑松林寺,继又得《虚字用法》于浪华。又怪以为汉亦有文典如是,何以不公行于天下也。既而始知读蟹行蚁脚字。把夫二书,较之于《英文典》,不甚似洋之详且备也。①

《文字窍》专论虚字法,有起语、接语、转语、衬语四项,收入清人石成金所编《传家宝》,有乾隆刻本,在日本传刻甚广。《虚字用法》出自唐彪《读书作文谱》卷七"文中用字诀",论述起语辞、接语辞、转语辞、衬语辞、束语辞、叹语辞、歇语辞等虚字法。在冈三庆看来,传统的汉语虚字论因关涉作文法,因而可与西洋之文典相仿,但不如泰西文法之详备,因此他以《文字窍》《虚字用法》二书为材料,以《英文典》为参考,吸收西洋的词类理论,重新整理成《开卷惊新作文用字明辨》一书。

后二书皆以清同治八年(1869)所刊《文学书官话》更名而来。《文学书官话》为美国传教士高第丕、清人张儒珍合著之"文学书",初刊于山东登州府,以分析汉语文字、词类、词组、文章修辞为主,便于外国文人学士修习汉语。金谷昭的训点本《例言》曾交代缘由:"近日于坊间得舶来本汉土文法书,其书曰《文学书官话》(*Mandarin Grammar*)。音论、字论、句法、文法,以至话说用法,章解句析,逐一备论,无所遗。盖彼国文法之说,实以是书为嚆矢

---

① [日]冈二庆《开卷惊新作文用字明辨》卷首自序,日本明治十年(1877)东京晚成堂刻本,第1a—1b页。

矣。从此法分解论释，百般文章、修辞、论理之道，亦可以立也。"①《文学书官话》所用"文学"实义当为"文法"（Grammar）。作为以传教目的西人汉语教材，此书带有鲜明的泰西视角，以一种普世语法观分析汉语并注重对汉语的词类分析。该书凡二十一章，大致以字论、词论、文章论为纲：第一章"论音"、第二章"论字"属字论；第三章"论名头"至第十九章"总括话样"属词论；第二十章"论句连读"、第二十一章"论话色"为文章修辞论。大槻文彦训解的《支那文典》对《文学书官话》原本各章的条目多有解释，特别是对第三章至第十七章词论的注释，如将第三章"论名头"至第十七章"论语助言"注为名词、代名词、指示代名词、副词、助动词、感词等十余类，实际上与前述"日本文典"之"品词"法相近，通过西洋的词法理论认识汉语及区分词类。在这样一种受西洋语法理论影响，经由日本推广并在东亚形成环流的情形下②，汉语虚字论被进一步改造为与"品词"或词类分析相适配的形式，显示出一种与前述传统文法不同的样貌。

此种受西洋语法影响而注重词类分析的方法，在20世纪前后的日本"汉文典"著作中得到了进一步的实践。例如明治二十年（1887）冈三庆在《开卷惊新作文用字明辨》一书基础上撰成《冈氏支那文典》。据书前《编次及其引书等》，冈氏指出文典可包含字学、韵学、辞学、文学四者，但此编专论辞学。全书区分词类为名

---

① ［美］高第丕、［清］张儒珍著，［日］金谷昭训点《大清文典》卷首《例言》，日本明治十年（1877）东京青山清吉刻本，第1a页。
② 有关文典著作中的"品词"法及其在东亚形成环流的讨论，参见李无未《东亚近现代文典式"品词"语法理论"环流"模式》，《厦门大学学报》2016年第3期。

词、代名词、形容词、歇止词、副词、感词等九类，既有对传统汉语虚字论成果的吸收，也参照日根尾《英文典》而有着模仿泰西文法的特色。前揭20世纪初出版的儿岛献吉郎《汉文典》《续汉文典》二书，合而观之，则由"文字典""文辞典"及"文章典""修辞典"四部分构成。其中"文字典"论文字、音韵、训诂；"文辞典"为词性分类；"文章典"论词句、篇章；"修辞典"论字法、句法、章法、篇法等。因而从内容编排上来说，儿岛献吉郎所著文典，亦大致符合"字学""词学""文章学（修辞学）"三层结构。

就日本的汉语虚字研究而言，明治时期由西方输入的"文典"模式及语言学、语法学理论，对当时的汉语研究者而言无疑是一种全新的知识和方法。当然，出于汉语学习和应用的实际需求，此时期汉文典著作尽管已具备以"词"代"字"、注重词类分析的观念而带有西化的新"文法"的色彩，但在总体上仍保持着与文章写作这一实践需求的纽带，以训练和培养文辞的写作能力为目标。

这种将文字与文辞相衔接的知识综合体得以延续，其实也与明治后期吸收西洋修辞学而重视文章学（尤其是文章作法）有关。以武岛又次郎《修辞学》、佐佐政一《修辞法》、岛村滝太郎《新美辞学》为代表的修辞学著作即注重文章的写作应用。与西方修辞学最早脱胎于雄辩术而注重演说之技巧不同，东方的修辞学（或曰修辞理论）主要施用于文字型的辞章，而被视为是一种与文章写作密切相关的文辞技巧。在中国，20世纪初的修辞学著作以汤振常的《修词学教科书》（上海开明书店1905年出版）、龙伯纯《文字发凡》（上海广智书局1905年出版）为代表，二书在编写上多吸收日本文典和修辞学著作。其中，龙伯纯《文字发言》四卷，第一卷"正

字学",第二卷"词性学",第三卷、第四卷"修辞学",亦视字学、词学为文章修辞之基础。书前《例言》说:

> 一、凡一国必有一国之文,文必有谱,是谓文法,即泰西所谓格那麻是也。文法之中,凡识字、造句、成章诸法皆备,执此学文,一二年之功,无不文从字顺。此文法一书,泰西各国所由重也。此书系仿泰西格那麻而作,共分三部:一曰正字学,二曰词性学,三曰修辞学。①

龙伯纯自言此编仿泰西文法之书而作,认为"文法一书,所以万国不谋而合,群奉以为法式"②,可以说是持一种普世的文法观。关于"文法",他认为是"语言文字"之虚实搭配:"明达之徒审语言之轻重、长短、高下、疾徐,定为文字虚实配合连贯之制,而文法生焉。"(《文字发凡叙》)这种说法又近乎清儒刘淇"构文之道,不过实字、虚字两端"之语气。③ 因而从总体上看,《文字发凡》的编法虽具泰西之眼光,但其实仍带有鲜明的中国传统语文学之印痕,如《例言》示正字学、词性学、修辞学三部之体例:

> 一、小学至本朝而大备,然诸家著述,失之太繁。若欲精通,颇费时日。兹特择其大要,列于首卷,名为"正字学",使学

---

① 龙伯纯《文字发凡·例言》,清光绪三十一年(1905)上海广智书局铅印本,第1a页。
② 龙伯纯《文字发凡·叙》,第1a页。
③ 〔清〕刘淇《助字辨略·自序》,北京:中华书局,1954年,第1页。

者知我本国字之所由来。庶几于字体之变迁、音训之源流,得其大概也。

一、现在学界放宽,非通二三国言语文字,则不足用。然学者每病其难,不知造字之法,各有不同。至于行文诸法,无不同也。但以素不相同之文,两相比附,引证难于切合耳。《马氏文通》一书,实为空前之作。兹择其大要,其引证则略举数条,又复参以他种西国文法书,列为卷二。则于中文既能条分缕析,相习既久,他日学泰西文字,亦能收左右逢源之效,以视自来学西文者,盖事半功倍矣。

一、第三卷修辞学,益集句成段、集段成章诸法也。斯卷之中,罗列诸法,然不通前二卷,于此卷得益亦少。愿阅者勿躐等可也。[1]

据此,龙伯纯《文字发凡》之架构颇为明晰:"正字学"论文字之训诂、音韵,以传统小学为知识资源;"词性学"为词类分析,受西方语法学之影响,且多引据《马氏文通》;"修辞学"则述文章作法,为字学、词学之进阶。由此也不难看出,龙伯纯《文字发凡》在内容架构的设计上,与前述"文典"模式大略相仿,而其所谓"修辞学"实际上亦可视之为"文法"。对于这种近代中国学科含混的状态,修辞学界曾称之为"修辞文法混淆时期"[2],龙伯纯之著亦可为其中一例。

---

[1] 龙伯纯《文字发凡·例言》,第1a—1b页。
[2] 陈望道《修辞学发凡》第十二篇《结语》,上海:复旦大学出版社,2015年,第216页。

须再强调的是，此时期的文典之书抑或修辞学著作，都重视将文字视为造句、成章之基底，以及中西"相同之文，两相比附"的方法论支点，这种观念亦与以传统小学为根柢、以古文辞为主体的汉文学之构造相契合。在中西学术相遭遇的近代中国，具备学科含混性的"字学""词学"与"文章学"三层架构，恰恰是近代学人认识"文学"的一条重要路径。例如光绪二十六年（1900）《中国旬报》刊发的署"仁和倚剑生"《编书方法》一文，即以"讲文字构造之原""究明语词用法""讲明文章结构之体裁"三部分来规划"汉文典"之撰法。陆胤指出这种架构当受日本大槻文彦《广日本文典》"文字篇""单语篇""文章篇"三部分立之启发，且其中"讲明文章结构之体裁"是对《广日本文典》"文章篇"的误解。① "文章篇"仍属"葛郎玛"之性质，而《编书方法》的"文章"部分则侧重于文体论、结构论。当然这种不相称，或许亦可看作是"仁和倚剑生"针对以"古文辞"为核心的汉语文学所作的某种调适。此后如刘咸炘论定文学："专讲一字者谓之文字学，即旧所谓小学；专讲字群句群者谓之文法学，旧校勘家所谓词例也；其讲章篇者则为文章学。"②刘氏亦以图示阐明文学之义（见图一），类似这种多学科混合、多层构造的文学观念，被嵌入"中国文学史"早期探索和书写之中，也为无论是作为"葛朗玛"还是文法修辞的虚字论介入文学史的汉语实践，提供了某种学理上的支撑。

---

① 参见陆胤《清末"文法"空间——从〈马氏文通〉到〈汉文典〉》，《中国文学学报》第四辑，香港中文大学出版社2013年版，第73页。
② 刘咸炘《文学述林》卷一《文学正名》，《推十书（增补全本）》戊辑第1册，上海：上海科学技术文献出版社，2009年，第6页。

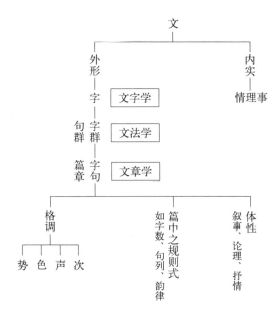

(图一:刘咸炘《文学述林》卷一《文学正名》附图示)

三、虚字论回流与"中国文学史"的早期实践

作为一种知识体系,"文学史"自 20 世纪初引入中国,最初是以国文教学课程的形式进入新式教育体制,被认为具有开启民智、普及国文的重要作用。同样地,前揭汤振常《修词学教科书》,虽然在修辞学史上被确立为中国第一部系统的现代修辞学著作,但其本来面目是上海南洋中学堂第四年级的国文讲本。汤振常在该书《叙言》曾将国文授课分为"讲""读""作""写"四部,并附表如下:

```
┌ 讲……国文典  论理学  修词学  文学史
│ 读……记事文  叙事文  解释文  议论文
│     按文章顺序,当以时代为别,自近世文而近古文而
┤     中古文而上古文
│ 作……同"读"
└ 写……正书  草书  隶篆等
```

其中,"讲"之部又分"国文典""论理学""修词学""文学史"四种以作为具体的课程规划。至于教材,汤振常指出只有"论理学"(即逻辑学)为我国所未有,可取法翻译本。至于其他三本,《叙言》也有交代:

> "修词学"用为南洋中学第四年级国文讲本,属稿粗定,先刊行之。至"国文典"一书,尤为我国所急需,以卷页较繁,部居较细,谬误尚多,当悉心修改。文学史坊间已有售者,惟直译笹川氏之本,而字体多讹,编辑之任,俟之他年。①

可知除《修词学教科书》外,汤氏也编有《国文典》之书稿,而文学史之教材则直接取用日本笹川种郎《支那文学史》译本。笹川氏之著,收入"帝国百科全书"第 9 编,于明治三十一年(1898)由东京博文馆出版,光绪二十九年(1903)中西书局印行翻译本,题作《历朝文学史》,成为近代最早被译介至中国的中国文学史著作。

---

① 汤振常《修词学教科书·叙言》,霍四通《中国近现代修辞学要籍选编》,上海:上海教育出版社,2019 年,第 52 页。

其实在汤振常《修词学教科书》完成撰写的前一年（1904），林传甲《中国文学史》即以京师大学堂讲义的形式问世了。作为国人编写的第一部中国文学史，此书有意模仿笹川种郎的《支那文学史》，但实际依照清廷所颁布的《奏定大学堂章程》（1903）"中国文学科目"下的"中国文学研究法"①。林传甲编写的文学史之内容，以"中国文学研究法·研究文学之要义"四十一款的前十六款为纲目。此四十一款的总体框架，大抵包含传统小学（文字、音韵、训诂）、文法学（修辞、作文法）、文学本体论（文体学、批评学等）、文学关系论（东文文法、泰西文法、文学与他种知识关系等）、文学价值论等五个部分。② 可以看出，在这一知识综合体的架构中，前三部分隐隐与上述文字、文法、文章学三层结构相合。按照这一框架，林传甲《中国文学史》第五篇《修辞立诚辞达而已二语为文章之本》、第六篇《古经言有物言有序言有章为作文之法》，即属文法学之内容，分别为字法、句法及章法、篇法。其中第五篇十八条中第六至第十三条专举虚字论作为文法：

六、虚字联络实字达意法
七、虚字承转实字达意法
八、虚字分别句读以达意法
九、虚字以为发语词达意法

---

① 〔清〕张百熙、荣庆、张之洞《奏定学堂章程·大学堂章程》"各分科大学科目章第二"，清光绪二十九年（1903）山东官印书局石印本，第22b—24a页。
② 有关《奏定大学堂章程》"中国文学研究法"体系的梳理，参考陈广宏《中国文学史之成立》第二篇第一章，上海：上海古籍出版社2016年版，第163—167页。本文略有调整。

十、虚字为语助词达意法

十一、虚字语助词用为疑问法

十二、虚字用于形容词法

十三、虚字用为赞叹词法①

关于此篇之编写,标题下注明内容取用日本《文典》:"日本文学士武岛又次郎所著《修辞学》,较《文典》更有进者。今略用《文典》意,但以'修词''达意'之字法、句法著于此篇,又以章法、篇法著于下篇。其详则别见《文典》。"②在具体编写上,林传甲多采用材料的汇编法与比较法,如"虚字联络实字达意法"一条:

《马氏文通》曰:"凡文中实字,孰先孰后,原有一定之理,以识其互相维系之情。而维系之情,有非先后之序所能毕达者。因假虚字以明之,所谓介字也。介字也者,凡实字有维系相关之情、介于其间以联之也。"《汉文教授法》谓之"后词",本日本《汉文典》之"后置词",言置于名词、代名词之后也。③

文后所附小注又引"日本人《续汉文典》",由此可知,此处所引取自马建忠《马氏文通》、戴克敦《汉文教授法》(杭州翻译局 1902 年铅印初版)及儿岛献吉郎《汉文典》《续汉文典》。据李无未的考察,林传甲《中国文学史》援引儿岛氏两部文典内容,主要在第五

---

① 林传甲《中国文学史·目次》,上海:科学书局,1914 年,第 7 页。
② 同上书,第 52 页。
③ 同上书,第 56 页。

篇、第六篇讲解文法、修辞及文章学上,尤其集中在虚字论诸条。①

另外值得留意的是,林传甲所完成的内容仅限于《章程》"文学研究法"前十六款。书前《目次》后附小引解释说:"大学堂研究文学要义原系四十一款,兹已撰定十六款,其余二十五款,所举纲要,已略见于各篇,故不再赘。传甲更欲编辑《中国初等小学文典》《中国高等小学文典》《中国中等大文典》《中国高等大文典》,皆教科必需之课本。否则仍依《大学堂章程》,编辑历代名家论文要言,亦巨制也。"②可见在林传甲的规划中,文法、修辞同样是授课的重要内容。在后二十五款中,另有"东文文法"与"泰西各国文法"二款,因此大概可想见,若继续在"中国文学史"框架下编纂"东文文法",就材料获取而言,前面提到的武岛又次郎《修辞学》、大槻文彦《广日本文典》等日本文典、修辞学著作,或许会成为林传甲编撰的主要参照对象。

在清末推行国义教育、编订学堂教材的过程中,参考和翻译日本的文典著作其实是一条较为实用的快捷方式。光绪三十二年(1906)九月,上海商务印书馆编译所自编的《中国文典》出版,以作为"初级师范学校教科书"。书前《凡例》指出该书以翻译儿岛献吉郎《汉文典》为文本基础,以《马氏文通》等为参证:

> 一、我国向无文典,自《马氏文通》出,研究国文者,始知集字成句,积句成文,确有义例,不至循其当然而昧其所以然

---

① 参见李无未《日本"汉文典"与早期"中国文学史"编撰模式》,《厦门大学学报》2022年第1期,第167—168页。
② 林传甲《中国文学史·目次》,第24页。

之故。但《文通》详赡博衍,小学生徒领会匪易,故特编辑本书,以助教员之膈迪。

一、日本儿岛献吉君近著《汉文典》,体例简明,颇便蒙学,兹特节译,以为基础。下列《马氏文通》,并本馆《国文教科书》句,以作参证。非敢掠美,亦使初学一目了然,索解极易焉尔。

一、是编分文词为名词、代名词、动词、形容词、副词、前置词、助动词、感应词、歇尾词,曰"十品词"。尤为研究国文阶梯之阶梯,亟出以公同好。①

此本《中国文典》因吸收儿岛氏《汉文典》,最大的特点便是在字类分析上采取"品词"而非《马氏文通》所分的虚实字类。例如第一篇《十品词》"总说"条后注曰:"《马氏文通》曰:'凡立言先正所用之名,以定命义。惟名一正,则书中同名者即同义,而误会可免。'案:名即《文典》中十品词也,凡体词、动词、状词,《文通》均曰'实字'。助词,《文通》均曰'虚字'。"②

同一年,海宁州中学堂教师来裕恂所编《汉文典》亦由上海商务印书馆印行。此书明确依儿岛献吉郎《汉文典》《续汉文典》之体例,分《文字典》《文章典》两部分,在架构设计上从文字学、词类分析衔接至文法学、文体学。其中对虚字的讨论分为两个部分:一是《文字典》卷三"字品",以日本文典的"品词之道"分析中国的虚

---

① 上海商务印书馆编译所编《中国文典·凡例》,上海:商务印书馆,1906年,第1页。
② 同上。

实字类；二是在《文章典》卷一"文法·字法篇"，其中第一章"语助法"专论起语、接语、转语、辅语、束语、叹语、歇语等语助用法，其文本多取自前揭唐彪《读书作文谱》卷七"文中用字法"[①]。此二者恰好构成吸收新知与保留传统这两个层面。

综合以上论述，观察20世纪初汉语虚字论经由"文典"这一著述形式回流至中国，可以发现：

第一，明治以来在经历所谓泰西文法与文典的洗礼后，日本的汉语虚字研究对江户时期以继承和创新《语助》为主的成果带来冲击，在此情形下，虚字论进入以"品词"为主要方法的词类分析框架中，并以东亚环流的形式，向中国注重虚实字类分析的传统路数输出新的资源。这既助推了近代以来的汉语认知由"字"向"词"的转变，也拨动了汉语修辞研究从传统走向现代的前进齿轮，为此后语法学、修辞学皆趋向语言学而与文学分离做了准备。

第二，由文字、文法衔接至文章的"文典"架构，在进入中国后，迅速与新学体制下的"中国文学研究法"嵌合，而成为早期"中国文学史"纳入语言文字的写法借鉴。例如来裕恂在任教海宁州中学堂期间所编《中国文学史稿》，该书虽已具备我们今天所认知的"文学史"样貌，但第一编《中国文学史之起源》仍纳入"文字之起源及构成"一章。[②] 另外像黄人《中国文学史》（1911）第四编"分论"，将"文字""音韵""书体""文典"作为文学的起源，而置于文学史叙述之前；谢无量《中国大文学史》（1918）第一编"绪论"第二章"文字之

[①] 参见陆胤《清末"文法"空间——从〈马氏文通〉到〈汉文典〉》，《中国文学学报》第四辑，香港：香港中文大学出版社，2013年，第73页。

[②] 来裕恂《萧山来氏中国文学史稿》，长沙：岳麓书社，2008年，第3页。

起源及变迁",同样讨论字音、字形、字义,并设"字类分析与文章法"一节,参照西洋语法、修辞学来分析虚字论与文章法。从林传甲到谢无量,早期"中国文学史"编者对小学知识的重视,皆可看作是对《奏定大学堂章程》"中国文学研究法"的体系贯彻,而在具体的编写实践中又有对日本"汉文典"的文本取资。此种文学史的本土实践对汉语言文字的关注,可以说既是近代学人对"以识字为第一义"的语文学传统的某种坚守,或许也能为当下我们重审汉语文学的特性提供某些参考。

在前述汤振常《修词学教科书》、龙伯纯《文字发凡》出版的同一年(1905),刘师培开始在《国粹学报》上以连载的形式发表《论文杂记》,其序文也以中国小学模拟西学,认为西人分析字类,所谓名词、代词、动词、助词、联词之属,亦即中国已有的实字、半虚实字及虚字,并将字类与文辞、文法相关联:"虚字本无实义,故有一字数用者,亦有数字一用者,每随文法为转移。近世巨儒,如高邮王氏、雠山刘氏,于小学之中,发明词气学,因字类而兼及文法,则中国古人亦明助词、联词、副词之用矣。昔相如、子云之流,皆以博极字书之故,致为文日益工,此文法原于字类之证也。"①一年后,刘师培又在《广益丛报》上发表《中国文学教科书第一册序例》,重申了此种"文学基于小学"之说:

> 作文之道,解字为基。故刘彦和有言:集字成句,集句成章。又谓观乎《尔雅》,则文义斐然。然岂有小学不明而能出

---

① 刘师培《论文杂记·序》,北京:人民文学出版社,1959年,第108页。

言有章者哉！夫小学之类有三：一曰字形，二曰字音，三曰字义。小学不讲，则形声莫辨，训诂无据，施之于文，必多乖舛。今之学者，于长卿、子云，咸推为文苑之雄，岂知司马作《凡将》，子云作《训纂》，固俨然小学之儒哉！则文学基于小学彰彰明矣。不揣固陋，编辑国文教科书，首明小学以为析字之基，庶古代六书之教，普及于国民。此则区区保存国学之意也。①

此篇冠于《中国文学教科书》第一册的序例，对"中国文学"的设计已颇具条理。计划编辑十册，"先明小学之大纲，次分析字类，次讨论句法、章法、篇法，次总论古今文体，次选文"，呈现出从小学到文法再到辞章的鲜明架构，是对"首明小学以为析字之基"的文学研究法的具体落实。

从根本上说，无论是梁启超所谓"以识字为求学第一义"，还是刘师培强调的"作文之道，解字为基""文学基于小学"，都是将注重汉语言文字特性的语文学传统视为维系中国文学及学术体系的根基。此后，随着新一轮西方文论资源的输入，汉语文学经历"纯化"，传统上"文字—文辞"以及近代短暂出现的"文字—文学"两种模型均遭裂变，而趋向更具现代意义的学科化的形态。但反过来说，正如来裕恂指出吸收了泰西文法而"精美详备"的日本汉文典，"类皆以日文之品词，强一汉文，是未明中国文字之性质"②，就文

---

① 刘师培《中国文学教科书第一册序例》，《广益丛报》1906 年 9 月 17 日第 21 号第 117 期。
② 来裕恂《汉文典・序》，上海：商务印书馆，1932 年，第 2 页。

学而言,近代以来借助外来之模型所塑造的"中国文学"样式,是否亦存在"以素不相同之文,两相比附"所导致的某些遮蔽和割裂,这值得我们进一步思考。清末民初的中西学术碰撞期,以及由汉语虚字论之演变所牵涉的中国文学探索期,或许是一个能让我们展开思考的原点。

(原载《传统文化研究》2023年第2期)

图书在版编目(CIP)数据

寂里出音:近世文章学论集/龚宗杰著.—上海:复旦大学出版社,2024.6
(复旦大学古籍所成立四十周年纪念学术丛书)
ISBN 978-7-309-17389-5

Ⅰ.①寂… Ⅱ.①龚… Ⅲ.①中国文学-近代文学-文学研究-文集 Ⅳ.①I206.5-53

中国国家版本馆 CIP 数据核字(2024)第 084004 号

寂里出音:近世文章学论集
龚宗杰 著
责任编辑/杜怡顺

复旦大学出版社有限公司出版发行
上海市国权路 579 号 邮编:200433
网址:fupnet@fudanpress.com http://www.fudanpress.com
门市零售:86-21-65102580 团体订购:86-21-65104505
出版部电话:86-21-65642845
江阴市机关印刷服务有限公司

开本 890 毫米×1240 毫米 1/32 印张 9.5 字数 204 千字
2024 年 6 月第 1 版
2024 年 6 月第 1 版第 1 次印刷

ISBN 978-7-309-17389-5/I·1402
定价:68.00 元

如有印装质量问题,请向复旦大学出版社有限公司出版部调换。
版权所有 侵权必究